Rückblende. Skizzen und Anekdoten aus achtzig Jahren

Gertraud Paul

Rückblende

Skizzen und Anekdoten aus achtzig Jahren

Bibliografische Information der Deutschen Nationalbibliothek
Die Deutsche Nationalbibliothek verzeichnet diese Publikation in der
Deutschen Nationalbibliografie; detaillierte bibliografische Daten
sind im Internet über http//dnb.d-nb.de abrufbar.

© 2020 Gertraud Paul
Zeichnungen: Puli, Yin-Yang, Margeriten, Glockenblumen,
Schildkröte von Inola Punitzer
Satz, Umschlaggestaltung, Herstellung und Verlag:
Books on Demand GmbH, Norderstedt
www.bod.de

ISBN: 978-3-7519-0975-4

ERINNERUNG

Und du wartest, erwartest das Eine,
das dein Leben unendlich vermehrt;
das Mächtige, Ungemeine,
das Erwachen der Steine,
Tiefen, dir zugekehrt.

Es dämmern im Bücherständer
die Bände in Gold und Braun;
und du denkst an durchfahrene Länder,
an Bilder, an die Gewänder
wiederverlorener Fraun.

Und da weißt du auf einmal: das war es.
Du erhebst dich, und vor dir steht
eines vergangenen Jahres
Angst und Gestalt und Gebet.

(Rainer Maria Rilke)

Vorwort

Unser Leben ist voller Geschichten, Anekdoten, Kurzfilmen, es ist voller Gerüche, Farben, Töne und Stimmungen. Es ist ein Buch, in dem ich blättern kann, ein Gemälde, in dem ich die Zusammenhänge erlebe, es ist mein Reich der Erinnerung, in das ich eintauche, wenn ich die Augen schließe oder wenn von außen ein Anstoß kommt. Das kann der Gang oder der Gesichtsausdruck eines Menschen sein, der unerwartete Ruf eines Vogels, das Vorbeihuschen von etwas, dem ich vorerst keinen Namen geben kann.

Ich fühle mich immer wieder aufgehoben in dem großen Paradoxon, dass ich nur ein winziger Punkt in einem unermesslichen Universum bin, nur einer unter Milliarden ebensolcher Punkte und dass ich doch so einmalig und wichtig bin, weil mein Bewusstsein alles zu umfassen sucht und von allem berührt wird. Leben ist für mich ein Wunder, das mir in vielen Einzelbegegnungen erfahrbar wird.

Das ist der Ausgangspunkt für meine Rückschau, die in Anekdoten und Portraits diese innere Welt der Erinnerung von 80 Jahren wiederzugeben sucht. Nichts ist daran vollständig, oft ist es nur ein kurzes Aufblitzen aus dem Dunkel des Vergangenen, doch alles ist unvergessen und ein Schatz, den ich nicht missen wollte.

Inhaltsverzeichnis

I. Aus Kindheit und Jugend

A. Das siebente Geißlein – Kindheit

Mein innerer Motor, der mich nie verlässt, ist mein Kinder-Ich. Es hat mich all die Jahre begleitet, beraten und beschützt. Heute soll es zu Wort kommen und erzählen, was es die ersten 12 Jahre meines Lebens an Schönem und Schrecklichem mitgemacht hat.

Weißt du, wie das ist

Ich bin schon groß, sagen die Erwachsenen, die für mich die »Großen« sind, weil ich auf den Topf gehen kann. Aber SIE machen das doch nicht. Bin ich wirklich groß? Doch – seit heute weiß ich, dass ich groß bin. Hör zu!

Der Tag ist irgendwie anders. Grazermama (Mutter meines Vaters) ist unruhig, keiner kümmert sich viel um mich. Also krame ich in meiner weißen Spielkiste. Ich mag das, wenn alles durcheinander fällt, vor allem die Bausteine klappern dann so schön. Also rühre ich gerne nur einfach in der Kiste um. Weil sich niemand um mich kümmert, mache ich das eben auch jetzt. Die Kiste steht vor der großen Flügeltür, von der aus du vom Wohnzimmer ins Schlafzimmer gehen kannst. Die Tür ist zu. Eine fremde Frau kommt, sie darf hinein, ich nicht, ärgerlich, warum nicht?

Bald dämmert es mir auch, warum. Ich höre Schreie drinnen. Was tut meiner Mutti denn so weh? Ich will ihr zur Hilfe kommen, aber ich reiche noch nicht bis zur Klinke hinauf, ich rufe nach Grazermama (=Mutter meines Vaters aus Graz). Sie nimmt mich hoch und erklärt mir, dass ich da jetzt nicht hinein kann. Ich sage, dass es Mutti schlecht geht. Sie tröstet mich, dass alles gut wird, ich soll nur schön weiterspielen. Aber so einfach geht das nicht, wenn Mutti schreit. Ich lausche, fürchte mich und warte. Endlich hört das Schreien auf. Alles ist still, dann ein ganz unbekanntes Geräusch, etwas ganz anderes, als ich bisher hörte.

Nach schrecklich langer Zeit geht die Flügeltür auf, und die fremde Frau kommt heraus, sagt, sie heißt Erna, und hat in ihren Armen eine Puppe, ja eine Puppe, aber die bewegt sich von selber!

Dann geschieht etwas Unglaubliches. Sie neigt sich zu mir herunter, zeigt mir diese Puppe und sagt: »Das ist dein Bruder Fritzi«. Wo kommt der jetzt her? Sie sagt irgendetwas auf meine Frage, ich weiß nicht genau, was ich denken soll. Aber eines weiß ich, diese Puppe, die sie Fritzi nennt, will ich anfassen und halten. Ich schaue die Frau ganz flehend an und bitte, so gut ich kann. Da geschieht es, sie legt das kleine Binkerl in meine Arme und hält schützend ihre darunter. Das kann ich dir gar nicht sagen, wie stolz ich in diesem Moment bin. Da begreife ich erst wirklich, dass das mehr als eine Puppe ist. Ich spüre, wie vorsichtig diese Erna ist, die sie Hebamme nennen. Das steckt mich an und wie ein Blitz geht mir auf, dass ich mich um dieses kleine Wesen, genannt Bruder, kümmern muss. Ich muss lieb zu ihm sein und noch dazu versprechen alle, dass ich auch mit ihm spielen werde können. Nur jetzt muss man sehr, sehr auf ihn aufpassen. Das stimmt auch, denn schon fängt er zu weinen an. Was will er nur? Aber das klingt ja so, wie ich es vorher hinter der Tür gehört habe.

Und ich werde lieb mit ihm sein, denn ich bin schon groß, und sie hat mir vertraut, die Erna, ich durfte ihn halten. Weiß nicht, was mich froher macht, dass ich das schon kann oder dass ich einen Fritzi bekommen habe. Und ich will glauben, was sie alle sagen, dass er größer wird und ich mit ihm dann spielen kann.

St. Gilgen

Heute machen Vati und ich einen Ausflug nach St. Gilgen, der kleine Fritzi bleibt zurück bei den Großeltern. Ich darf mitfahren, Mutti zu besuchen. Sie ist in einem Heim, wo Kranke gepflegt werden. Aber mir sagen die Großen, dass ich noch einen Bruder bekommen habe. Vom ersten weiß ich, wie so ein kleiner Kerl aussieht, denn ich hab ihn ja selbst halten dürfen. Ich freue mich darauf, wieder so ein Binkerl in die Arme gelegt zu bekommen. Am Weg dorthin interessiert mich rein gar nichts, ich bin so neugierig, ich will nur den Neuen sehen und in der Hand halten dürfen.

Endlich kommen wir in das große Haus. Lauter Gänge, lauter Türen, alles weiß. Es gibt auch Gänge mit Fenstern, die führen nicht ins Freie sondern in einen andern Gang oder in ein Zimmer. Da bleiben wir stehen. Ich bin so aufgeregt, dass ich nicht genau höre, was mein Vati sagt und was die Schwester antwortet. Dann geschieht das, was ich nicht erwartet habe: Vor so einem inneren Fenster erscheint eine Schwester mit einer weißen Schürze und einer Haube. Sie geht ganz nah ans Fenster und zeigt mir ein weißes Bündel, aus dem ein rosa Gesichtchen hervorschaut und blaue Augen. Die Haube ist so weit in die Stirn geschoben, dass ich nicht sehe, ob er Haare hat. Ich will meinen neuen Bruder in die Arme nehmen. Aber sie machen das Fenster nicht auf, er wird mir nur gezeigt, und ich soll mich freuen. Kurz ist dieser Moment, schon geht die Schwester wieder weg. Nicht einmal Mutti darf ich sehen. Was ist denn da los? Das passt ja überhaupt nicht. Warum darf ich nicht hinein? Sie sagen, das Putzerl ist noch zu klein, zu schwach, aber das war Fritzi doch auch nicht – damals... Sie sagen, Mutti ist krank, aber sie wird wieder gesund, sie sagen, ich muss jetzt tapfer sein. Das muss ich immer sein, wenn etwas weh tut oder wenn etwas für mich nicht zu haben ist. Tapfer? Nein, das ist mir ganz gleich, ich will gar nicht tapfer sein, ich will hinein, ich weine. Vati mischt sich jetzt ein, er sagt, wir können das jetzt nicht ändern, wir fahren wieder zu Fritzi heim. Mir kommt vor, ich bin um etwas gebracht worden, worauf ich mich so gefreut habe und das mir nie wieder geschenkt werden wird. Ich bin ganz traurig.

Vati will weiterfahren. An mir geht alles vorüber. Ich merke nur, dass auch er eine sehr schlechte Laune hat. Aber er sagt kein Wort, er tröstet mich auch nicht. Ich starre einfach vor mich hin. Erst als wir nach langer Zeit wieder durch das Gartentürl heim in unseren Garten kommen, werde ich von dieser Traurigkeit erlöst. Mein Bruder wackelt mir mit seinen windschiefen Beinen entgegen und lacht übers ganze Gesicht. Vielleicht war ihm langweilig, weil ich nicht da war. Er bringt es zustande, dass ich auftaue und endlich kann ich auch wieder lachen. Und einerlei: Die Sonne scheint, Fritzi lacht, wir werden spielen und ich muss halt glauben, dass Mutti wieder kommt und dass sie das rosa Gesichtchen mitbringt, das sie Walther nennen. Es wird schon wieder gut werden, weil Fritzi da ist und so lustig ist. Und hinter ihm kommt meine Salzburger »Mama« (Mutter meiner Mutter, von uns auch genannt »Salzermama«)- Sie nimmt mich endlich in die Arme und alles ist auch wirklich wieder gut.

Anmerkung: Als ich schon 40 Jahre alt war, erzählte mir mein Vater, dass er damals nahe am Selbstmord war, weil er zu begreifen begann, dass alles, was er für richtig gehalten hatte, in eine Katastrophe führen würde. Aber er musste auf mich aufpassen, er wusste nicht, wohin mit mir, so überlebte er. Ich habe alles ganz schrecklich in Erinnerung, aber den eigentlichen Schrecken habe ich damals nicht begriffen.

Das siebente Geißlein

Der Radio geht schon den ganzen Tag. Was ist los, warum sind alle so aufgeregt, die Großen sagen »nervös«? Im Radio schreien sie auch viel herum. Was soll das? Aber schön still sein, nicht auch noch mit dummen Fragen die Großen aufregen, schön stillhalten – wie immer. Nur mein Bruder beginnt immer wieder zu schnattern, ihm fällt auch rein gar nichts auf. Und der noch kleinere kann grade mal anständig gehen, der hängt Mutti am Rockzipfel. Mama macht ein Essen für alle. Sie sagen, sie ist nicht meine Mama, sondern die von Mutti. Aber die zwei reagieren einfach auf Mutti und Mama. Mir soll es recht sein, aber ganz klar ist mir das nicht. Aber jedenfalls sagt Mutti auch Mama zur kleinen Frau, die immer arbeitet und die ich sehr mag.

Und nun rieche ich etwas. Sogar durch das geschlossene Fenster kann ich den Rauch riechen, den die »Vermöbler« – so nennen wir sie – machen. Sie kochen irgendetwas in einem großen Fass. Das steht außerhalb von unserem Zaun auf der Wiese. Da steigen jetzt Unmengen von Rauch auf, die sich überallhin verbreiten. Es schaut aus wie dichter Nebel. Kennst du Nebel im Herbst? Und es stinkt, sag ich dir! Aber ich kann mir ja nicht immer die Nase zuhalten. »SZSZSZZ« schreit die Sirene, alle rennen, schnell schnappen sie noch etwas – und dann ab in den Keller. Diesmal, sagen sie, war es sehr knapp, nur 10 Minuten. 10 Minuten was? Sie brauchen es nicht zu erklären. Ich höre es. Kaum sitzen wir im Obstkeller, geht es schon los. Es zischt, es brummt, es knallt, es wackelt, es braust wie eine Höllenmaschine, es rollt davon wie Donner.

Weißt du, ganz schrecklich fühle ich mich, wenn das Haus wackelt, ja es fühlt sich an, als würde das Haus um ein Stück nach vorn oder hinten, rechts oder links springen. Das ist wahrhaft schauerlich. Ich ziehe immer den Kopf ein bisserl ein, damit mir nichts drauf fallen kann, manchmal mache ich auch die Augen zu, dann kann mir nichts passieren – wirklich?. Mir kommt vor, die Mauern stürzen ein. Ich zittere. Ich schaue, was die andern machen. Meine Brüder schauen stumpfsinnig zu Mutti oder Mama. Mein Großvati macht ein bitterböses Gesicht. Mutti schaut mich an, als wollte sie mich bitten: »Sag jetzt nichts, sag einfach nichts, da gibt es nichts zu sagen, sonst wird es noch schlimmer!« Aber den letzten Teil vom Satz sagt sie schon gar nicht mehr laut. Den sehe ich in ihren Augen, große angstvolle Augen. Aber ich habe doch selber solche Angst, warum darf ich nicht sagen, dass ich mich sooo fürchte. Ich presse meine Lippen zusammen. Aber das Toben ist noch nicht aus. Ich weiß, anhalten nützt nichts, nicht an den Menschen und nicht an der Wand. Wenn es nur schon vorbei wäre!

Da bekommen wir, damit wir ruhig bleiben, die kleinen Märchenbücher, die Mutti immer im Keller versteckt hält. Die sind so klein, dass wir sie gut durchblättern können. Vorne ist ein Bild drauf und hinten ein riesiger Stempel. Manchmal liest ein »Erwachsener« etwas daraus vor. Du musst wissen, unsere Welt ist genau eingeteilt in Erwachsene und Kinder. Kinder dürfen nicht so viel wie Erwachsene und sie bekommen auch ganz selten ein Stück Wurst nicht so wie Großvati. Aber ich mag das Grießkoch, das wir stattdessen bekommen, überhaupt nicht. Naja, ist ja jetzt auch egal.

Ich habe das Märchenbuch in der Hand. Und weil es heute besonders schlimm kracht, liest auch keiner etwas vor, aber ich kann es mir selber vorlesen, hab es schon oft genug gehört. Das bringt mich wirklich auf andere Gedanken. Kennst du das Märchen von den sieben Geißlein? Die Mutter muss weggehen, der Wolf schleicht sich an und verstellt seine Stimme, die Geißlein machen die Türe auf und nur das kleinste, das siebente Geißlein kann sich retten – in den Uhrkasten. Ich bin mir ganz sicher, dass ich das 7. Geißlein bin, ich koste es aus, wie gescheit es ist, wie dumm der Wolf ist und wie sicher es im Uhrkasten ist. Ich werde gerettet, ganz sicher!

Anmerkung: Im Laufe der etwa 1 1/2 Jahre Luftangriffe entstanden direkt neben unserem Garten und Haus auf der Einflugschneise zum Bahnhof 5 große »Bombenkrichter« (= Bombentrichter). Wenn der Bombenalarm so kurz vor der Bombardierung ertönte, konnten wir nicht mehr die halbe Stunde zum Luftschutzkeller gehen. Aber wir wurden verschont, weil ich das 7. Geißlein war, kein Luftgeschwader hat uns getroffen. Ich habe das immer und bereits sehr früh als ein Zeichen ausgelegt, dass ich mich besonders anstrengen muss, weil es mir so gut geht.

Danach

Aber einmal ist das Toben aus. Großvati macht die Kellertür auf. Endlich kommt wieder frische Luft herein. Ich laufe als Erste hinaus. Da sehe ich eine kleine Puppe in der Nähe liegen. Ich wünsche mir doch so sehr eine Puppe. Die sieht auch ganz lieb aus. Ich greife schon danach, will sie hochnehmen, da lässt mich ein verzweifelter Schrei von meinem Großvati auf der Stelle starr werden. Ich bin wie eine Statue ohne Bewegung. Was in aller Welt ist denn los? Er schreit: »Hände weg! Rühr nichts an, das ist ein Sprengkörper. Diese Schweine, sie werfen einen Sprengkörper ab!« Welche Schweine und was ist ein Sprengkörper. Na, die blöden Amerikaner, diese Hunde, sie töten unsre Kinder, weil sie Spielzeug abwerfen. So eine Gemeinheit.

Die erste Probe hab ich also schon gut überstanden, die zeigt, dass ich mich verlassen kann, dass ich gerettet werde, weil ich das 7. Geißlein bin.

Die Tür wird gleich wieder zugemacht und Großvati bleibt draußen. Irgendwie schwant mir, was er da macht. Wo bringt er denn das Ding nur hin? Ich habe ein mulmiges Gefühl. Wenn es so gefährlich ist, dann ist es ja auch für ihn so gefährlich. Ich frage einfach: »Warum darf Großvati hinaus, was macht er da?« Antwort: »Er war ja ein Soldat, er weiß, wie man mit so einem Ding umgeht.« »Hm, ein Soldat, was ist das genau?« Weitere Fragen sind jedoch sinnlos, alle sind zu aufgeregt, der Magen zieht sich mir zusammen.

Mehr als 10 Minuten

Der Radio geht wieder die ganze Zeit. Wir wollen grade unser Mittagessen essen. Mama deckt den Tisch. Da springt meine Mutti auf, ruft uns alle zusammen, schnappt sich ein paar Sachen, zieht uns an und ...? Mit meinem kleinen Bruder im Kinderwagen und Fritzi an Muttis Hand gehen wir weg. Es stimmt wieder alles überhaupt nicht. Ein dumpfer Druck breitet sich aus, ich gehe Schritt für Schritt, aber es ist so schwer. Mein Bruder Fritzi kann nicht mehr gehen, er darf auf einem Brett auf dem Kinderwagen sitzen. Er grinst leicht vor sich hin, weil es so viel bequemer ist. Ich stapfe mit Mühe weiter und denke mir, warum muss immer ich besonders brav und tüchtig sein. Mutti sagt: »Du bist ja schon groß, du kannst das.« Was? Die andern haben es immer besser. Da hab ich auch nichts davon, dass ich »schon groß« bin. Aber ich sage lieber nichts, Mutti schwitzt auch genug neben mir mit den zwei Buben und dem Wagerl. Sie sagt nichts, ich merke, wie sie immer schneller geht. Es wird anstrengend. Nur eins lässt mich nicht los, der Gedanke, warum mein Großvati und Mama zu Hause bleiben. Großvati ist sehr krank, sagt meine Mutti, und Mama muss bei ihm bleiben. Da bekomme ich Angst, weil Mutti sagt, dass wir nach Aigen zur Kirche gehen in den Luftschutzkeller. Denn bald kommen die Flieger. Großvati und Mama wird es gut gehen, aber wir müssen nun schneller gehen, es riecht schon irgendwie – wie – es wird schwer zu atmen, wenn wir so schnell gehen müssen und mir so viel im Kopf sitzt. »Sorgen« sagen die Großen, ich habe auch Sorgen. Ich spüre, dass es eilt, aber ich weiß NICHTS genau, kennst du das Gefühl, es ist sehr schlimm, nichts zu wissen, aber spüren, dass etwas kommt, sehr schlimm.

Endlich sind wir dort. Im großen Hügel vor der Kirche ist ein Eingang in den Berg, den du nur findest, wenn du weißt, wo er ist. Das weiß meine Mutti. Wir schieben uns vorsichtig durch die Tür. Da kommt ein Schwall von stinkigem Dunst über mich, es ist dämmrig mit wenigen Glühbirnen, die von der Decke hängen. Aber der Raum ist voller Menschen. Manche sitzen, manche stehen, alle reden durcheinander. Jeder sucht einen guten Platz zu finden. Uns drücken sie einfach auf die Seite. Meine Mutti schimpft, damit wir überhaupt ein bisschen Luft und Platz bekommen. Keiner hilft ihr, jeder schaut mit Ärger auf uns, als wollte er sagen, was wir denn eigentlich da auch noch machen. Dann vergeht die Zeit, aber es fühlt sich an, als wollte sie gar nicht vergehen. Ich schaue den andern zu, wie sie anfangen zu essen. Der hat sogar einen Apfel! Oh, ich möchte auch einen Apfel. Mutti kramt im Sackerl. Sie hat keinen Apfel mit, nur ein Stück Brot. Wir sind einfach zu schnell weggegangen. Irgendwie spüre ich es im Magen, dass ich nichts so Gutes bekomme wie diese andern Leute, die uns ja gar nicht mögen. Und es ist eine so dicke Luft, es stinkt, ja es stinkt. Es ist wie ein böser Traum. Aber wenn hin und wieder ein Neuer bei der Tür hereinkommt, hört man den Lärm von draußen. Und ich kenne diesen Lärm schon, wir sind in Sicherheit, sagen die Großen, aber was da draußen ist, nennen sie Luftangriff. Ich vergesse sicher nicht, wie sich so etwas anhört, wie es übel in die Nase kriecht, wie es rumort, wie es Angst macht, auch wenn wir hier sind – in Sicherheit. Aber was ist mit Großvati und Mama, wird das Haus einfallen, wenn es hin- und herspringt? Ich mache die Augen zu, damit die Angst kleiner wird. Meine Mutti sagt: »Ja, schlaf ein bisserl!« Weiß sie, was ich denke?

Fliegerschauen

Jetzt sind wir nicht mehr in Salzburg, wir sind jetzt bei meiner Tante, die eigentlich die Tante von Mutti ist. Sie hat ein Gasthaus auf einem Berg. Wenn ich hinunter schaue, kann ich den Ort sehen. Wenn ich ganz genau hinhorche, kann ich sogar die Ache rauschen hören. Sie nennen den Ort Bad Gastein. Wir wohnen im Seitenteil des Gasthauses. Vor uns ist eine Terrasse, wo Gäste sitzen können. Aber jetzt sind fast keine da. Wir sind ja auch da, um uns zu verstecken. Jeden Tag, wenn es noch ruhig ist, gehen wir in die Hütte und setzen uns zwischen die Kartoffelsäcke. Mutti sagt, das schützt uns vor den Fliegern. Hier fliegen sie nur drüber, in Salzburg ist es jetzt zu gefährlich. Das habe ich ja schon gespürt. In der Hütte ist es aber langweilig. Da kann man nicht spielen. Da muss man einfach warten. Wir haben auch eine Jause mit. Das ist die einzige Abwechslung. Ich habe herausgefunden, dass es Ritzen zwischen manchen Brettern gibt. Da kann man durchschauen und wenigstens etwas von draußen mitkriegen. Heute Morgen wurde es mir aber zu dumm. Wir waren zu spät dran, um in die Hütte zu gehen. Wir mussten im Haus bleiben. Da dachte ich mir, das ist eine gute Gelegenheit, mal schnell raus zu rennen und die Flieger anschauen. Drei sind direkt über uns drüber geflogen. Aber ich konnte sie nicht lange beobachten. Ich war schon etwas von der Haustür weg, da schrie meine Tante »Zurück, sofort zurück!«, als würde sie erschlagen, so laut. Ich musste einfach umdrehen, um sie zu beruhigen. Sie schimpfte und predigte, dass schon manche Leute ihre Neugier umgebracht hat. Meine Mutti zitterte nur noch. Warum? Die sind ja eh drüber geflogen. »Ja, aber die hätten auch auf dich schießen können.« Irgendwie komme ich mir nicht so wichtig vor, als dass sie auf mich schießen. Und ich habe ihnen auch nichts getan!

Jetzt muss ich wieder in dem engen Zimmer sitzen, wo wir 3 Kinder und meine Mutti leben. Mein Bruder ist noch ein Baby und überall hängt die nasse Wäsche und riecht es nach Windeln. Es ist eng und feucht. Ich fühle mich gar nicht wohl, noch dazu ist ja meine Puppe kaputt. Ich möchte da wieder hinaus. Aber das ist jetzt streng verboten. Ich soll »tapfer« sein. Dieses Wort mag ich gar nicht, wie ich mal gesagt habe. Es ist sehr anstrengend und sehr traurig, tapfer zu sein.

Ganz kurz war nämlich Vati da. Dann hat er sich wieder verabschiedet und er sah mich so traurig an. Das kann ich dir nicht sagen, wie. Aber es ist mir wie ein schwerer Schlag auf die Brust gefallen. Was meint er denn, wenn er mich so ansieht. Dumm wie mein kleiner Bruder bin ich nicht mehr. Etwas ganz Schlimmes ist da los. Was nur, was nur, ich bin sooo traurig. Er hat mich so traurig angeschaut.

Anmerkung: Die Atmosphäre nehmen Kinder voll auf. Es ist dann verstörend, wenn sie nicht herausfinden, was los ist. Meine Mutter hat es später nicht einmal mir erzählt, sondern nur meinem Bruder. Damals gab ihr mein Vater eine Pistole, um uns alle zu erschießen, weil der Krieg mit der bekannten Niederlage zu Ende zu gehen schien. Meine Mutter zerlegte die Pistole in kleine Teile, die sie in die Gasteiner Ache warf. Ich erinnere mich noch genau, dass wir um diese Zeit in der Kirche von Bad Gastein getauft wurden. Anwesend war meine Tante. Ich glaube, sie war wirklich eine Stütze meiner Mutter.

Puppen

Mein Bruder hat den Le-Le, eine Stoffpuppe, und ich habe auch eine Puppe aus Stoff mit einem Kleid und einem Gesicht, das aufgemalt ist. Sie ist nicht echt, ich mag sie eigentlich nicht sehr. Meine Mama hat sie genäht. Immer noch denke ich an meine schöne erste Puppe mit einem runden Kopf und blauen Augen und roten Lippen. Sie hatte auch Arme und Beine, die ich bewegen konnte und natürlich ein Kleid mit Blumen drauf. Das hatte sie von meiner Tante. Ich hab sie immer weich gebettet und in frisch gewaschene Windeln von meinem Bruder eingewickelt. Ich habe sie gestreichelt und versucht sie zu kämmen. Aber einmal habe ich ihr Gesicht gewaschen und auch ihre Augen. Da habe ich zu stark gedrückt und ihre Augen hineingedrückt, so dass das Gesicht meiner Puppe schlimm aussah. Ich wollte die Puppe zum Doktor bringen lassen. Aber meine Tante und meine Mutti sagten, das geht jetzt gar nicht. Es kommen jeden Tag die Flieger. Wir können nicht hinausgehen. Ich habe sie mit einem Taschentuch verbunden, aber die Augen sind nie mehr geheilt. Die Großen haben ernst dreingeschaut und festgestellt, dass nun die Puppe kaputt ist. Was soll denn das heißen, kaputt, dann bin ich ja auch kaputt, wenn ich krank bin. Die Puppe ist nur krank. Aber weil sie doch kaputt war, ist sie eines Tages verschwunden und mir wurde gesagt, dass sie nicht mehr wiederkommt und eine andere können wir nicht kaufen. Kaufen? Ich hatte sie doch lieb. Ich war noch viel kleiner als heute, aber ich habe die Erwachsenen nicht verstanden und ich war sehr traurig. Meine Stoffpuppe, die mir Mama genäht hat, ist lang nicht so schön und ich hab sie einfach nicht so lieb.

Aber ich habe mir etwas ausgedacht. Da kommst du nicht drauf. Ich fange immer die Katze vom Nachbarn ein. Ich streichle sie ein bisschen, dann setze ich ihr die Haube von meiner Stoffpuppe auf und lege sie in das weiße Puppenwagerl und decke sie ordentlich zu. Und dann ... geht es an, sie lässt sich nur ganz kurz herumfahren, dann strampelt sie sich frei und ist mit einem Satz aus dem Wagerl draußen und für heute verschwunden. Ich wollte ihr doch noch ein Kleid anziehen. Ich rede ihr so gut zu, aber sie will einfach nicht im Wagerl bleiben, wo ich sie doch so gut behandle. Sie will nicht mein Putzi sein. Nur komisch, nächsten Tag traut sie sich doch wieder in unseren Garten. Ich versuche es wieder, und wieder endet alles wie vorher. Schwups ist sie weg. Aber am übernächsten Tag kommt sie wieder und wir spielen wieder miteinander. Ja, ich glaube, für sie ist das eben IHR Spiel, mir zu entwischen. Und für kurze Zeit habe ich auch ein schönes Spiel mit ihr. Doch irgendwie ärgert es mich schon, dass sie gar nicht nachgibt. Sie könnte doch auch einmal länger stillhalten, bis sie das Kleid anhat. Schade!

Der spanische Rohrstock

Warum dieser Stock bei uns so heißt, weiß ich nicht, aber mein kleinster Bruder weiß, wie er sich anfühlt, wenn Mama kommt, ihm eins damit »schnalzt« und ihn dann in die Ecke schickt. Ich kapiere nicht immer, was er eigentlich verbrochen hat, aber er tut mir jedes Mal leid. Doch lässt er sich nicht so leicht einschüchtern und ein anderes Mal fällt ihm wieder eine Dummheit ein, die meine Leute in Wut bringt, und er bekommt wieder dieselbe Strafe. Eigentlich bewundere ich ihn, mutig ist er schon. Ich traue mich das nicht.

Aber gestern hab ich mich auch etwas getraut. Horch zu: Du weißt ja, dass ich eine schöne, »echte« Puppe möchte, weil ich meine erste Puppe – wie sie sagen – kaputt gemacht habe und wir keine neue bekommen haben. Ich habe ein Puppenwagerl, aber keine richtige Puppe dafür. In unserem Keller wohnt Annie, sie geht schon in die Schule (ich auch bald). Ich plaudre oft mit ihr. Da sitze ich auf ihrem Fensterbrett, das grade so hoch wie ein Bankerl ist, und schaue in ihr Zimmer hinunter, eigentlich ist es die Küche. Hinuntergehen und mit ihr spielen darf ich nicht, weil ihr Vati sehr krank ist und wir auch krank werden könnten, »anstecken« nennen es die Großen. Aber wir reden auf diese Weise miteinander. Sie ist lieb.

Gestern war das Fester offen und sie war nicht da, sonst auch niemand. Weiß nicht, ob sie vergessen haben, es zumachen. Jedenfalls war die Versuchung für mich zu groß, ich sah die Puppe auf dem Sessel. Sie war so schön wie meine verschwundene. Ich wollte sie so gerne haben. Da stieg ich ins Zimmer runter. Zum Glück stand ein Tisch beim Fenster und ich schnappte mir die Puppe. Ich wollte mit ihr spielen. Aber ich habe wieder einmal nicht mit meiner Mama gerechnet. Sie fragt: »Woher hast du die Puppe?« Ich stottere herum. Sie:

»Na, wart nur, das werde ich dir austreiben, in eine fremde Wohnung zu steigen und etwas zu stehlen. Was glaubst du denn, was Annemie denkt!« Während ich noch über das Wort »stehlen« nachdenke, zischt es schon um meine Wadeln, das berühmte spanische Röhrl. Ich sag dir, das tut gar nicht gut! Schrecklich weh! Und wie Mama zornig ist, das tut auch nicht gut. Was bin ich nur für eine schlimme Sünderin, ich bin ganz zerknirscht. Dann zwingt sie mich noch, die Puppe dorthin zurück zu legen, woher ich sie hergenommen habe. Heute bin ich noch immer traurig und irgendwie finde ich alles nicht richtig, nicht …?

Anmerkung:
Ich fand damals das Wort nicht, aber ich spürte es. Etwas war nicht gerecht. Annemie hatte etwas, was ich nicht hatte, ich wollte es und wurde dafür bestraft, dass ich es mir holte. Mein erster sozialer Zwiespalt.

Ich bin noch da

Ich habe euch doch erzählt, dass ich mich immer wie das 7. Geißlein fühle seit damals, als »Krieg« war, wie die Erwachsenen das Durcheinander nannten. Das habe ich jetzt wieder bewiesen. Ich habe es geschafft. Willst du wissen, wie?

Ich bin jetzt im Krankenhaus. Wie ich daher gekommen bin, weiß ich nicht mehr. Aber was vorher war, weiß ich. Das war noch schlimmer als das mit den Fliegern. Auf einmal – ich weiß nicht, wie das gekommen ist – hab ich keine Luft mehr bekommen. Ich habe geatmet, aber nichts ging in mich hinein. Ich habe das Gefühl gehabt, dass gleich mein Kopf platzen wird vor Anstrengung, Luft zu holen, die

nicht in mich hinein will. Mutti hat in der Küche nasse weiße Lein-
tücher aufgehängt. Sie hat ihren Kopf über mich gebeugt und in einem
fort gesagt: »Atme, Traudi, bitte atme, atme, du musst nur probieren
zu atmen, bitte!« Sie war panisch und ich bekam auch Angst. Ich habe
mich angestrengt und angestrengt, sie hat geredet und geredet. Und
dann weiß ich nichts mehr.

Sonst wenn wir krank waren, hat uns Großvati immer mit dem
Leiterwagerl zum Doktor gefahren. Aber heute erinnere ich mich an
nichts. Sie sagen, das Rettungsauto hat mich hierher gebracht.

Nun bekomme ich wieder Luft, aber stell dir vor, ich muss die ganze
Zeit am Balkon des Krankenhauses in einem Bett liegen. Die Schwester sagt, ich bin sehr krank und das muss so sein, ich darf nicht zu
den andern Kindern ins Zimmer hinein. Aber da ist es so langweilig,
einfach grau, regnerisch und traurig. Ich will zu den andern hinein.

Endlich darf ich wieder ins Zimmer hinein. Langsam wird es mir
auch noch besser und ich denke an die Polsterschlachten mit meinem
Fritzi in Graz und in Salzburg. Ich möchte schon wieder daheim sein.
Aber meine Nachbarin ist auch recht nett. Wir tauschen aus Freundschaft die Polster aus. Da kommt grade die Schwester bei der Tür herein und schreit starr vor Schreck: »Die Polster dürft ihr nicht tauschen,
nein, nie mehr, das ist streng, streng verboten.« Wir fragen natürlich
»Warum«. Für uns ist das nichts Besonderes. Da sagt sie das Wort, das
schwer auszusprechen ist, aber das ich mir sicher merken werde: »Du
Unglückskind hast doch Pseudokrupp! Das ist ganz ansteckend.« Von
wegen ansteckend. Das muss sie uns auch noch erklären. Ich darf jetzt
nur im Zimmer bleiben, wenn ich schön brav bin und solche Sachen
nicht mehr mache. Das ist auch fad. Wann darf ich heim?

Aber du verstehst, es ist alles gut ausgegangen, weil ich wie das 7.
Geißlein bin. Im Herbst darf ich dann auch schon in die Schule gehen.
Auch dann wird alles gut.

Ich bin auch wer

Diesen Tag vergesse ich sicher nie. Ich stehe in der Küchentür fertig zum Weggehen. Meine Mama pflanzt sich auf der einen Seite von mir auf und Mutti auf der andern Seite. Sie ziehen mir einen Schulranzen an, schön rot und blau. Sie stehen so ernsthaft und wichtig da, dass mir ganz feierlich zu Mute wird. Dann sagen sie: »Das ist ein ganz besonderer Tag heute für dich. Du gehst zum ersten Mal in die Schule. Du bist jetzt wirklich groß (meine Brüder sind nun erst recht die »Kleinen«). Du wirst uns dort Ehre (!) machen. Du wirst brav und fleißig sein. Es wird ganz viel Neues geben und du wirst auch viele neue Mädchen kennen lernen. Du wirst es sicher gut machen. Es ist ein ganz großartiger Tag!« Und so habe ich mich auch gefühlt. Ich war einfach nur stolz, dass ich nun so wichtig bin und dass es so viel Neues geben wird. Ich war mir ganz sicher, dass ich es gut machen werde. Ja, dieses Vertrauen meiner Leute in mich hat mich erst richtig groß gemacht. Alles war feierlich und voller Bedeutung. Ich war glücklich, warf meine Zöpfe nach hinten und stapfte aus dem Haus.

Nun bin ich da in einer Klasse mit lauter Mädchen. Es klappt nicht alles gleich so herrlich, wie ich es mir vorstelle. Es sind auch die Größeren mit uns in einem Klassenzimmer, es ist heiß und eng. Ein alter, dürrer Lehrer mit weißen Haaren unterrichtet uns. Wir lernen schreiben und sind immer beschäftigt. Er geht durch die Reihen und schaut, ob wir auch schön arbeiten. Er sagt etwas zur einen, er klopft der andern auf die Schulter, er sagt etwas zu meiner Nachbarin. Er stellt Fragen und ruft die auf, die aufzeigen. Zu mir sagt er nie etwas, mich nimmt er nie dran, wenn ich aufzeige, mir klopft er nicht auf die Schultern. Ich bin einfach Luft für ihn, sieht er mich überhaupt? Langsam denke ich, ich habe nicht ein so schönes Leiberl wie meine

Nachbarin, und mein Rock ist von meiner Mama genäht und nicht gekauft. Sehe ich schlechter aus als die andern? Ich habe doch auch Zöpfe wie sie, noch dazu längere. Und glaubst du wirklich, ich schreibe schlechter als die alle? Keinen Tag hat es bis jetzt geklappt, dass er mich beachtet.

Heute habe ich eine Idee gehabt. Ich habe beobachtet, wenn Kinder stören, dann ist er sofort bei ihnen. Egal was dann passiert, er beschäftigt sich mit ihnen. Das ist meist sehr unangenehm. Nach wütenden Worten kommt das lange Lineal. Die Armen müssen die Hände ausstrecken und ruhig halten und dann saust das Lineal darauf nieder. Sie bleiben aber mucks-mäuschen- still, wohl weil sie nicht noch mehr Schläge kassieren wollen.

Heute habe ich mir vorgenommen, auch auf diese Weise den Lehrer zu mir zu rufen. Ich rutsche lautstark mit dem Sessel nach hinten und lasse dann einen nicht allzu lauten Schrei los, so als habe ich mir weh getan. Es klappt, sofort ist er bei mir, rückt den Sessel zurecht und sagt mit Verachtung: »So, also auch du kannst keine Ruhe geben, Hände ausstrecken!« Mit einer Art von Vergnügen strecke ich meine Hände aus und das Lineal saust nieder, tut aber gar nicht so weh, weil mich »der alte Grantscherm« zum ersten Mal direkt angesprochen hat.

Aber ehrlich, vielleicht weiß er jetzt, dass es mich gibt und ich brauche mich nicht mehr auf diese Weise in Erinnerung bringen. Es ist ja wirklich nicht gerade angenehm! Wie machen das nur die andern, die nicht stören müssen? Was habe ich bloß ausgefressen, ich möchte nur dazu gehören. Wenn ich es meinen Leuten zu Hause erzähle, was in der Schule los ist, machen sie ein komisches Gesicht, sagen aber nichts. Wissen sie vielleicht, was der Lehrer an mir nicht mag?

Auf dem Schulweg

In der 1. und 2. Klasse haben wir jede zweite Woche am Nachmittag Unterricht. Wir müssen mit den Buben abwechseln, weil wir nur einen großen Klassenraum haben, wo 4 Schulstufen in einer Klasse lernen müssen.

Da habe ich mir angewöhnt, wenn es im Herbst schon dämmrig wird und wir nach Hause gehen müssen, den Waldweg zu nehmen. Meine Mama hat mir eingeschärft, dass ich besser den unteren Weg durch die Häuser nehmen soll und nicht den oberen durch den Wald. Das mache ich auch meist. Aber der Weg durch den Wald ist so schön am Tag und so gruslig gegen Abend zu. Die Vögel, das Knacksen von Ästen, ab und zu ein Schritt, der Lärm meines eigenen Schritts und irgendwo ein Rascheln, ein Huschen durchs Gebüsch – alle Geräusche sind so spannend und ein wenig schaurig. Ich will das erleben und ich habe doch ein wenig Angst, wie ich es von Märchen gewohnt bin. »Hänsel und Gretl« liebe ich sehr.

Wenn ich dann aus dem Wald herauskomme, komme ich zum Kastner Bauern. Dort sitzt meist der alte Großvater auf der Bank im Hof, hat eine lange Pfeife im Mundwinkel und ruft mich oder andere Kinder, die vorbeigehen, zu sich. Dann grinst er übers ganze Gesicht, zieht zweimal schmatzend an seiner Pfeife und fragt: »Kennst du das schon?« Dann erzählt er Geschichten von Menschen und Tieren, was alles er so in seinem Leben erlebt hat. Er klopft sich manchmal vor Spaß auf die Schenkel, wenn er besonders schlaue Sachen von sich zum Besten gibt. Und immer zwischendurch muss er herzhaft lachen. Manchmal benützt er auch Wörter, die ich zu Hause nicht sagen dürfte, dann lacht er besonders laut. Ich versteh auch nicht immer alles, manchmal nuschelt er zu viel. Aber ich bleib immer bei ihm stehen, er ist einfach so lustig und wirklich wert, dass ich den Weg durch den Wald nehme und das Gruseln dabei lerne.

Heuer gehe ich öfter den unteren Weg. Neben dem Weg sind ein paar Häuser, dann aber ist nur Wiese und ein kleiner Bach daneben. Ich gehe nun in die 3. Klasse. Wie du ja jetzt weißt, habe ich eigentlich keine Freundinnen. Es wohnt auch keine bei mir in der Nähe. Aber Buben gibt es genug. Das ist manchmal ein Hin und Her mit denen. Sie necken und ärgern mich. Meistens ärgern sich mich. Wenn ich dann grob werden will, bin ich zu schwach, und sie ziehen mich ganz einfach an meinen Zöpfen. Weißt du, wie weh das tut? Das wissen diese Kurzhaarschädeln ja nicht und ziehen mit Vergnügen fester an. Ich bin nicht mehr nur ärgerlich, mir kommen schon die Tränen. Und endlich kommt mein Retter. Er ist schon in der 4. Klasse, er hat schwarze Haare und dunkle Augen und vor allem eine feste Hand. Er mischt sich unter die Kerle, befreit meine Zöpfe und gibt den Kerln noch einen ordentlichen Klaps, dass sie es für heute nicht mehr wagen, sich an mich ranzumachen. Meistens gehen wir dann zu zweit weiter und erzählen einander alles Wichtige. Er hat noch 3 kleinere Brüder und wohnt in derselben Straße wie ich. Ich rede gern mit ihm und es macht mir richtig Spaß zuzusehen, wenn der die andern verjagt. Und er schämt sich auch nicht, mit mir weiter zu gehen. Manchmal bin ich auch schon im schmalen Bach gelandet, bevor er mir zu Hilfe kam. Aber ist das nicht schön, es passt einer auf mich auf und wir können gut miteinander reden! Dumm ist nur, wenn er nicht zur selben Zeit aus hat wie ich. Dann gehe ich lieber den Weg durch den Wald.

Lauter Märchen

Neben meinem Bett steht ein großer Wandschoner, der so lang ist wie mein Bett und so hoch, wie mein Bett breit ist. Das Ganze ist ein Bild vom Märchen »Dornröschen«. Das kann ich mir jeden Abend anschauen, bevor ich einschlafe. Es gibt mir irgendwie Ruhe. Ich kann beruhigt schlafen. Auch wenn etwas Böses passiert, es wird alles wieder gut. Auch die Rosen sind so schön wie unsere beim Stiegen-Aufgang. Und der Prinz erinnert mich an meinen blonden Wolfgang, mit dem ich früher Schlitten gefahren bin.

Wann ich an »Hänsel und Gretel« im Wald denke, weißt du schon. Ich und meine Brüder halten so wie die zusammen, es wird uns trotzdem wieder gut gehen, auch wenn nicht immer alles passt.

Noch zwei Märchen gibt es, an die ich auf meinem Weg immer erinnert werde und die ich sehr mag. Am oberen Schulweg nach dem Kastner Bauern ist rechts ein großer Park mit einer Villa. Der hat etwas Geheimnisvolles, weil ich da nicht einmal hineinschauen kann. Er hat ein großes Tor, das verdeckt ist, und eine lange Mauer rundherum. Nur das Haus schimmert durch die Bäume ein bisserl durch. Es ist ein großes Haus und gehört einem Baron. Für mich ist es ein Schloss, mehr noch als eine Villa wie im Park auf dem Weg nach Parsch, an der ich auch oft vorbei gehe. Es gibt auch so viele Wasserlacken rundherum, dass ich mir vorstelle, hinter diesen Mauern ist ein verzauberter Schlossteich. Und in diesem Schlossteich wohnt der Froschkönig. Ich freue mich immer über dieses Märchen. Die Königstochter weiß zuerst nicht, was in dem Frosch steckt. Er zwingt sie, ihn zum Essen mitzunehmen. Und da geschieht es. Sie wirft ihn an die Wand und ein Wunder passiert, er wird verwandelt. Ich denke mir oft, ob hinter einem Ding oder einem Menschen nicht etwas anderes steckt, seit ich dieses Märchen liebe. Und ich denke mir auch, dass es darauf ankommt, wie ich den Zauber lösen kann, wenn ich z.B. etwas nicht verstehe und glaube, da steckt mehr dahinter.

Bevor ich zu unserem Haus komme, ist links eine herrliche Kastanien-Allee und rechts (ja »links« und »rechts« auseinanderhalten ist für mich kein Problem) in der Wiese steht ein Haus. Das ist länglich und hat eine Art Turm, in dem noch ein Zimmer ist, weil ein Fenster darin ist. Der Turm hat ein spitzes Dach. Ich stelle mir immer vor, dass Rapunzel sein Haar durch das Fenster im Turm herunterlässt. Dann wünsche ich ihr, dass ein Prinz hinaufsteigt und nicht die Hexe und dass sie es rechtzeitig merkt. Die langen Haare kann ich mir gut vorstellen. Ich schaue Mutti manchmal beim Frisieren zu. Sie hat Haare, die bis zu den Kniekehlen reichen so wie Rapunzel.

Auch andere Märchen mag ich, besonders den »Gestiefelten Kater«. Der ist so schlau, erfinderisch und frech. Den kann ich bewundern. Das Rumpelstilzchen verachte ich. Es kommt mir vor wie manche ekelhafte Buben, die sich für so wichtig halten. Auch das »Rotkäppchen« mag ich nicht besonders. Ich mag nicht so getäuscht werden vom Wolf wie das Rotkäppchen. Aber er tut mir dann auch leid, wenn der Jäger kommt. Beides will ich nicht haben. »Schneewittchen« mag ich wegen der Zwerge. Diese kleinen Wichte kümmern sich wirklich um Schneewittchen, so wie meine Brüder um mich. Die Stiefmutter mag ich nicht.

Du siehst, ich träume gern, male mir innere Bilder aus und denke über alles, einfach über alles, nach. Es gibt so viel, was mich neugierig macht. Und ich glaube ganz fest, dass wie in den Märchen, das Schöne über das Böse siegt.

Fragen über Fragen

Ich habe dir gesagt, dass ich manches nicht verstehe und mir einiges richtig komisch (= seltsam) vorkommt. Da ist einmal die Frage noch offen, warum war auf einmal der blonde nette Wolfgang weg. Weißt du, bevor ich in die Schule ging, durfte ich noch aus dem Garten hinaus. Auf der anderen Seite der Straße vor unserem Haus war ein kleiner Hügel. Dort durfte ich Schlitten fahren. Das war lustig und schön, weil mit mir dieser Bub aus dem Nachbarhaus gegenüber spielen durfte. Wir rutschten vergnügt den Hang hinunter, am Schlitten versuchten wir es auch auf dem Bauch. Wir schlurften langsam wieder hinauf und kugelten auch im Schnee einfach nur hinunter. Der Hügel ist nicht sehr steil. Wir erfanden immer wieder neue Spiele. Doch eines schönen oder besser bösen Tages war Wolfgang fort und kam nie mehr wieder.« Er ist doch nicht krank?« war meine erste Überlegung. Nein, denn er kommt überhaupt nicht wieder. Bis ich das begriffen habe, verging etliche Zeit. Aber ich durfte allein nicht mehr hinaus auf unseren kleinen Hügel. Aus, endgültig aus, der Garten ist ja groß genug. Endlich traute ich mich zu fragen, wo denn mein Freund geblieben ist. »Verzogen« war die kurze Antwort und dazu sagte mir das Gesicht meiner Leute, dass es da keine weitere Frage zu stellen gibt. Aber ich habe ihn nie vergessen, auch nicht, wie er aussah.

Dann gab es den Schrecken, als Frau ....., wie heißt sie nur?... kam. Ich ging ihr auf unserem langen Gartenweg zum Gartentor entgegen und begrüßte sie pflichtschuldig mit der rechten Hand erhoben. Hinter mir kam meine Großmutter und begann mit mir zu schimpfen, dass ich das nie mehr machen darf, nie mehr. Was habe ich denn überhaupt Böses gemacht, frage ich mich und das noch bis heute. Die Antwort »Die Zeit hat sich geändert« sagt mir überhaupt nichts. Die

Frau hat freundlich gelächelt, weil ich ja grade erst 5 Jahre geworden bin, eine kleine Dumme eben, die erst in die Schule gehen muss.

Und heute bin ich 7 Jahre alt. Der Sommer hat viele Sonnentage und ich spiele mit meinen Brüdern im Garten. Oft, fast jeden Tag sitzt im Nebengarten bei der Frau Scheichl ein Mann mit einem Buch in der Hand. Ich gehe neugierig zum Zaun und grüße ihn. Er schaut mich nicht einmal an. Was hat er denn? Ich bin wirklich neugierig, wer er ist, denn die Frau Scheichl ist immer nett zu mir, er aber nicht. Ist der der Mann von Frau Scheichl? Das schaut irgendwie nicht so aus. Er redet auch mit ihr nicht viel. Ich horche aufmerksam zu, aber es wird mir nicht klarer. Da frage ich eben meine Mama. Sie ruft zur Sicherheit Mutti herbei. Beide nehmen mich nun, wie sie sagen »ins Gebet«. Sie fragen mich aus, was ich gehört und gesehen habe. Statt mir etwas zu erklären, reden sie eindringlich auf mich ein, dass ich niemandem davon erzählen darf. Das ist soo geheim, dass ich sagen muss, ich habe NICHTS gesehen, einfach gar nichts. Aber ich habe ihn doch so soft gesehen. Was ist denn da wieder los? Ich fühle mich wirklich schlecht, irgendwie zum Narren gehalten. Was ich gesehen habe, habe ich gesehen. Was soll das? Aber ich weiß, meine Mama und meine Mutti werde ich nicht verraten, auch wenn ich durcheinander bin. Mein Mund bleibt zu. Das kann ich ihnen aufrichtig versprechen.

Nur weißt du, es ist schon wieder etwas, was ich nicht verstehe, genauso auch, warum mich in der Schule so wenige mögen. Und nun kommt noch etwas dazu, was mich richtig bedrückt

Werden wirklich alle verdammt

Nun gehe ich in die 2. Klasse. Wir haben heuer Erstkommunion. Wir haben über die Beichte gelernt. Ab jetzt müssen wir uns immer fragen, ob wir alle 10 Gebote, die wir auswendig gelernt haben, beachten. Wir müssen uns fragen, ob wir Sünden begangen haben. Und eine schwere Sünde ist es, am Sonntag nicht in die Kirche zur Messe zu gehen. Natürlich soll man auch eine ganze Messe und nicht nur eine halbe mitmachen. Gut, das habe ich zu Hause erzählt. Sie glauben mir es auch, weil meine Mutti jetzt jeden Sonntag mit uns über 1/2 Stunde zur Kirche geht. Das erste Problem ist schon, dass meine Mama nicht mitgeht, weil sie bei meinem Großvater bleiben muss. Der aber will gar nicht in die Kirche gehen. Er sagt, zu den Gfrastern geht er nicht. Also geht meine Mutti mit uns. Aber sie hat ja auch schlechte Füße, und so kommen wir oft zu spät. Sie sagt, die Kirche fährt eh nicht weg. Wir finden immer einen Platz in der Kirche. Aber ich mag dann nicht mehr vorn bei den Kindern sitzen. Mir kommt vor, dass es nicht recht ist, dass wir und die andern Frauen zwar eine ganze oder fast eine ganze Messe mitmachen, während draußen am Platz vor der Kirchentür die Männer stehen und tratschen. Nach der Predigt kommen sie dann in die Kirche. Wir lernen ja, dass eine gültige Messe mindestens die 3 Hauptteile Opferung, Wandlung, Kommunion haben muss. Das scheinen die »Mana« auch zu wissen, drum kommen sie nach der Predigt herein. Aber warum müssen WIR dann pünktlich sein und zur Kirche schnaufen?

Doch das ist ja noch nicht so schlimm. Schlimm für mich ist, dass wir im Religionsunterricht lernen, dass nur Katholiken in den Himmel kommen und nur solche, die auch in die Kirche gehen. Mein Großvati aber ist doch wütend auf alle »Kirchinger« – verstehst du, auf alle, die auf die Kirche hören – er wird sicher nicht in den Himmel kommen und meine Großmama aus Graz auch nicht, weil sie nie mitgeht. Und die Frau Scheichl und unsere Mieter sehe ich auch nie in der Kirche und manche wie meine Tante sind sogar evangelisch. Kommen die alle nicht in den Himmel? Aber ich mag sie doch alle sehr. Ich will nicht, dass sie in die Hölle kommen. Aber ich kann sie nicht überzeugen, mit mir in die Messe zu gehen oder katholisch zu werden.

Am Sonntag war unsere Erstkommunion. Ich hatte ein Kleid, das Mama genäht hat, und einen Kranz aus Margeriten. Es war sehr feierlich. Ich habe im Religionsunterricht gelernt, dass wir heute das erste Mal Jesus in der Hostie zu uns nehmen. Wir dürfen 1h vorher nichts mehr essen und müssen vorher gebeichtet haben. Aber dann treffen wir in der Kommunion mit ihm zusammen. Ich verstehe zwar nicht, wie das sein kann, einen Menschen, oder wie ich weiß einen Gottmenschen, in einer Hostie zu essen! Stimmt schon, enger kann man nicht mit jemandem verbunden sein. Aber zu essen! Es ist eben ein Geheimnis, wie der Kaplan sagt. Endlich höre ich auf, mir Sorgen und Gedanken zu machen. Ich bin total ergriffen und sehr ehrfürchtig. Ich denke weiter nach, auch nach der Kommunionmesse.

Wir gehen in den Pfarrhof und es gibt eine Jause. So gut, wie wir sie zu Hause nur zu Weihnachten haben. Alle sind lustig und ausgelassen und es schmeckt uns auch allen sehr gut. Aber in mir ist etwas, das mich nicht loslässt. Ich begreife nicht ganz, wie man nach so etwas Heiligem und Außergewöhnlichem so ausgelassen sein kann, als würden wir gerade einen Ausflug machen. Ich kann nicht richtig mit den andern mitfühlen. Ich bin ganz woanders, ich würde gerne darüber sprechen. Aber wen interessiert das jetzt? Wieder bin ich anders als die andern, aber diesmal bin ich ganz sicher, dass ich auf der richtigen Seite bin. Doch das mit dem Verdammt-Sein, wenn du nicht katholisch bist, das muss ich noch einmal den Kaplan fragen.

Auf eigene Faust

Jetzt bin ich schon in der 3. Klasse. Meine neue Lehrerin ist jung und lustig. Ich glaube, sie schaut nicht auf das Gewand, wenn sie Kinder aufruft. Bei ihr kann ich aufzeigen, so viel ich will und komme auch immer dran. Dann lächelt sie, wenn ich etwas sage. Ich kann stolz auf mich sein, zum ersten Mal stolz auf mich, denn es fällt mir so leicht, auf alle Fragen eine Antwort zu finden. Auch in Rechnen werde ich immer Rechenkönig, ich habe am schnellsten das richtige Ergebnis. Ich mag auch Heimatkunde sehr und Religion. Mit meiner Mutti bin ich schon vor 2 Jahren im Seenland vor Salzburg herumgewandert und habe alte Hügel besucht, von denen der Professor sagte, es sind vorgeschichtliche Gräber. Mir war das eigentlich egal, mir gefielen die Seen und die ganze Gegend besser. Aber ich hörte, was andere nicht hörten. Und in Religion stelle ich mir die biblischen Geschichten wie einen Film von Walt Disney vor, wie ich einen im Stadtkino gesehen habe. Ich muss auch immer sehr viel nachdenken, weil mir nicht alles um mich herum geheuer vorkommt. Aber das erzähle ich dir ein anderes Mal.

Ich bin jedenfalls in der Schule im Unterricht jetzt ganz mit dabei und einfach glücklich. Nur eins bohrt in mir und schmerzt mich richtig. Ich bin doch nicht anders als die andern oder gar unnormal, aber ich habe keine Freundin, mit der ich am Nachmittag spielen kann, und Spielen mit meinen Brüdern ist ja eher ein Herumtollen. Sie verstehen nicht alles, was ich – also Mädchen – gerne tun. Sie finden das womöglich auch noch »blöd«. In die Heimstunde, wo andere Kinder spielen und singen, darf ich auch nicht gehen, »weil die uns nicht mögen«. Was meinen die Großen damit? Ich will jedenfalls nicht immer nur im Garten eingesperrt sein. Es ist bei uns nur erlaubt, allein in die

Schule zu gehen oder zum Swoboda, einkaufen zu gehen, oder beim Grünbichler Milch zu holen. Das darf ich, aber nichts anderes.

Heute hab ich es einfach versucht. Es wurde mir schon zu dumm, immer allein zu bleiben. Und die Kneifel ist wirklich eine Nette. In der Schule kann ich mich gut mit ihr unterhalten. Also zweigte ich heute nach der Schule nicht zu mir nach Hause in die Ziegelstadlgasse ab, sondern ging mit ihr gerade aus in der Traunstraße weiter bis zu ihr nach Hause. Dort wurde ich auch ganz nett empfangen. Wir hatten gar nicht viel Zeit zum Mittagessen und fingen sofort an, alle Spielsachen zu inspizieren. Wir waren gerade am Plaudern und Puppen Umziehen, als es an der Tür läutete und stell dir vor, wer davor stand – die Polizei! Schöne Geschichte – sie wollten nämlich mich, sie fragten ob ein »so und so« Mädchen sich hier befinde. Was hätte ich tun sollen? Ich fragte aber ganz höflich, was sie denn von mir wollten. Da kam es heraus: »Deine Mutter macht sich große Sorgen um dich, warum bist du einfach »abgehauen«, ohne etwas zu sagen?« Na, wenn die nur wüssten – dachte ich – wie nutzlos bei mir zu Hause »etwas zu sagen« ist. Da bekomme ich doch nie eine Erlaubnis. Ich habe nur versucht, meine Dinge selber in die Hand zu nehmen.

Aber Polizei ist Polizei, ich musste mitfahren. Das kannst du dir aber denken, dass ich nicht gut aufgelegt war und auch die Kneifel machte ein böses Gesicht. Irgendwelchen komplizierten Diskussionen zu Hause bin ich dadurch entgangen, dass ich wortlos im Zimmer verschwand. Jetzt sitze ich allein da, meine Brüder sind die Braven, und ich weiß, dass es mir nichts genützt hat, meine schlechte Lage selber zu verbessern.

Das magst du nicht sehen

Wir haben Hasen und Hühner. Von den Hasen haben wir warme Fellmützen und ich einen Muff. Die hat meine Mama genäht. Selten gibt es auch Hasenbraten. Im Sommer sind die Hasen in der Hütte und im Winter im Keller. Ich schaue ihnen manchmal zu, wie sie mümmeln. Sie geben keinen Laut von sich, du hörst sie nur ein bisserl schmatzen, wenn sie fressen. Die kleinen Hasen sind ganz süß. Aber wir dürfen sie nicht aus ihrem Nest nehmen. Da wären alle schnell irgendwo, und die kann man schwer einfangen. Also sind sie nur zum Streicheln durch das Gitter da.

Unsere Hühner – Rodeländer und Italiener (so sagt mein Groß-vater) – haben sogar einen recht großen eigenen Garten und schlafen in der Hütte auf Stangen. Oben in der Hütte ist Heu, da legen sie ihre Eier hinein. Großvati bereitet für sie ein eigenes Kraftfutter vor, das er in Schüsseln im Bad herrichtet und aufbewahrt. Das finde ich nicht so angenehm. Ich finde das ein bisserl schmutzig für ein Bad. Aber er macht es halt. Wenn er dann mit dem Futter zum Türl des Hühnergartens kommt, sausen alle unsere 10 Hendln ihm entgegen und es ist ein einziges begeistertes Gackern zu hören. Die kennen ihren Herrn wie ein Hund. Obwohl sie sich mit dem Kraftfutter an-fressen, zupfen sie in ihrem Garten alles Gras weg. Dort schaut es aus, sag ich dir. Sie machen ja auch überall hin. Na gut, ich geh da nicht rein. Aber heute habe ich etwas gesehen, das ich besser nicht gesehen hätte. Es sitzt mir noch der Schreck im Hals. Ich hab nie nachgedacht, wie aus einem Hendl Hühnersuppe wird. Aber seit heute weiß ich es. Schlimm! Großvati ging einfach in den Hühnergarten, alle liefen ihm wieder entgegen, aber rannten in alle Richtungen weg, als er sich ein Hendl schnappte. Und – das glaubst du jetzt nicht – er drehte ihm einfach den Kragen um. Und dann geschah etwas Grausiges: das Hendl war schon tot und flog noch einmal auf, dann fiel es runter. Das war so wie ein Geist, ganz grausig, noch grausiger als das Halsumdrehen. Ich will das nicht mehr sehen. Ich bin schnell in die Küche gelaufen.

Jetzt begreife ich auch, dass das mit dem Hasenfell auch nicht so einfach ist. Da muss ja auch ein Hase sterben. Aber das habe ich bisher nicht zu sehen bekommen. Das machen »sie« geheim. So tut es auch nicht so weh.

Eine schlimme Verletzung

Am meisten bin ich mit meinen Brüdern zusammen. Deshalb mag ich sie auch sehr gern. Ich hab dir schon erzählt, dass der ältere der beiden, bevor er in die Schule gekommen ist, sehr oft plötzlich ohnmächtig wurde. Da ist er einfach umgefallen. Zum Glück ist nichts passiert. Aber ich hatte immer solche Angst um ihn. Ich weiß auch gar nicht, warum ihm das passiert ist. Jetzt ist auch er in der Schule. Er ist lustig und freundlich und geduldig. Aber die blöden Buben schätzen das nicht. Sie seckieren ihn. Wahrscheinlich wollen sie, dass er auch einmal richtig wie eben ein richtiger Bub hinhaut. Für mich braucht er das sicher nicht.

Zweimal haben sie ihn nun bös erwischt. Zuerst war das mit dem Bau-Kalk, der in einem Haufen vor der Schule lag. Sie haben ihm den ins Aug geschmiert. Er hat gerufen, weil es so schrecklich brannte. Der Lehrer war schnell von Verstand und hat sofort Wasser ins Auge geschüttet. Er hat sozusagen den Kalk »gelöscht«, sagten meine Leute zu Hause. Gut, dass der Lehrer in der Nähe war. Dann gab es eine lange Zeit, die mein Bruder das Auge behandeln musste. Zuerst hatte er einen Verband, es sah sehr schlecht aus, war rot und geschwollen. Meine Mutti hatte wirklich Angst, dass Fritzi später schlecht sehen wird. Endlich nach vielen Tagen wurde es besser. Ich hielt das für ein Wunder, er konnte wieder ganz normal sehen. Wir merkten gar nichts mehr von seiner Augenverletzung.

Aber die dummen Kerle konnten es noch immer nicht lassen, ihn auf die Probe zu stellen. Gestern kam er mit einer blutenden Wunde genau neben der Nase heim. Es gab eine riesige Aufregung, weil er erzählte, dass die Buben Indianer spielten und ihm mit einem schmutzigen Pfeil mitten ins Gesicht zielten. Meine Mutti sagte sofort »Tetanusgefahr« wegen dem Schmutz in der Wunde. Ganz schnell mussten sie den Arzt erreichen. Er hatte wenigstens ein Auto und kam sofort zu uns, der Dr. Rotter. Mein Bruder bekam eine Tetanusspritze und einen Verband auf die Wunde. Der Doktor sagte, was für ein Glück, der Pfeil hätte ins Auge oder in die Nase gehen können. Solche Dummköpfe, ich sagte etwas Schlimmeres über diese Banditen. Das sind doch keine Schulfreunde, das sind ja Schulfeinde.

Denen würde ich wünschen, dass sie einmal eine alte Granate aus dem Krieg finden. Davor warnt uns Großvati immer, wenn wir in den Wald gehen. Da sind schon Kinder arg verletzt worden, wenn sie damit spielen wollten. Aber für diese Kerle würde das eine Lehre sein. So empfinde ich das. Nur unser Religionslehrer sagt, man darf sich nicht rächen, man muss verzeihen. Also ich bin meistens brav, aber wenn es um meinen Bruder geht, dann kenne ich keine »Fadigkeiten« – so sagt mein Großvater, wenn man nicht entschlossen etwas tut. Siehst du, ich komme schon wieder in eine Unklarheit. Was ist richtig? Was ich fühle oder was ich denken soll?

Aber mein Bruder ist nun wieder ganz gesund. Das zeigt dir meine nächste Geschichte.

Auf der Wiese

Weißt du, meine Lieblingsblumen sind die Margeriten. Sie sind wie lauter freundliche Gesichter. Schau mal, wie viele am Gänsbrunner-Hügel wachsen. Komm, wir gehen ein Stück den Hang hinauf. Die Wiese blüht wie wild. Nicht nur weiße Blumenköpfe, auch gelbe, rosafarbene, rote, blaue, senffarbene stehen überall herum. Oh, das ist aber schön mitten drin zu sein. Auch die Gräser sind so verschieden, sie haben zarte Federn oder breite Lanzen. Pass auf, du kannst dich daran schneiden. Und da gibt es Sauerampfer. Mir schmeckt der, willst du kosten? Dazwischen wuchert gelber und rosa Klee. Ich glaub, ein dreiblättriges Blatt reicht auch fürs Glück. Und wie es duftet. Was riecht denn da so stark wie daheim im Garten, glaubst du das sind Nelken? Komm wir setzen uns ein bisserl hin, ist so schön da. »Stimmt«, antwortet mein jüngerer Bruder.

Er lacht gern. Und nun macht er einfach, was ich will und legt sich mitten in diese Wiese. Er schaut und schaut und schaut, lustig, dass er auf einmal nicht so viel redet wie zu Hause. Er ist mit Schauen und Staunen beschäftigt. Da kriecht ein Marienkäfer den Grashalm hinauf und eine Fliege schwirrt an der Nase vorbei. Irgendwo zwitschern Vögel, gleich dort beginnt ja schon der Wald. Eine Biene summt vorbei und vergräbt ihren Kopf in der nächsten Blüte. Der Wind zupft leicht an den Blütengesichtern und bringt meine Haare durcheinander. Ja, wie siehst du denn aus, wie ein Bürstenkopf, na und du, wie, wie ein... Hör auf. Horch da quakt ein Frosch, und da springt etwas durchs Gras −schade war zu schnell, was war es?

Wir liegen im Gras, alle Blumen rundherum sind höher als wir. Wir schauen hinauf. Aber da geht es ja noch viel weiter hinauf als bis zu den Grasspitzen. Da oben segeln einzelne Wolken durch ein blaues

Himmelsmeer. Guck nur, wie sich die verändern – da ist ein Pferd – aber nein, jetzt wird daraus ein dicker Fisch und dann sieht man nur mehr den Schwanz wie einen Strich. Komm wir machen Wolkenzählen, nein wir denken Wolkenbilder aus. »Na, gut«, sagt mein Bruder. Und wir finden nach und nach so viele Figuren am Himmel wie in einem Bilderbuch. »Schau...schau...und da... noch ein... kennst du das...schau!« So geht es die ganze Zeit.

Da sagt mein kleiner Bruder – so nenne ich ihn immer, denn er geht erst in die erste Klasse und ich schon in die dritte – plötzlich: »Wie schön ist das, wie schön ist es zu leben!«

Und ich möchte einfach alles« trinken« und umarmen und nicht mehr hergeben. Ich schüttle mich fröhlich und meine Zöpfe fliegen um meinen Kopf. Irgendwann gehen wir dann heim.

Anmerkung: Diese Worte aus dem Unbewussten meines Bruders haben mich in vielen traurigen Momenten später getröstet. Sie sind in mir ganz deutlich abgespeichert. Heute versuche ich zu verstehen, wie einer so etwa sagen kann. Vielleicht war er froh, dass er schon einiges gut überstanden hatte, das Gefühl eines Genesenden.

Du holde Kunst

Oft besucht uns unsre Großmutter aus Graz. Wir nennen sie die Grazermama. Sie bleibt auch meist lange da. Da hilft sie beim Kochen, stopft unsere Socken und spielt Klavier.

Wir wohnen jetzt oben. Wo früher unten die Küche war, ist vermietet. Die Frau Schindler kommt wie die Annemie aus Böhmen. Meine

Mutti nennt sie Sudetendeutsche. Im zweiten Zimmer wohnt Herr Fürricht. Er kann 5 Sprachen, meine Mutti sagt, er kommt vom Balkan. Er ist jetzt Fremdenführer in Salzburg. Bei ihm habe ich Englisch gelernt. Du fragst mich, warum ich sage »habe«. Das hab ich mir gleich abgestellt, obwohl ich Englisch so mag. Na, horch. Sein Zimmer war nicht sehr sauber. Er bot mir immer russischen Tee aus dem Samowar an. Das ging ja noch. Aber die schwarzen Oliven brachte ich einfach nicht runter. Doch das war nicht das Problem. Oft erschreckt er mich, wenn ich aus dem mittleren Zimmer komme, wo unser Klavier steht. Er steht plötzlich vor mir, sagt, ich spiel schön auf dem Klavier und verschwindet wieder, aber es ist immer so plötzlich.

Dann lernte ich also Englisch. Ich weiß nicht, wie viele Stunden es waren, als er mich mir nichts dir nichts unten anfasste, einfach so. Das hat mich gründlich abgestoßen. Ich stand gleich auf und verschwand sofort hinauf zu meiner Mutti. Die beruhigte mich und sprach mit ihm. Aber mit meinen Englischstunden war es aus. Es war mir ja schon vorher etwas eklig zumute.

Doch eigentlich wollte ich dir von unserer Musik erzählen. Im großen Zimmer unten steht das Klavier, das Mutti bekam, als sie in die Schule ging. Sie spielt wenig darauf. Aber Grazermama spielt wunderbar, auch ganz schwere Stücke. Ihr könnte ich stundenlang zuhören. Aber was ich nie auslasse, wann ich mich immer ins Zimmer schleiche, ist, wenn sie meine Mutti beim Singen begleitet. Meine Mutti hat eine sehr schöne Stimme. Sie singt immer Lieder von Schubert, von Schuhmann, von Beethoven und Hugo Wolff. Grazermama begleitet sie am Klavier. Ihr Lieblingslied ist »Du holde Kunst« von Beethoven. Da geht es darum, dass die Musik die Traurigkeit wegnimmt. Sie singt es so oft, dass ich glaube, sie muss sehr traurig sein. Und auch meine Grazermama ist sehr traurig. Ihr sieht man es noch mehr an.

Haben die aber schon bemerkt, dass auch ich traurig bin? Ich vermisse meinen Vati. Er ist nie mehr gekommen, seit wir in Gastein waren. Aber ich stelle mir seine traurigen Augen und seine dunklen Haare vor. Wo ist er nur? Kommt er nie mehr wieder?

Auch ich darf schon bei Frl. Schöner Klavierstunden nehmen. Das ist lustig. Ich muss zu ihr mit der Elektrische in die Stadt fahren. Das kann ich auch schon. Seit 1 Jahr mache ich das. Ich liebe die Klänge vom Klavier und horche den Tönen nach. Aber wann werde ich es so gut können wie meine Grazermama? Und wann wird mein Vati wieder kommen?

Auf dem Weg nach Parsch

In die Klavierstunde muss ich mit der roten Elektrische vom Bahnhof in Parsch wegfahren. Der Weg dorthin dauert ca. 20 Minuten. Ich komme zuerst am großen Garten der Bulgaren vorbei, die mich glücklicherweise nie ansprechen. Ich bewundere aber ihr schönes Gemüse, das sie dann am Markt in der Stadt verkaufen. Dann geht der Weg ein Stück den Park mit den riesigen Bäumen entlang. Dort stehen immer die polnischen Juden (so nennt sie Mutti). Die wollen mir allerhand verkaufen. Ich fürchte mich etwas vor ihnen, sie wollen mir immer, ohne dass ich es will, gleich ein Kleid anprobieren. Ich gehe schnell weiter und schaue sie nicht mehr an. Aber eines Tages habe ich wieder ein Verbot von zu Hause übertreten, weil ich neugierig war. Ich ging in eines ihrer Häuschen mit, weil eine Frau dabei war. Mir hat das Kleid dann doch nicht gefallen, meine Mama macht schönere. Aber ich habe ihr Häuschen gesehen voll mit Zeug und voll mit Kleidern und Pullis. Es sieht nicht wie ein Wohnhaus aus, aber sie wohnen auch dort. Und es riecht nach Stoff von den Kleidern, ein bisschen muffig.

Vor Weihnachten werde ich auch in die Trafik nach Parsch geschickt. Die ist noch viel weiter weg als der Bahnhof. Dort soll ich Virginia für Großvati kaufen. Er raucht sie nur zu Weihnachten. Und weil Weihnachten schön und gemütlich ist, mag ich den Geruch von Virginia. Aber wenn ich sie kaufen gehe, ist es schon ein wenig finster. Ich habe zu Hause gesagt, dass ich Angst habe. Da hat mich Salzermama unterrichtet, wie ich mich auch als Kind wehren kann. Wir haben einen großen Haustorschlüssel mit einem so genannten festen Bart am Ende. Sie hat mir gezeigt, wie ich den Schlüssel halten soll und einem Mann, der mir zu nahe kommen will, in den Schritt stoßen soll und dann weglaufen. Sie sagte auch, dass kann ich besonders gut, weil ich ja kleiner bin als jeder Mann. Nun, eines Tages spricht mich auch wirklich einer an. Er ist ein »Kriegsversehrter« (einer, der im Krieg verletzt wurde). Er bittet mich, seine Schuhbänder zu binden, weil er sich nicht bücken kann. Ich bin misstrauisch und sage einfach, dass ich es nicht kann. Blöde, aber sichere Ausrede. Ein wenig Gewissensbisse bekam ich aber schon nachher. War es richtig, nicht zu helfen? Meinen Schlüssel habe ich bisher noch nicht gebraucht, obwohl ich auf dem langen und teilweise dunklen Weg viele fremde Menschen treffe.

Ich bin ja das siebte Geißlein, das vergesse ich nie.

Jetzt wird es wieder warm

Unsern Garten mag ich sehr. Jetzt wird es allmählich warm. Die Apfelbäume blühen. Wir haben viele Apfelbäume. Im Herbst ernten wir Kisten von Äpfeln, die im Keller aufgelegt werden und langsam in vielen Strudeln oder Kompotten verbraucht werden. Die duften dann so gut, das kannst du dir nicht vorstellen.

Jetzt blühen am Rondeau schon etliche Blumen. Ostern ist vorbei und bald kommt Pfingsten, dann leuchten rundherum ums Rondeau (= Rundbeet um das Haus herum) die Pfingstrosen. Die und die Rosen an der Stiege zur Haustür im Juni, wenn Fronleichnam ist, liebe ich ganz besonders. Sie riechen, riechen! Nun ist es Mai – natürlich haben wir schon alle Monate in der Schule gelernt – und im Mai beginnt abends das Konzert der Frösche. Ich kann das nicht beschreiben, aber es klingt wie ein Teppich von Tönen. Denn es gibt so viele Frösche im Teich von Hannes beim Gasthaus und in den 2 Bombentrichtern neben unserem Haus. Dort wachsen übrigens auch die schönsten Wiesenblumen im Juni. Da sind ja selbst die Vögel leiser als diese Menge von Fröschen. Ich mag dieses Konzert, es ist gemütlich. Deshalb gehe ich auch – nicht nur weil sie in der Schule das wünschen – öfter in die Maiandacht. Jetzt darf ich ja schon alleine gehen, weil ich auch in die Schule alleine gehe. Ich genieße das, auch die Marienlieder sind so schön. Es ist noch dazu mein Monat, am Anfang ist mein Bruder geboren und am Ende ich. Wenn mein Geburtstag ist, blühen im Garten eine Menge von blauen Schwertlilien. Sie duften zwar nicht, aber ihre Farbe ist meine Lieblingsfarbe. Und ich brauche gar nicht auf den Kalender schauen, wann mein Geburtstag ist, wenn sie da sind.

Jetzt können wir wieder im Garten spielen. Ich spiele mit meinen kleineren Brüdern. Was heißt da aber kleiner. Sie sind ganz schön wild und schnell. Und dass sie auch stark sind, merke ich, wenn ich gegen beide zugleich kämpfe. Wir raufen zum Spaß, um unsre Kraft auszuprobieren. Aber ich gewinne natürlich nicht immer. Blöd ist, wenn mein kleinerer Bruder plötzlich ärgerlich wird, auch wenn ich nicht immer kapiere, warum, und mich zu kratzen anfängt. Mein Gesicht ist schon ganz zerkratzt, auch meine Arme. Sogar der Lehrer hat mich schon gefragt, wer denn das macht. Da habe ich ihm aber die Wahrheit gesagt. Als mein Bruder im Herbst in die Schule kam, wusste der Lehrer sofort, wer er war, der, der mich so zerkratzt. Na, langsam wird es jetzt besser, er kann seinen Zorn an echten Buben in der Schule oder nach der Schule auslassen.

Ich spiele gerne Familie in unserm Gartenhaus, das auf einem Hügel steht. Dahinter wächst wilder Wein und am Abhang ist ein Alpengarten, wie er genannt wird, mit vielen kleinen Kräutern und Blumen. Im Gartenhaus richte ich meine Wohnung ein. Meine Brüder wollen nicht so gerne Mitglieder meiner Spiel- Familie sein. Nur mein Bruder Fritzi ist gemütlicher und spielt manchmal mit mir. Auf alle Fälle aber gehört auch sein »Le-le«, eine Stoffpuppe, zu meiner Familie. Ich koche natürlich auch mit Steinchen, Blättern und Gräsern ein herrliches Essen für meine Lieben. Zum Trinken bekommen sie auch etwas von unserm Brunnen. Da oben ist mein Reich, da bin ich sehr gerne, auch wenn meinen Brüdern das mit der Zeit zu langweilig wird und sie wieder wildere Spiele im Garten spielen oder auf der Schaukel hinter dem Haus wetteifern, wer höher hinauf kommt.

Auf der Schaukel bin ich auch gern, wenn sie frei ist, und ich komme auch ganz weit hinauf, hui das ist ein Spaß!

Milchholen

Sehr gerne habe ich es, wenn ich zum Milchholen geschickt werde. Ich gehe da mit einer 2lt Blechkanne über den Wiesenweg zum Grünbichlhof-Bauern. Der Grünbichlhof gefällt mir. Sie sagen, er ist ein kleiner Gutshof. Der Stall ist im Wirtschaftsgebäude.

Der Stall ist schummrig auch bei Tag. Er hat einen eigenen Geruch nach Dung, Kuh, Milch und Heu. Ich liebe diesen Geruch, weil ich die Kühe mag. Meistens fressen sie oder sie kauen vor sich hin. Das haben wir schon gelernt, sie wiederkäuen. Das schaut so gemütlich aus. Ich möchte mich hinsetzen und mit ihnen plaudern. Das geht natürlich nicht, nur manchmal lässt eine ein grummeliges Muh heraus. Das sieht aus, als würde eine Welle durch ihren Bauch bis zu ihrem Maul rollen und hört sich dumpf an.

Ich lasse mir Zeit und schaue der Bäuerin beim Melken zu. Zisch, zisch, zisch spritzt die Milch von einer Euter-Zitze und dann von der andern. Endlich ist der Kübel voll. Die Bäuerin kommt zu einem Stockerl. Darauf steht ein anderer Kübel mit einem sauberen Windel drüber. Da gießt sie die frisch gemolkene Milch hinein und misst mir dann mit einem Messbecher 2lt in meine Milchkanne hinein. Ich ziehe noch einmal den Stallgeruch, der für mich so gemütlich ist, fest durch die Nase ein und stapfe über die Wiese zurück nach Hause.

Beim Svoboda um die Ecke kaufe ich immer Brot, Wurst und Käse ein. Der hat auch Milch. Aber da sieht alles weiß und sauber aus. Ein klein wenig plagen mich nämlich Zweifel, ob die Milch vom Bauern durch das Windel wirklich sauber geworden ist. Denn die Kühe sind ja vor allem auch hinten, wenn sie sich in den Mist setzen, nicht ganz sauber. Aber von Gesundheit wird bei uns daheim viel gesprochen. Meine Mama hat dann die Lösung. Sie kocht jeden Liter Milch ab. Dann, sagt sie, sind alle Keime tot. Das musste mir Mutti schon dreimal erklären, was Keime sind. Die sieht man nämlich nicht, nur den Schmutz. Aber Mutti hat sehr großen Respekt vor Keimen. Drum ermahnt sie uns auch bei allen möglichen Gelegenheiten zum Händewaschen.

Die drei Popen

Du weißt schon, dass wir eine Woche am Vormittag und eine Woche am Nachmittag Schule haben. Ab dem späten Herbst gehe ich dann erst nach Hause, wenn es fast schon ganz dunkel ist. Zuerst geht der Weg an Häusern vorbei, dann durch Wiesen, am Rand siehst du den Grünbichlhof und dann geht er durch zwei Reihen von Büschen, über die ich nicht hinaussehen kann. Dieses Stück des Weges ist noch dunkler als das durch die Wiesen, aber nicht sehr lang.

Ausgerechnet dort begegne ich immer den 3 alten Männern mit den langen Bärten und den komischen Hüten. Sie tragen ein großes silbernes Kreuz auf der Brust. Ich habe Angst vor ihnen, aber wenn ich an das Kreuz denke, kann ich mir nicht vorstellen, dass sie böse sind. Sie sprechen auch sehr freundlich mit mir, aber ich verstehe nur wenige Wörter, denn sie sprechen nicht wie wir. Zu Hause erzähle ich es dann, und Mutti erklärte mir, dass das russische Popen sind. Was ist das, fragst du dich sicher auch. Ja, das sind russische Priester so wie unser molliger Pfarrer und der junge Kaplan. Warum sind sie da? Weil sie zu Hause weg mussten. Man wollte sie nicht mehr. Man lauerte ihnen auf. Warum? Weil die dort nicht an Gott glauben? Aber das wirst du noch alles später hören. Bei uns geschieht ihnen nichts. Drum sind sie freundlich zu dir.

Na, gut, so treffe ich sie oft und oft. Sie haben lange Kleider an wie unser Pfarrer und reden ruhig miteinander, aber eben russisch. Wenn sie mich sehen, bleiben sie stehen und stellen mir Fragen. Ob sie mich verstehen? Langsam gewöhnen wir uns aneinander. Eines Tages schenken sie mir Zuckerl. Ich bedanke mich schön, stecke die Zuckerl ein und zeige sie zu Hause her. Zuerst werde ich gelobt, dass ich sie nicht gleich gelutscht habe. Dann kommt wieder eine Predigt: »Merk dir von Fremden darfst du nichts, aber rein gar nichts annehmen. Das kann immer gefährlich sein, auch wenn sie nett aussehen.«

Darüber muss ich noch länger nachdenken. Das ist wirklich nicht so, wie ich das empfinde. Meine 3 Popen sind nicht böse. Aber die zu Hause haben doch vielleicht Recht. Ich weiß nie genau, was stimmt. Aber ich bin die drei schon gewöhnt.

Aufgaben machen

Von der Schule habe ich schon erzählt. Heute erzähle ich dir, wie ich Hausaufgaben mache. Wenn wir von der Schule heimkommen, gibt es Mittagessen, das Mama gekocht hat. Am liebsten mag ich Strudel, der so groß ist, dass der Teig über den ganzen Küchentisch gezogen wird. Zum Essen sitzen wir da alle herum, meine 2 Brüder, ich, Mutti, Großvati und Mama (kurz von uns genannt Salzermama) und meist auch Grazermama. Da erzählen wir alles von der Schule. Ich bin bald fertig, aber meine Brüder quatschen und quatschen weiter, wo man doch beim Essen nicht reden soll. Es wird lauter und lauter. Dann steht Großvati auf, schnappt sich die Zeitung und verschwindet im Nebenzimmer auf dem Sofa. Vorher sagt er aber ganz böse: »I woaß net a!« Ich verstehe meist nicht, ob er Mama und Mutti schimpfen will (was er auch oft tut) oder uns, weil wir so laut sind und sie uns nicht niederhalten. Jedenfalls verschwindet er regelmäßig.

Dann wird der Tisch abgedeckt, Mama klappert mit dem Geschirrwaschen herum, der Radio wird zu den Mittagsnachrichten eingeschaltet und ich mache sofort brav meine Hausaufgabe am Küchentisch. Aber das tue ich nicht, weil ich es so eilig mit der Hausaufgabe habe, sondern weil ich die Nachrichten daneben anhören kann und niemand mich danach fragt. Ich höre nämlich am Ende der Nachrichten ganz aufmerksam jedes Mal die Suchberichte vom Roten Kreuz. Ich hoffe immer, dass einmal der Name von meinem Vati aufscheint. Ich höre sie immer wieder, immer wieder kommt sein Name nicht. Gibt es ihn noch? Da werden doch Heimkehrer auch genannt, glücklicherweise ist er nicht bei den Vermissten. Aber wo ist er wirklich, er muss doch kommen!! Wann endlich?

Die große Veränderung

Nun bin ich in der 4. Volksschulklasse. Ich bin die Beste in der Klasse. Ich habe deshalb mit niemandem mehr Scherereien. Heute fragte die Frau Lehrerin, wer ins Gymnasium gehen möchte. Ich redete darüber mit allen zu Hause. Es gibt überhaupt keine Zweifel, ich werde die Aufnahmeprüfung machen müssen und dann ins Gymnasium gehen. Aber ich wollte doch eigentlich Schneiderin werden wie meine Mama oder Köchin, denn sie kocht auch so gut. Sie sagen, dass kann ich einfach »so« lernen – von meiner Mama. Aber das Gymnasium hat auch meine Mutti besucht. Also werde ich auch dorthin geschickt.

Meine Mama, die nur 6 Klassen Volksschule besuchen durfte und dann arbeiten musste, weil ihre Mutter nach dem 16. Kind gestorben ist, sagt noch dazu: »Sei froh, dass'd was lernen darfst.« Na gut. Ich sage das in der Schule und stelle erstaunt fest, dass ich die einzige aus unserer Klasse bin, die das vorhat. Alle andern gehen in die Hauptschule. Warum nur? Wir haben doch auch andere liebe und gescheite Mädchen, die nett angezogen sind und die gute Eltern haben. Manche schauen sogar besser gekleidet aus als ich. Haben die mehr Geld? Warum machen die keine Aufnahmeprüfung?

Endlich kommt der große Tag meiner ersten großen Prüfung, bei der ich ganz auf mich allein gestellt bin, weil lauter fremde Mädchen und lauter fremde Lehrer, genannt Professoren, dort sind. Ich muss zuerst einige Rechenaufgaben lösen. Dann komme ich zu einer weißhaarigen freundlichen Frau, der Mathematikprofessorin. Die lächelt mich an und sagt: »Deine Arbeit ist sehr interessant, du hast sehr selbständige Lösungen gefunden.« Ich bin erstaunt, denn ich war meiner nicht so sicher. Aber naja, ich bin ja gut im Kopfrechnen und gut im Probleme-Wälzen. Ich glaub es ihr halt.

So werde ich als einzige meiner früheren Klasse ehrenvoll ins Realgymnasium aufgenommen. Ein neuer Abschnitt beginnt.

In der neuen Schule

Jetzt muss ich nicht mehr mit der Elektrische fahren, jetzt gibt es schon Busse. Ich gehe die Ernst- Grein-Str. hinunter. Am Ende ist die Haltestelle. Ich fahre bis zum Hanuschplatz und gehe bis zum Mönchsberg. Dort ist meine Schule. Sie ist groß und hat schöne große Fenster. Ich sitze in der letzten Reihe. Ich kann alles hören und sehe gut auf die Tafel. Wenn es nicht zu langweilig ist, passe ich auch gut auf und merke mir alles bis zu nächsten Stunde, so dass ich nicht extra lernen muss. Manchmal schaue ich mir in der Pause den Stoff von der letzten Stunde durch. Ich bin wieder gut. Drum darf ich auch in der letzten Reihe sitzen. Nur manchmal schaue ich durch die großen Fenster hinaus und manchmal hutsche ich leicht mit dem Sessel. Einmal bin ich umgefallen. Das war eine Aufregung und ein Krach. Aber das passiert mir nicht mehr!

Nicht alles, aber vieles, was wir lernen, interessiert mich. Aber richtig spannend war es nur einmal. Da kam ein fremder Professor zu uns, vielleicht war es auch nicht ein Professor, ich weiß es nicht. Jedenfalls konnte der ohne Hilfe von einem Pfeiferl nur mit seinem Mund Vogelstimmen nachmachen. Es war schon Frühling. Wir ließen ein Fenster offen. Er begann uns verschiedene Stimmen vorzumachen. Wir horchten gespannt zu. Es klang alles so echt wie in einem Wald oder Garten. Und siehe da, er zwitscherte wie ein Spatz, und auf unserem Fensterbrett fand sich ein Spatzenpärchen ein. Wir schauten atemlos zu. Nach einiger Zeit merkten die Spatzen, dass zu viele Gesichter sie anstarrten, und verschwanden. Der Mann machte ein Geräusch mit vielen kurzen i-s wie eine Meise, schüchtern und klingend zugleich. Und es dauerte wieder nicht lange, bis sich eine Meise einfand und dachte, hier eine Freundin zu treffen. Auch sie merkte nach einiger Zeit, dass sich nichts tat und flog weg. Nun imitierte der Meister des Vogelgesangs die schmelzende und trillernde Melodie einer Amsel – und wir staunten nicht wenig – als sich tatsächlich auf unserm Fensterbrett ein Amselmännchen einfand und mit seiner schönen Melodie antwortete. Wir waren einfach begeistert, so begeistert, dass auch das Amselmännchen nicht lange blieb. Ich bin sicher, wenn wir nicht gewesen wären, wären die Vögel bis in unser Klassenzimmer hereingeflogen, um ihre vermeintlichen Freunde zu finden. Ich habe es selber gesehen, aber ich werde nie verstehen, wie dieser Mann das zusammen brachte!

Immer noch habe ich es etwas schwer, so wie die andern zu sein. Aber jetzt wird es besser, ich habe eine Freundin. Wir gehen nach der Schule ans Ufer der Salzach. Auf der andern Seite der Brücke steht ein Eisverkäufer. Sie kauft sich um 1.- Schilling eine Kugel Eis. Ich kann mir immer nur um 10 Groschen ein Essiggurkerl beim Schulbuffet kaufen. Deshalb kauft sie auch für mich eine Kugel Eis. Wir können uns sehr gut unterhalten. Aber sie sagt mir, dass ihr Vati Arbeit in den USA bekommen hat. Er ist Ingenieur. Bald werden sie auch übersiedeln. Was wird dann wieder aus mir?

Wenigstens treffe ich an der Endstation immer Annemie. Sie wohnt beim Wald und wir gehen ein großes Stück denselben Weg. Da plaudern wir miteinander. Sie ist evangelisch. Das interessiert mich. Wir erzählen einander neben andern Sachen auch, was verschieden ist zwischen ihrem und meinem Glauben. Normalerweise kann ich darüber nicht mit andern sprechen. Glück, dass sie das auch interessiert. So wird auf alle Fälle der Weg kürzer.

Wiedersehen

Nun ist Ingrid wirklich ausgewandert. Es gibt kein Eis mehr. Ich versuche mich mit den andern anzufreunden. Aber das ist nicht so einfach. Die eine kann sich sogar eine Wurstsemmel beim Buffet kaufen, die andere hat viel modischere Kleider. Ich sage meiner Mama ohnehin immer, was sie für mich nähen soll, dass ich auch so gut wie die andern aussehe. Eine oder zwei fahren sogar nach Bad Gastein zum Schifahren.

Ich stapfe mit meinen Brüdern auf den Kastner Hügel und manchmal auf den Gänsbrunner Hügel. Wir fahren mit einfachen »Brettln« mit Riemenbindung und altmodischen Schischuhen. Die Buben bauen sich eine kleine Schanze und springen in einem fort. Wir müssen um die Schanze herumfahren, langweilig. In Gastein fährt meine Mitschülerin mit einer Bergbahn. Aber das ist ja auch die Tochter vom Apotheker. Von meinem Vati kann ich eigentlich nichts erzählen. Auch deshalb komme ich mir so unwichtig vor. Aber das wollen schon alle von mir – in der Pause Hausaufgaben abschreiben. Das macht mich langsam ein wenig wichtiger für sie. Ich bekomme z.B. auch Kekse vor Weihnachten geschenkt und langsam nehmen sie mich auch für voll. Aber eingeladen werde ich nirgends hin. Ich darf ja auch niemanden einladen, warum?

Etwas ist eigenartig. Aber doch auch schön. Diesen Sonntag waren wir in Freilassing. An der Grenze nahmen die Zollbeamten Muttis Pass mit ins Zollgebäude, um irgendetwas zu kontrollieren. Mutti schwitzte vor Angst. Warum hat sie denn Angst? Wir sind doch ganz normale Menschen oder nicht? Endlich können wir weiter fahren. Und nun kam die große Überraschung, wir finden Vati wieder. Er kommt uns etwas unsicher entgegen. Meine Brüder kennen ihn nicht (mehr) und ich denke zwar, dass er es sein könnte, aber er sieht verändert aus, ich habe ihn schlanker und dunkler in Erinnerung.

Wir gingen in ein Gasthaus. Walter verursachte gleich Scherben, ich schämte mich für ihn. Aber endlich durften wir etwas essen. Ich bekam eine große Wurstsemmel mit einem Gurkerl. Ein Festessen für mich. Zu Hause bekommt immer nur Großvati Wurst. Meine Brüder tauten richtig auf, und wir vereinbarten, dass wir uns wieder in Freilassing sehen werden.

Jetzt muss ich nicht mehr Suchberichte anhören. Dieses Wiedersehen ist sehr aufregend und schön. Aber ich werde nachdenklich. Warum dürfen wir Vati nur über der Grenze treffen?

Murnau

Nicht nur mit einer Wurstsemmel, sondern auch mit einem Auto kann Vati bei mir punkten. Als wir das zweite Mal in Freilassing sind, überrascht er uns mit einem Auto, in dem vorne er und Mutti sitzen können, der Gepäckraum hinten ist offen. Wir können darin zu dritt sitzen. Der Fahrtwind zischt uns um die Ohren, wir sind in unser Wintergewand eingepackt. Aber es ist einfach so lustig, durch die Gegend kutschiert zu werden. Wir wollen gar nicht damit aufhören. Natürlich werden wir langsam stolz auf unseren Vati.

Aber das ist noch nichts. Ich habe nicht gezählt, wie viele Wochen vergangen sind, als er plötzlich in Freilassing mit einem DKW vor uns steht. Und in dieses Auto passen wir alle fünf hinein. Vorbei das Frösteln im freien Luftzug! Wir quatschen und quatschen ohne Ende, bis es Vati zu viel wird und er einen Ordnungsschrei ausstößt, dass wir leiser sein sollen, weil er chauffieren müsse. Das kann aber unsere Freude nicht schmälern. Besonders gern habe ich es, wenn die Straße eine höhere Kuppe hat und mein Vati so schnell drüber fährt, dass es sich auf der andern Seite anfühlt, als würde man mit einem lustigen Gefühl im Magen springen!

Mit diesem Auto fuhren wir auch zum ersten Mal nach Murnau. Dort wohnt Vati in einem kleinen Zimmer und hat eine Steuerkanzlei, die aus einem Raum besteht. Es waren die großen Sommerferien, als wir ihn dort voriges Jahr besuchten. Wir drei Kinder wohnten im Dachzimmer von Frau Erle. Dort gibt es eine herrliche Aussicht auf den Nachthimmel. Der ist im Sommer an schönen Tagen ganz klar und voller, voller Sterne. Wir knieten stundenlang statt zu schlafen am Dachfenster und bestaunten diesen Sommerhimmel. Es gab viele Sternschnuppen und wir wünschten uns bei jeder etwas Schönes. Ich hab nicht überprüft, ob das auch alles in Erfüllung geht, aber es ist so schön, sich etwas zu wünschen. Man muss ja dann nicht laut sagen, was man sich wünscht, also macht es auch nichts aus, wenn es ungewöhnliche Wünsche sind. Bei einer Sternschnuppe drückte ich schnell meine Finger und wünschte mir, dass wir eine Familie sein könnten, die nicht immer über die Grenze hin- und herfahren muss, ich wünschte mir, dass ich endlich alles kapierte, was mir nicht geheuer ist, ich wünschte mir Freundinnen, schöne Kleider und, und, und......

Murnau ist ein schöner Ort. Das Besondere an ihm ist der Staffelsee mit seinen 7 Inseln. Wir gehen jeden Tag ins Strandbad Seehausen. Dort müssen wir mit Korkgürteln Schwimmen lernen. Vati unterstützt uns am Anfang. Mutti kann nicht schwimmen. Sie will es auch lernen. Aber wir sind viel schneller. Wir brauchen nicht lang, bis wir ohne Schwimmgürtel zu einem Brett ein paar Meter weiter im Wasser schwimmen können, wo Kinder ihre ersten Sprungkunststücke machen. Mutti am Ufer hat ein wenig Sorge um uns. Vati muss wieder arbeiten, sie aber könnte uns nicht retten. Aber das braucht sie auch nicht, wir werden mehr und mehr richtige Wasserratten. Meine Brüder haben schon blaue Lippen vor Kälte, bis sie endlich aus dem Wasser gehen und sich schnell ins Badetuch wickeln. In Murnau erleben wir die ersten Ferien außerhalb von Salzburg. Es ist eine großartige Zeit, auch weil wir mit Mutti viele Wanderungen machen. In Ohlstadt ist ein Wildbach, der vom Heimgarten kommt. Da liegen drin die Steine herum. Wir turnen vom einem zum andern. Manchmal rutschen wir ab und landen im eiskalten Wasser. »Kneippkur« ist unsere fröstelnde Feststellung – und weiter geht's.

Ein besonderes Sommerquartier

Diesen Sommer haben wir es nicht so gut wie letzten Sommer, als wir bei Frau Erle wohnten. Unsere Ferienwohnung ist jetzt das Haus einer Getreidegroßhandelsfirma. Auch sie haben Urlaub und uns ihre Räume überlassen, weil Vati noch immer nicht eine genügend große Wohnung hat.

Ja, Platz ist hier genug. Wir können auch auf dem Hof gut Ball spielen. Doch ein Spiel haben wir notgedrungen erfunden, das haben andere nicht, sicher nicht! Wir jagen Mäuse – durch alle Räume.

Das kam so. Wir sitzen zum ersten Mal in der Küche, breiten die Sachen am Tisch aus, die wir zum Essen eingekauft haben, und wollen uns aus der Lade des Küchenkastls Besteck holen. Aber oh Schreck – oho – na so was – seh' ich richtig! Ich ziehe die Lade auf, zuerst nur etwas, sie klemmt ein bisserl, da sehen mir mehr als 5 winzige Knopfaugenpaare entgegen. Hast du schon mal so viele Mäuse in einem Nest gesehen, ohne dass sie davonrannten? Ich habe das nun. Dieses Erlebnis kann mir niemand nehmen. Wenn ich es erzähle, klingt es wie eine Phantasievorstellung – ein lebendig gewordenes Märchen, die Lehrerin sagt »Fabel« dazu: winzig kleine schwarze Knopfäuglein. Dann kommt Bewegung in die Augenpaare. Es beginnt zu wimmeln, die kleinen Mäuse versuchen nach hinten im Kastl zu verschwinden. Ich mache ihnen das auch möglich, indem ich vor Überraschung zuerst keinen Laut herausbringe und dann schreiend Mutti und Brüder zu mir rufe. Das gibt ein richtiges Theater bei meinen Brüdern. Sie finden das lustig, die albernen Buben. Ich finde das schon etwas eklig: Besteck auf die Seite geschoben, ein bisserl Spreu vom Getreide und der unmissverständliche Geruch – ich habe ein Nest entdeckt – mitten in der Küche. Geht's noch? Und gibt es noch andere Nester? Wie sieht es denn dann im Lager aus? Wahrscheinlich ist es in der Küche aber am wärmsten. Drum kommen wir zu diesem Vergnügen!

Was nun? Nun beginnt das, was wir Mäusejagd nennen. Die Mäusemutter versucht uns abzulenken und saust auf einmal durch die ganze Küche – hin und her – hin und her. Meine Brüder ihr nach, mit Mutti kannst du bei so etwas nicht rechnen, aber mit mir. In jeder Ecke stellt sich einer von uns auf. Die Maus wird fast zu Tode gehetzt. Inzwischen bringen sich die Kleinen in Sicherheit, die Lade ist leer, eine Maus haben wir erwischt, weil halb tot gejagt.

Nächsten Tag werden Fallen aufgestellt – eine Mäusetragödie. Was sollen wir denn sonst tun?

Härtere Tage

Seit wir Vati wieder haben, hat sich einiges verändert. Mutti ist jetzt oft in Murnau. Wir leben weiterhin mit Salzermama und Großvati in Salzburg. Ich hab dir schon erzählt, was für ein Zauberreich zum Träumen und Spielen unser Garten ist und wie interessant unsere Umgebung ist. Am wenigstens habe ich dir vom Gaisberg erzählt, der wie ein Wächter nur zwei Straßen entfernt von unserm Haus aufwärts geht. Da machen wir oft Spaziergänge mit Grazermama, immer aber zu Weihnachten. Wir gehen oft ohne Weg durch den Wald, langsam wird ihr das schon zu anstrengend, übermütig trauen wir es ihr einfach zu und laufen vor. Er ist unser erster Wander- und Schi-Berg. Er gehört zu uns wie unser Garten.

Wir leben in einer schönen Stadt, in einem schönen Haus, wir haben alles, was wir brauchen. (Nur neulich wurden mir meine neuen

Schischuhe, vor der Haustür zum Putzen aufgestellt, gestohlen, ich habe geweint) und doch ist etwas Trauriges hinter allem. Etwas, was vielleicht meine Brüder, die kleiner sind, gar nicht so spüren. Sie sind jedenfalls oft wild und meistens lustig, nur nicht wenn sie Aufgabe schreiben müssen. Das verschieben sie nämlich gern. Meine Mama sagt dann einfach: »Brauchst ja nix lernen, bleibst eben blöd!« und damit hat sich's. Aber Mutti wäre das gar nicht recht. Das weiß ich. Mutti ist jetzt sehr oft weg, sie ist bei Vati. Es heißt, sie hilft ihm im Büro und sie will eine Steuerberaterprüfung machen. Ich sehe überall die Zetteln liegen, wenn sie manchmal bei uns ist. Aber sie ist viel weg. So hab ich mir das auch nicht vorgestellt, als ich Vati zum ersten Mal wieder sah. Jetzt sagt sie zu mir, ich sei ihre Große und Gescheite und ich kann Mama bei der Arbeit helfen. Naja, staubsaugen und Wäsche aufhängen im Garten tue ich ja gern, aber meinen Brüdern x-mal sagen, dass sie Hausaufgabe machen müssen, ist nicht nach meinem Geschmack. Doch Mutti hat mir diese Pflichten übertragen, während sie weg ist. Also, was soll's.

Klavierstunde

Jetzt kann ich auch schon Sonatinen spielen. Die schönen Melodien verzaubern mich wie die Lieder, die Mutti immer weniger oft singt. Unser Frl. Schöner ist eine Klavierlehrerin, die viel Geduld hat. Ganz am Anfang hat sie mir die Noten nach dem Notenbüchl von Mozart erklärt. Wir haben zweimal im Jahr Vortragsabend. Da müssen alle ihre Schüler und Schülerinnen vorspielen. Die Großen hören zu und stellen fest, ob wir Fortschritte gemacht haben. Die Reihenfolge ist so: als Erste spielt eine Anfängerin und als Letzte die Beste. Langsam steige ich in der Stufenleiter höher. Das Schönste ist nach einem Vortragsabend, wenn wir nach Anif fahren und dort Würstel und Kracherl für unsere Mühen bekommen. Das bekommen wir zu Hause nie. Es lohnt sich also, die Aufregung eines solchen Vortragsabends über sich ergehen zu lassen.

Wenn Grazermama von Graz da ist, hilft sie uns manchmal beim Üben. Meinen Brüdern, die kleiner sind, hilft sie immer. Aber mit Walther ist das ein Problem für sie. Wenn der nicht üben will und das will er meistens nicht, verschwindet er blitzartig unter dem Klavier. Meine Grazermama muss viele Verrenkungen aufführen, bis sie ihn endlich erwischt. Einmal gab es sogar eine Ohrfeige, aber nun geht es glimpflicher vor sich. Ich bin mir ehrlich gesagt nicht ganz sicher, zu wem ich halten soll. Sein unerschrockener Widerstand hat mir schon immer imponiert.

Nun ist es manchmal so, dass ich vor mich hin träume, wenn ich einmal von allem genug habe. Dann setze ich mich auch zum Klavier wie Grazermama – aber nur wenn sie im oberen Stock ist und nichts hört. Ich probiere, ob ich auch schöne Melodien zustande bringe. Ich lausche den Tönen der Tasten nach und die Musik wird zu meinen Träumen. Das Klavier steht in einem Eck des großen Zimmers im Erdgeschoß. An den Wänden hängt ein Bild von Mozart und eines von Wagner. Sie schauen gnädig nieder auf meine Versuche. Aber ich spüre, dass ich keine Meisterin bin.

So flüchte ich, wenn Zeit ist, zu Büchern, immer öfter. Da drinnen stehen wirklich Träume und Abenteuer, wie ich sie mir vorstelle. Erwachsene sprechen von Lieblingsbeschäftigung (Hobby ist ihnen zu englisch). Meine wird mehr und mehr das Lesen. Ich bin auch wirklich gut in Deutsch, sagt meine Deutschprofessorin. Sie mag ich sehr. Und ich freue mich über ihr Lob deshalb besonders.

»Und dann und wann ein weißer Elefant.«

Ich bin wirklich sehr behütet. Alle Erwachsenen arbeiten für mich und meine Brüder, was ich nicht immer schätze. Tief in mir drinnen weiß ich, dass ich hier zu Hause bin. Ich möchte auch nicht nach Murnau auswandern müssen. Ich möchte, dass alles so bleibt und dass endlich auch Vati und Mutti immer hier in Salzburg sind. In der Schule geht es mir gut, meine Brüder sind für mich die besten Freunde, auch wenn es manchmal kracht. Die Großeltern sind mein Zuhause. Nur jetzt spüre ich manchmal eine Sehnsucht, die immer stärker wird. Es kommt mir vor, als würde sich etwas ändern und ich kann es überhaupt nicht verstehen, was es ist.

Diese Woche war Mutti glücklicherweise da. Ich werde in einem Monat 12 Jahre alt. Sie sagt immer, ich sei ihre Große, z.B. wenn ich am Bahnhof in Mittenwald auf Brüder und Koffer aufpassen muss, während sie ins Zollhaus verschwinden muss.

Nun hat das Groß-Sein aber eine ganz andere Bedeutung für mich bekommen. Ich hatte meine erste Regel. Sie hat auch anständig weh getan. Ich war zuerst schockiert, denn ich war nicht darauf vorbereitet. Ich lief zu Mutti. Sie sagte: »Nun bist du wie alle Frauen, du wirst erwachsen und du kannst Kinder bekommen.« Dieser kurze Satz brachte mich in helle Aufregung und in gehörige Verlegenheit. Insgeheim war ich immer stolz gewesen, ein Kind zu sein, weil die Erwachsenen in meinen Augen so kompliziert sind. Nun soll ich auch zu dieser von mir weniger geachteten Sorte von Menschen gehören! Etwas zerbricht in mir, ein Vertrauen in die Sicherheit ein Kind zu sein, das Wissen in mir um das siebente Geißlein. Ich kann das nicht einmal in Worte fassen, es ist ein Gefühl, dass ich eine ganze Welt verloren habe. Die Schmerzen helfen da natürlich mit.

Es ist eine Welt, von der ich glaube, dass Erwachsene sie nie ganz verstehen können.

Es kann sein, dass meine Mutti mit ihren Worten, dass ich nun eine Frau sei, meint, dass ich nun richtig »groß« sei. Aber bei mir bewirken sie das Gegenteil. Ich fühle mich, als hätte ich etwas ganz Sicheres und Schönes verloren. Mir kommt auf einmal vor, dass nun nur mehr eine Welt von Aufgaben, Pflichten und Mühen vor mir stehen würde, und von Dingen, die zu schwierig sind, um mit ihnen fertig zu werden. Ich bin sehr traurig, ich empfinde es wie einen Abschied. Was sagt mir schon Kinderkriegen. Wohin können meine Träume nun wandern?

Ich flüchte wieder in den Garten, schaukle auf unserer Schaukel hinter dem Haus und suche nach einem Weg aus meinem Unglück. Die Schaukel ist mein Erlebnisgarten, wo ich hoch hinauf und wieder ganz hinunter mit meinen Träumen und Gedanken wie in einem Ringelspiel (Karussell) schwinge. (Für das »echte« Ringelspiel war nie Geld da, aber ich bin oft im Volksgarten daran vorbeigegangen.)

Nach langem Grübeln und von der wilden Schaukelbewegung schon fast schwindlig fühle ich eine Veränderung in mir. Wieder kommt mir ein Märchen in den Sinn, ein Bild für meine Lage: Aus dem hässlichen jungen Entlein wurde doch ein schöner, stolzer Schwan. Wird mir das auch gelingen? Ich stelle mir vor, wie ich auf dem Wasser (z.B. vom Staffelsee) dahingleite wie ein Schwan, majestätisch und seiner selbst bewusst und zugleich ganz unbewusst.

Ich spüre eine Art Entfremdung zu denen, die ich immer liebte. Sie kommen mir auf einmal als mir entgegen stehende Personen vor, die anders sind und anders denken als ich, von denen ich nicht genau weiß, ob sie mich verstehen. Wissen sie, wie viele eigene Gedanken ich habe, wie viele Fragen und dass ich diese Last nur abschütteln kann, wenn ich mich auf mich selbst verlassen kann. Nun sollen neue Lasten auf mich zukommen (mit Sicherheit jedenfalls die monatliche Regel) und ich spüre, dass ich nicht mehr auf den Schutz der andern bauen kann, ich bin selber zuständig für alles. Für alles? Ja, aber das heißt doch nicht nur, dass ich etwas verliere. Ich kann ja dann auch selber sagen, was ich mache und was ich will. Da werde ich doch stärker und nicht schwächer. Da weiß ich dann auch, woran ich wirklich bin! Ich kann mich auf mich selbst verlassen.

Nun wird meine Traurigkeit viel besser. Es ist wie eine Verwandlung. Ich kann schwer mit euch darüber sprechen, denn es ist ein Gefühl, aber ein Gefühl, das mir wieder Ruhe und Sicherheit gibt. Ich werde wie ein Schwan sein, vielleicht wird in mir auch aus einem Aschenputtel eine Prinzessin werden.

Das beginne ich gleich an Salzermama auszuprobieren. Wenn sie mir etwas anschafft, nicht anders als früher, wehre ich mich. Im besten Fall raunze ich, im schärfsten »maule« ich, wie sie sagt. Meine Mutti nennt das »Aufbegehren«. Wenn es zu arg wird, sagt meine Salzermama ihren Stehsatz: »Bist heirat'st, wird alles wieder gut!« Na schön, sie merkt wenigstens, dass ich nicht zufrieden bin, aber irgendwie spottet sie auch über mich, meinst du nicht?

Anmerkung: Diesen Übergang » aus dem Land, das lange zögert, eh es untergeht« habe ich auch an dem Gesichtsausdruck meiner Nichte bei ihrem letzten »Ritt« auf dem Ringelspiel beobachtet. Unnachahmlich hat das Rilke in seinem Gedicht »Das Karussell« zum Ausdruck gebracht.

Fazit

Falls euch meine »Kind-Geschichte« gefallen hat, wollt ihr vielleicht wissen, wie es mit mir weitergegangen ist. Ein Schwan mit der Mühelosigkeit der Unbewusstheit konnte ich zwar nicht werden und dass es keine Prinzen gibt, die nur Prinzen sind und über alles leuchtend und erhaben, musste ich auch lernen.

Aber ich wurde, was andere für erfolgreich halten mögen, Doktor der Philosophie, ich gebar 4 Kinder, ich unterrichtete in der Schule, ich fand nach dem Tod meines 1. Mannes wieder einen 2. Mann (der am ehesten meinem Traumprinzen ähnelt), ich habe Freunde, Musik ist wieder die Nummer 1. Ich spiele in mehreren Kapellen Klarinette, ich helfe bei sozialen Diensten mit. Ich bin WER. Und doch wohnt in mir noch immer eine Unsicherheit, die andere nicht zu haben scheinen. Ich sage mir einfach vor, dass ich vieles erreicht und auch vieles erlebt habe und dass ich dieses Abenteuer Leben mit allen Höhen und Tiefen liebe. Mein Leben ist ein Roman geworden. Aber mitten in mir bin ich immer noch das Geißlein, das 7. Geißlein geblieben.

B. Das hässliche junge Entlein – Jugend

Die Jahre zwischen meinem 12. und 18. Lebensjahr waren noch äußerlich gesicherte Jahre. Ich ging weiterhin ins Realgymnasium, das nun von der Stadtmitte ins Nonntal übersiedelte. Ich war weiterhin eine Vorzugsschülerin durch alle Klassen und maturierte auch mit Auszeichnung. Ich hatte weiterhin Klavierstunden mit Vortragsabenden. Aber innerlich war ich im Aufbruch wie alle, die von Kindern zu Jugendlichen und schließlich zu Erwachsenen werden. Ich war schon ein sehr nachdenkliches Kind gewesen, nun erlebte ich wieder alles intensiv und kritisch. Wenn ich nun »ich« dachte, war ich noch immer dieselbe und doch fühlte ich mich anders. Das ging natürlich allmählich vor sich. Nicht alles war ein solcher Schock wie meine erste Regel. Ich verwende jetzt meine Sprache im Rückblick, meine »Erwachsenensprache«. Sie wurde immer differenzierter und ist zu meiner inneren Heimat geworden.

Aufbruch

Ich begann also noch mehr zu reflektieren. Dies fiel mir sehr leicht, wenn ich innerlich mit mir selber sprach. Alle meine Vorhaben, Pläne und Aufgaben, die von mir verlangt wurden, prüfte ich zuerst in mir. Ich stellte mir Fragen, äußerte Empörung oder Zustimmung, knobelte mir einen passenden Weg aus. Ich redete nicht mit einer fiktiven Person, sondern sagte mir alles innerlich vor. Ich fand auch Antworten, auch beruhigendes Zureden musste ich sehr oft auf diese Weise erledigen. Dies mache ich noch heute, bei schwierigen Arbeiten rede ich auch leise vor mich hin, damit ich nichts vergesse.

Als ich beruflich von der Transaktionellen Analyse mit ihren 3 Ich-Arten hörte, wurde mir völlig klar, dass mein« Kinder-Ich«, als das ich euch erzählt habe, langsam erwachsen wurde, Jahr für Jahr wurde daraus eine eigene Person, mein »Erwachsenen-Ich«. Daneben wirkten noch immer und auch heute die vielen Personen, die mich beeinflussten, »erzogen«, mein »Eltern-Ich«. So wie ich mich mit meiner Großmutter, die mit 12 Jahren meine Hauptansprechpartnerin war, auseinandersetzte, muss ich es auch heute mit meinem Eltern-Ich bisweilen tun. In der Pubertät bekommt man dafür die Fähigkeiten. Sie ist der Aufbruch ins selbständige Leben.

Der geht wohl bei niemandem ohne Schmerzen vor sich. Auf einmal muss man hinterfragen, was immer so klar erschien, Entscheidungen treffen, die früher andere für einen trafen, sich positionieren, auch wenn man unter Umständen jemanden verlieren könnte. Gefühle von Verlust und Gewinn wechseln sich ab, so wie es bei mir mit dem plötzlichen Erwachen bei der ersten Regel war. Ich spürte, dass ich eine persönliche Freiheit gewann, die ich noch nicht genau formulieren konnte, aber sie fühlte sich gut an. Andererseits hätte ich mich noch gern hinter der Schürze meiner lieben Großmutter versteckt.

Nun gehe ich mit euch auf diese Reise zu mir selbst.

Die Schule

Ziemlich am Beginn stand ein bewusstes, fast lexikalisches Bearbeiten all dessen, was ich in der Schule hörte. Es interessierte mich einfach so viel. Die Schule war für mich Abwechslung. Zu Hause lebte ich mit meinen jüngeren Brüdern und meinen Großeltern, die gescheit und lebensklug waren, aber eine sehr einfache Schulbildung hatten. Mein Vater arbeitete und lebte in Bayern. Meine Mutter war meist bei ihm. Es gab noch keinen Fernseher und kein Geld, große Ausflüge zu machen. Unsere einzige – aber sehr schöne – Abwechslung waren die Sommerferien, die wir immer bei meinem Vater am Staffelsee verbrachten. Außerdem hatte ich durch die eigenartige Isolierung, die ich während meiner Kindheit erlebt hatte, deren Ursache ich euch später erklären werde, noch immer keine Freundinnen, die ich nach Hause einladen konnte. Deshalb wurde natürlich auch ich nicht eingeladen. Ich hatte also zu Hause keine Ablenkung. So war die Schule die beste Unterhaltung für mich.

Ich fand einen Kalender aus meiner 3. Gymnasialklasse. Am Ende des Schuljahres zeichnete ich ganz genau auf, was wir im vergangenen Schuljahr in den einzelnen Gegenständen gelernt hatten. Wer hat so etwas von euch gemacht? Bitte melden! Ich drückte es nicht in Worten aus, aber ich spüre es noch heute: Wissen und Fähigkeiten sind für mich ein Schatz, den mir niemand nehmen kann. Sie gehören zur Kategorie »MEINES«. Das ist wunderschön. Das hat mich stärker gemacht. Ursache meiner guten Schulnoten war daher nicht in erster Linie Ehrgeiz, sondern Interesse. Natürlich merkte ich auch mit der Zeit, was meine Stärken und Schwächen waren. Mit der mir eigenen Zielstrebigkeit brauchte ich nur für meine »Schwächen« zu lernen: Fächer, die ohne Mathematik nicht auskommen. Alles andere merkte ich mir vom Zuhören und von den mündlichen Wiederholungen, die es damals jede Schulstunde gab. Allen humanistischen Fächern, allen voran den Sprachen, galt meine Liebe. Dennoch hatte ich auch in den innerlich mit dunkler Farbe gekennzeichneten Gegenständen Mathematik und Physik noch überdurchschnittliche Noten. Ich wurde zur Institution in unserer reinen Mädchenklasse, von der man Hausaufgaben abschrieb, notfalls sich etwas erklären ließ. Das machte mich auch endlich wichtig in der Klasse. Es stärkte mein Selbstbewusstsein und gab meinen natürlichen Interessen weiteren Auftrieb, weil ich Erfolg hatte.

Taschengeld gab es damals keines, aber für jeden Einser im Zeugnis bekamen wir 1.- S. Das steigerte sich später etwas. Das Ersparte trug ich dann am Weltspartag immer zur Sparkasse, um ein Geschenk zu bekommen. Das war sozusagen der materielle Erfolg, den mein Großvater finanzierte.

Meine Lieblingsfächer

Unter diesen Umständen darf ich euch wohl auch von meiner Begeisterung für Deutsch erzählen. Meine erste Deutschprofessorin (bis zur 4. Klasse) weihte mich in das Zauberreich der Sprache ein. Sie förderte mich in meinem Ausdruck. Durch sie nahm ich überhaupt einmal wahr, dass ich etwas sagen konnte, was andere berührt. Mein bester Aufsatz war damals darüber, wie man glücklich oder zufrieden werden könne. Die Themenstellung habe ich leider vergessen, nicht aber mein Credo, das ich mit voller Überzeugung darin vertrat: Es sind die kleinen Dinge, die dir so viel Lebensfreude geben, dass du davon zehren kannst, auch wenn es Probleme geben sollte. Diese kleinen Dinge haben mich ja schon von meinen ganz frühen Jahren aus aufgebaut: der Geruch einer Blume, die Anmut einer Katze, die wohlige Wärme eines Sonnentages, das Glitzern des Schnees, der unbeschreibliche Duft frisch gepflückter Äpfel, die wohlige Müdigkeit nach einer körperlichen Anstrengung, die vertraute Stimme einer lieben Person. Sie alle kosten überhaupt kein Geld, sagte ich schon damals, weil wir doch manchmal die relative Armut gegenüber andern spürten. Sie alle sind immer wieder neu zu haben. Sie alle brauchen nur eins – sie zu bemerken – sie zu genießen.

Mit den Jahren wurde ich vertraut mit den Büchern, die mein Großvater gesammelt hatte. Er hatte sie für meine Mutter gekauft, wurde dafür einige Zeit eigens Mitglied einer Buchgemeinschaft. Ich habe seine Klugheit bewundert. Er hat auch mir damit einen Schatz mitgegeben. Ich wurde eine Bücherfreundin. Zuerst las ich Brehms Tierleben, wenige Bücher die ich zu Weihnachten geschenkt bekam, vor allem wieder Sagen und Märchen, auch die Kunstmärchen. Ich verliebte mich in die ersten Gedichte im Lesebuch. Als ich 15, 16 Jahre war, hatten wir dann einen langweiligen Deutschunterricht, aber der konnte mich nicht mehr abschrecken. Ich las mich durch die kleine Bibliothek meines Großvaters. Schiller, Goethe, Grillparzer, Stifter, Fontane, Keller usw. waren meine Freunde. Ich merkte es nicht, wie ich da nicht im Trend meiner Mitschülerinnen war, die schon echte Backfische waren und wahrlich andere Interessen als deutsche Literatur hatten. Aber es waren glückliche Stunden für mich.

In der Oberstufe erwärmte ich mich für Englisch. Auch hier hatte ich eine sehr elegante Professorin, die mir durch ihre Art gefühlsmäßig vermittelte, dass mir mit einer Fremdsprache die Welt offen steht. Deshalb lernte ich auch privat Russisch. Ich brachte es bis zur Matura so weit, dass ich mühelos russische Literatur lesen konnte. Bei den

Romanen hatte ich überhaupt kein Problem, mit Gedichten tat ich mir schon schwerer. Das bedauerte ich etwas, weil mir der Klang von Puschkins Sprache so gefiel.

Amerikaner

Englisch lernte ich nicht nur in der Schule, es war mir schon vertraut, aber nicht durch die Geschichten von »good old England« sondern durch die amerikanischen Soldaten. Von ihnen vergaß ich euch zu erzählen. Zuerst begegneten sie mir, wenn ich durch die schmale Ernst Grein Straße in der Dämmerung heimging und mich an den Rand drängte, wenn die riesigen amerikanischen Lastwagen durchfuhren. Besonders eng war es vor meiner Gartentür, wo eine Brücke über den Bach ist. Da schauten die schwarzen Fahrer durch das Fenster auf mich herab, merkten wahrscheinlich, wie ängstlich ich mich an das Geländer presste und grinsten. Das musst du dir vorstellen, sie grinsten breit und freundlich – und aus ihren dunklen Gesichtern blitzten schneeweiße Zähne und das Weiße ihrer Augenwinkel heraus. Eigentlich war es – noch dazu in der Dämmerung – furchterregend. Anfangs war ich nicht erfreut, doch ich gewöhnte mich an sie und schätzte ihre Freundlichkeit. Sie gehörten wie die russischen Popen zu meinem Kinderleben.

Ein anderes Ereignis erregte meine volle Wahrnehmung. Meine Großeltern waren nicht gut zu sprechen auf die Amerikaner, die Amis, ebenso auch auf die »Katzelmacher«, die Italiener, die sie als Wortbrecher empfanden. Als der »Friede« eingekehrt war, waren die »Amis« aber sehr höfliche Besatzungssoldaten. Sie inspizierten unser Haus, ob es für eine Offizierswohnung geeignet sei. Dabei ereignete sich folgende Szene: Der hoch gewachsene amerikanische Soldat überreichte meiner kleinen Großmutter eine Kilo-Dose Bohnenkaffee. Sie streckte sprachlos ihre Hand danach aus und sah zu dem Mann mit einem Blick empor, der sich mir für immer einprägte. Ein maßloses Staunen breitete sich darin aus, flankiert von einem kurzen Aufblitzen eines Schuldgefühls, das ausdrückte, sie hätte sich in ihrer vernichtenden Meinung über die Spezies »Amerikaner« doch geirrt. Ihr Gesicht leuchtete auf vor Glück über dieses Wunder eines echten Bohnenkaffees. Es war rührend, drollig und bezeichnend. Die Amerikaner versuchten, eine gute Stimmung zu verbreiten. Sie waren ja auch bei der Bombardierung mit unseren Kunstschätzen achtsam umgegangen. Meine Mutter sagte, das sei ein eigener Einsatzbefehl gewesen. Das kann ich nicht beurteilen, nur dass Salzburg nicht so ausgeschaut hat wie etwa Dresden, wo das alte Stadtbild völlig zerstört wurde und durch Wiederaufbau erst wiederhergestellt werden musste.

Für uns Kinder war das alles natürlich weniger bemerkbar als die Ausspeisungen in der Schule Nonntal. Dort lernte ich Erdnussbutter kennen. Ich mochte sie allerdings nicht sehr. Bei den Weihnachtsfeiern gab es dann auch Schokolade, eine ungeheure Neuheit für uns. Der Christbaum sah ganz anders aus als unserer mit unzähligen elektrischen Kerzen, großen Glaskugeln statt Strohschmucks und Bergen von glitzerndem Lametta – überwältigend. Dazu gab es kleine Geschenke.

Ihr seht also, dass ich die »Amis« in guter Erinnerung habe. Als ich schon ein wenig flügge war, so etwa mit 14, ging ich dann ins Amerikahaus. Dort schaute ich mir Bücher an. Am meisten aber zog mich die Musik an. Ich wollte immer wieder die Spirituals hören, ich liebte den lustigen Dixieland und den verspielten Swing. Ich bewunderte Armstrong mit seiner Trompete. Das alles hätte meine Eltern und Großeltern nicht sehr begeistert, diese »Tschin-Bum-Musik«. Sie wussten auch nicht, dass ich hauptsächlich deshalb ins Amerikahaus ging, sie erlaubten es wegen der »Bildung«, also wegen der Bücher und der Sprache.

Freundinnen

Wie in der Volksschulzeit musste ich mich durch das Problem »durcharbeiten«, dass ich keine Freundinnen hatte. In meiner Nähe wohnten nur 2 Mädchen meines Alters. Die besuchte ich wohl einmal. Die eine war etwas älter, schon fast eine Dame, immer glänzend angezogen, was mich schon sofort bedrückte. Sie hieß Elisabeth. Sie war die Tochter des Besitzers vom Gasthaus, damals also in meinen Augen sozial höher stehend. Ich ging von dem Lebensgefühl meiner Großeltern aus. Es wurde nichts aus unserer Bekanntschaft.

Die andere wohnte in einer Villa in der Nähe. Sie hieß Gitti. Auch sie war für mich eine mit einem besseren Lebensstandard – wie ich heute sagen würde. Wenn du ins Haus hineinkamst, roch es für mich nicht betörend sondern störend nach Parfum. Ihre Mutter war eine feine Dame. Irgendetwas roch für mich faul, und meine Bekanntschaft mit Gitti dauerte auch nicht lange. Heute würde ich sagen, dass mein Gefühl nicht so falsch war und sie ihren Lebensstandard den Besatzungssoldaten zu verdanken hatte. Schade um Gitti.

Dann kam Annemie, mit der ich Religionsgespräche auf unserm Weg von der Elektrische nach Hause führte. Sie wohnte weiter als ich beim Wald. Mit ihr ging ich immer einen Umweg nach Hause. Das waren meine ersten philosophischen Gespräche in der 1. und 2. Klasse Gymnasium. Von meiner kurzen Begegnung mit Ingrid, meiner Eis-Spenderin habe ich schon erzählt.

Aber ich wollte doch eine fixe Freundin. Ich ließ in meiner Klasse zwar alle, wie schon erwähnt, an meinen Hausaufgaben partizipieren, aber das war lang nicht so schick für die andern wie z.B. eine fesche neue Bluse, ein Schisonntag in Gastein und du – wirst es nicht glauben – Hausfreunde (Kekse) vor Weihnachten. Solche gab es bei uns zu Hause nie. Ich versuchte mit mehreren Mitschülerinnen in ein Gespräch zu kommen, aber es gelang nicht so recht. Wahrscheinlich stellte ich mir darunter etwas viel zu Kompliziertes vor. Einmal half ich einer besonders, als sie sich im Turnen verletzte. Sie war blond, ziemlich still und bescheiden. Das hätte ja gepasst, sie schenkte mir auch Hausfreunde. Aber irgendwie hatte sie doch andere Interessen. Mit Ulli, die auch Deutsch mochte, glaubte ich mich besser zu verstehen, aber sie war etwas zänkisch und wollte immer Recht haben. Vor Weihnachten, wo man sich doch mit allen versöhnen sollte, fuhr ich eigens in die Stadt zu ihrer Wohnung, um mich zu entschuldigen. Ich kam vor das Haus, wollte auf die Klingel drücken und hatte plötzlich Scheu davor, mein Vorhaben auszuführen. Ich fuhr einfach wieder heim. Als innere Rechtfertigung kam mir der Gedanke, dass ich mich vielleicht mit einer Entschuldigung blamieren hätte können. Denn ebenso hätte doch auch sie sich bei mir entschuldigen können. Also wieder nichts, obwohl wir dasselbe Interesse für Theater und Bücher hatten.

Meine erste richtige und lebenslange Freundin wurde mir in der 5. Gymnasialklasse geschenkt, Monika aus Kitzbühel. Sie war neu, sie kam aus einer privaten Schule. Sie war wahrscheinlich auch froh, gut aufgenommen zu werden. Aber das war es nicht. Sie hatte einfach eine Wellenlänge, auf der ich mitschwingen konnte. Sie war mir in vielem voraus, sie war im Formulieren begabter, sie hatte früher einen Freund, sie war modisch, aber sie war auch kritisch und eigenständig denkend. Das und ihre Freude am Besprechen aller Ereignisse kam mir sehr entgegen. Sie sagte immer, wie ich das alles gut beurteile, wo ich doch selber so behütet sei und gar nicht so viel erlebt habe. Ja, aber ich habe so viel beobachtet. Vor der Matura wollte sie fast aufgeben. Da half ich – ja ich Antinaturwissenschaftlerin – ihr, die nötige Physikprüfung zu schaffen. Von ihrer Mutter bekam ich eine Gratulation. Später lebten wir an gänzlich anderen Orten ein sehr unterschiedliches Leben. Nach etlichen Jahren bei einem Maturatreffen sah ich ein Foto ihrer Tochter. Da schwante mir etwas. Wir kamen drauf, dass wir beide einen jüdischen Mann geheiratet hatten und all den Ereignissen ausgesetzt waren, die dies mit sich brachte. Es war eigenartig – eben die gefühlte Wellenlänge war immer da. Das setzte ich wohl für eine Freundschaft voraus, als ich auf der Suche danach gewesen war.

Als ich später in Wien studierte, wollte eine frühere Klassenkollegin eine lesbische Beziehung mit mir anfangen. Ich bin zuerst erschrocken, für mich war das immer ekelig, aber ich bewunderte sie auch: All die Jahre unseres Schülerinnendaseins hatte nie jemand nur geahnt, was in ihr vorging. Das muss ja schlimm sein.

Die Vielfalt von Einzelschicksalen bahnte sich also schon in unserer Teenagerzeit an.

Freunde

Anders war es mit Freunden. Ich habe ja schon erzählt, dass ich bereits vor der Schule mit einem blonden Wolfgang gespielt hatte, dass ich während der Volksschule von einem dunkelhaarigen Walter verteidigt wurde.

In meiner Klasse im Realgymnasium begann natürlich auch etwa ab der 3. Klasse das Geflüster oder Gekicher über Buben und Burschen.

So manche kam auch früher als andere in näheren Kontakt mit dieser begehrten Spezies von Menschenkindern. Ich selber himmelte immer etwa seit der 3. Klasse irgendeinen an. Sein Lachen gefiel mir, seine Haare, sein Benehmen oder seine Sportlichkeit. Aber das geschah immer ganz verschwiegen, nur in mir drinnen. Die Personen wechselten auch. Ich redete nicht darüber, mit wem auch? Heute finde ich ja lustig, dass ich z.B. in der Messe – welche unfromme Ablenkung – den großen Ministranten so anziehend fand, dass ich nur allzu oft zu ihm hinschauen musste, was ja nicht schwer war, weil er für alle ausgestellt beim Altar stand. Ich wollte, dass er mich bemerkte und zugleich wollte ich es nicht. Natürlich hatte er keine Ahnung davon.

Ich glaube, dass ich etwa 14 Jahre alt war, als ich die Erlaubnis bekam, mich einer Jugendgruppe vom Alpenverein anzuschließen. Dort kam ich wirklich unter »Leute«. Das Kameradschaftserlebnis beim Wandern hat mir sehr gefallen. Aber auch dort verguckte ich mich natürlich in den einen oder andern, die Mädchen wurden dann zu meinen Konkurrentinnen. Ich mochte sie schon, aber ich war auch wachsam. Das fand seinen Höhepunkt, als wir einmal vom Tennengebirge etwa 3 Stunden hinunter wanderten und ich mit »Dickie«, der gar nicht dick war, sondern Dieter hieß, plauderte – die ganze Zeit. Nun diese 3 Stunden genügten, dass ich mich zum ersten Mal richtig verliebte. Das Seltsame daran war nun, dass auch er mich als sehr gute Gefährtin empfand und viel mit mir redete. Es spitzte sich für mich aber zu, als er sich in eine meiner Kameradinnen verliebte und zwar unsterblich. Das machte ihm ordentlich zu schaffen. Er kam auf die originelle Idee, mit mir alles zu besprechen, was es eben da zu besprechen gibt – hast du sie am...gesehen, was hat sie gemacht, gesagt..., Hintergedanke, bitte ausspionieren, ob sie vielleicht einen andern hat, was soll ich nur zu ihr sagen, glaubst, sie geht auf das oder jenes ein..... einfach, wie stell ich nur alles an, dass ich ihr unersetzlich werde ...

mögen Mädchen dies oder das, du weißt es bestimmt... Nun stellt euch mal vor, wie das ist, wenn man in diesen Kerl, der sich einem über eine andere anvertraut, selbst über beide Ohren verliebt ist und er nichts, aber rein gar nichts davon merkt! Da lernt man, seine Gedanken noch besser zu verstecken und zu leiden, einfach zu leiden. Heute lächle ich darüber und denke, das passt ja alles mit der Weltschmerzstimmung dieses Alters wunderbar zusammen. Meine Lieblingslektüre waren damals auch Dramen wie »Romeo und Julia«. Kein Wunder.

In der Klasse spitzte sich das Getuschle zu, als wir alle um die Aufmerksamkeit unseres Musikprofessors buhlten. Er war einfach interessant und unkonventionell im Unterricht, am Schulausflug ließ er uns Damenfußball spielen. Es war lustiger als Völkerball. Nur Korbball kam dem in meinen Augen gleich. Unser Musikprofessor war aber nicht nur ein Liebhaber schöner Musik und konnte das vermitteln, sondern eben auch ein Frauenliebhaber und »verschaute« sich in eine meiner Klassenkolleginnen. Später auf einer unserer ersten Maturafeiern war er dann auch wieder das Hauptgesprächsthema. Er war wegen dieser Beziehung zu unserer Klassenkollegin, die übrigens wunderbar Cello spielte, geschieden und vom Unterricht suspendiert worden. Auf dieser Maturafeier waren alle sehr beglückt, dass B. sich dann von ihm getrennt hatte und nun eine »ganz normale glückliche Ehe« führte. So viel zu Tratsch, Moral und Wahrhaftigkeit. Er allerdings hatte zu jener Zeit auch noch ein 2. Eisen im Feuer, das war meine Freundin. Mit ihr hatte er kein Verhältnis, aber sie war – wie ich zuvor für Dickie – seine Klagemauer. Seltsam, dass Männer so etwas brauchen.

Nach meiner Matura traf ich auf der Uni und in der Arbeit mehrere Männer, die ein eigenes Kapitel über männliche Empfindsamkeit abgeben würden, wovon ich vielleicht noch einmal eine Anekdote zum Besten geben werde.

Aufklärung

Diese Fünfzigerjahre meiner Jugend waren in manchem absurd. Bürgerliche Moral wurde sehr hoch gehalten, es bestanden viele Tabus, die wir heute belächeln würden und die schon damals heimlich nicht beachtet wurden. Da ist zum Beispiel die Geschichte mit dem Aufklärungsunterricht, von dem ich nicht weiß, ob er vom Lehrplan vorgesehen war oder nicht. Einmal allerdings mussten auch wir über Anatomie lernen. Da war es nicht zu vermeiden, auch über die Fortpflanzung zu sprechen, nachdem wir ja schon bei Pflanzen und Tieren verschiedenartige Lösungen dieser Frage gelernt hatten. Die Professorin – noch immer unsere arme leicht gelähmte Frau, der wir allerdings in der Oberstufe mehr Respekt entgegenbrachten als vorher – wurde ziemlich rot, als sie darüber sprach. Wir, sogar meine leicht kecken Mitschülerinnen, wurden dadurch nicht gerade angefeuert, Fragen zu stellen – obwohl uns das alles natürlich BRENNEND interessierte. Wir wollten einfach keine Peinlichkeit aufkommen lassen, obwohl wir eine reine Mädchenklasse waren. Diskretion ist auch eine Tugend, aber manchmal eben nicht unbedingt angebracht. So mussten wir uns alle auf unsere privaten Recherchen verlassen. Bei wenigen oder vielleicht nur bei einer – so genau erfährt man das nicht – wurde bereits am lebenden »Objekt« geforscht.

Für mich kam das überhaupt nicht in Frage. Ich hatte nach dem Erlebnis meiner ersten Regel nicht gerade ein übermäßiges Vertrauen in die Auskunftsfreudigkeit meiner Mutter und meine Großmutter hielt ich schlichtweg (wie überheblich) für zu alt. Ich stellte keine diesbezüglichen Fragen. Aber ich hatte diese Fragen natürlich, vor allem weil ich doch das Zwitschern im Bauch erlebte, wenn mir einer gefiel. Ich ging jetzt meist ohne Mutter in die Messe, weil sie ja oft nicht da war. Dort setzte ich mich, wenn dir Kirche leer war, in die hinterste Reihe und suchte mir Schriften über Sexualität vom Schriftenstand aus. Die studierte ich. Daraus bezog ich mein Wissen und auch meine Moral. Wenn ich heute über die vielen Vorkommnisse von Scheinmoral in der Kirche oder über die Schwierigkeiten, die mir bekannte verheiratete Priester bekamen, höre, dann kocht es in mir. Was haben die alles von uns verlangt, was sie selber nicht eingehalten haben. Ich habe erst in meiner zweiten Ehe ein unkompliziertes Verhältnis zur Zweierbeziehung bekommen. Ich hatte dadurch meinen Verlobten mit 22 Jahren verloren und bin in eine Vernunftehe geschlittert. Ich weiß, es war alles zum Schutz der Mädchen gut gemeint und vor allem war es vor der Einführung der Pille. Was mich aber daran so sehr geschädigt hat, war die schleichende Überzeugung, dass ich mich vor etwas HÜTEN müsse, nicht die positive Bereitschaft zur Liebe. Es könnte etwas schiefgehen, ein absurder Gedanke, wenn man begriffen hätte, was Liebe heißt. Da waren viele schöne Worte zu lesen aber ohne Überzeugungskraft, oder sie wurden mir einfach nicht zur inneren Anschauung. Was Liebe in der Ehe meint, habe ich erst ansatzweise begriffen, als meine Großmutter schon am Sterbebett über meinen sie pflegenden Großvater sagte: »Schau ihn dir an, er ist immer noch ein schöner Mann.« Das hat mich sehr gerührt und mich mehr gelehrt, als viele katholische Büchlein. Denn ich habe selber meinen Großvater erwischt, wie er mit einem Au-Pair-Mädchen einen Kuss ausgetauscht hat. Das hat er sicher auch vorher schon einmal gemacht, aber sie hat ihn geliebt wie am Anfang. Es hat mich mehr als berührt.

Sport

Schisport: Ich war von Anfang an ein bewegungsfreudiges Kind. Ich erinnere mich bis in mein 3. und 4. Lebensjahr. Noch in Graz als mein Bruder stehen und wackelig gehen konnte, hatten wir unglaublich lustige Polsterschlachten. Heute wundere ich mich darüber, dass der kleine Kerl dem so gut gewachsen war, was ich mit Begeisterung und entgegen der Verwarnungen meiner Mutter und Grazer Großmutter (Mutter des Vaters) immer wieder anzettelte. Unsere Gitterbetten standen mitten im großen Zimmer. Am Tag wurden sie auf die Seite geschoben, denn es war zugleich unser Wohnzimmer. Aber die Polsterschlachten fanden neben dem Klavier statt und hin und wieder landete einer meiner Polster dort. Dann gab es rechte »Scherereien«. Ich spüre noch heute dieses schöne Gefühl, dass ich völlig unberührt davon blieb. Wenn dann schönes Wetter war, stand die Gehschule auf dem Balkon und mein Bruder bemühte sich vergeblich auszubrechen. Ich half ihm auch nicht, denn ich hegte einen gewissen Groll, dass er die Hälfte von der schönen Orange bekam, wo wir doch so selten Orangen bekamen.

Die ersten sportlichen Versuche gab es dann, wie schon erwähnt, mit der Rodel auf dem kleinen Hügel vor dem Haus in Salzburg. Darauf folgte während der Volksschule der Kastnerhügel beim Wald. Zuerst war auch dort der Schlitten unser Sportgerät. Doch sehr bald begann unsere Karriere als Schifahrer. Zuerst waren Fritz und ich dran, weil wir ja älter waren. Auf einfachen Holzbretteln mit Riemchenbindung unterrichtete uns unsere Mutter, zuerst einmal »Gehen«, also Fortbewegen im geraden Bereich zu üben. Ich fand es damals und auch heute noch überraschend, dass Mutti sich dieser Mühe unterzog und dort stand und fror, während wir unsere ersten Runden zogen. Sie konnte ja selbst nicht Schi fahren, weil sie als Kind viel zu arm dazu gewesen war und mein Großvater auch bei uns den Sinn von Sport nicht recht schätzte. Für ihn hörte der Sport im ersten Weltkrieg auf, als er die sterbenden Pferde am Col die Lana in Südtirol erlebte. Man muss nicht übertreiben, war seine Meinung. Aber meine Mutter tat alles, damit wir mit den andern Kindern mithalten konnten und Schifahren wurde in dieser Zeit beliebt. Ich hörte auch immer die Sportsendungen im Radio und bewunderte besonders den Schispringer Pradl, später natürlich Toni Sailer.

Als wir dann gewandter waren, übten wir auf dem Kastnerhügel. Immer schneller wurden unsere Abfahrten. Das wurde meinem Bruder dann offenbar auch zu langsam und er baute mit den andern Buben die schon erwähnte Schanze. Hui, da wurde lustig gesprungen, nun schon ohne Mutti als Aufpasserin. Der Warnruf hieß: »Achtung, Achtung aus der Bahn, hinten hängt der Teufel dran!«

Die nächste Stufe unserer Schifahrerkarriere war die Zistelalm. Wir wanderten zuerst 1 1/2 und später 1 h oder noch weniger von Parsch hinauf, Schritt für Schritt auf einem Trampelpfad. Ich keuchte manchmal schon, wenn die andern schneller waren, denn wir waren natürlich nicht allein, einer nach dem andern kämpfte sich da im Gänsemarsch hinauf. Die Abfahrt von der Zistel war dann die Belohnung. Bis weit in den März fuhren wir da, bereits über schon halb grüne Wiesen. Manchmal mussten wir dann auch noch den Weg ein Stück abwärts gehen. Jeden Tag nach der Schule machten wir diese Prozedur im Winter.

So konnte ich auch am ersten Schikurs mit meinen Mitschülerinnen mithalten. So lange Abfahrten wie in Saalbach hatte ich allerdings nie erlebt und noch etwas – den Schleiflift. Das war damals ein Einer-Lift. Meine Turnprofessorin hatte mich offenbar überschätzt. Ich war noch nie mit einem solchen Lift gefahren, eigentlich davon gezogen worden. Es war Tiefschnee, ich fiel aus dem Lift. Und nun kam das böse Erwachen. Ich konnte keinen Menschen sehen. Alle andern waren schon vor mir. Da fasste ich den einzig möglichen Entschluss, der Lifttrasse entlang mich durch den tiefen Schnee zu kämpfen (damals wurde noch nicht alles so gut präpariert), damit ich sicher wieder unten ankam. Als Schneemännin (nach heutigen Genderregeln) kam ich wirklich unten an. Der Schreck war nicht nur auf meiner Seite, das könnt ihr euch vorstellen.

Wir lernten ja auf dem Kastnerhügel und auf der Zistelalm nur eine Naturmethode des Schifahrens und zum Abbremsen den Telemark-Schwung, den wir Christel nannten.

Erst mit 16 begleitete uns unsere Mutter – auch in der Schitechnik bildungsbeflissen – 3 Tage nach Bad Gastein. Da bekamen wir alle 3 einen Schilehrer und kämpften uns die höchsten Abfahrten herunter. Am schwierigsten war es für mich, die vielen Hügel zu bewältigen, die sich auf den damals noch schlecht präparierten Pisten gebildet hatten. Aber es war eine großartige Verbesserung. In der 7. Klasse war der Schikurs am Arlberg. Ich fuhr so begeistert drauf los, dass ich mir bei einem Sturz auf der Valluga eine Verletzung am Hals zuzog, an der ich heute noch leide. Etwas wild waren wir alle damals, als wir auf einem riesigen Pferdeschlitten zu Fünfzehnt die Bergstraße hinunterfuhren. Unsere Stärksten waren vorne die Bremser. Das hätte auch schief gehen können. Aber es war lustig!

Tourengehen und Tiefschneefahren, was besonders schwierig im Bruchharsch des Frühjahrs war, waren meine Freude dann beim Alpenverein. Damals wurde auch der Untersberg unser privater Schi-Berg: mit dem Fahrrad über die Moosstraße zum Aufstieg, der etwa 2 1/2 Stunden dauerte und dann zwischen den Latschen hinunter, bis es aper wurde und wir noch einen Fußmarsch zurück bis zu den Fahrrädern vor uns hatten. Besonders schön war das Schifahren auf dem Untersberg nämlich im Frühjahr, wo überall sonst schon die Leberblümchen blühten.

Wassersport und anderes: Murnau war der Glücksfall, dass wir Schwimmen lernten. Wie gerne ich das lernte, werdet ihr verstehen, wenn ich euch meine besondere Motivation erzähle. Einmal besuchten wir mit der Schule das Volksgartenbad. Ich konnte noch nicht schwimmen, aber irgendein unfreundliches »Subjekt« gab mir einen Stoß und ich purzelte ins Wasser. Vor Schreck versuchte ich nicht einmal herauszufinden, wer dies war. Im Fallen konnte ich noch einen Schrei absetzen, dann versuchte ich mich mit »Hunderlschwumm«, wie wir das nannten, also Strampeln von Armen und Beinen an die Oberfläche zu arbeiten, wo mich eine rettende Hand aus dem Wasser zog. Es war kein gutes Erlebnis. Später im Leben konnte ich mehrere Kilometer schwimmen. In Murnau war unser erstes Freischwimmerziel die Insel Wörth und wir waren darauf mächtig stolz. Wenn wir müde waren, rasteten wir uns mit dem »toten Mann« auf dem Rücken liegend aus.

Viel später bekamen wir dann ein Klepper-Schlauchboot. Es war ein Zweier-Paddelboot und unsere ganze Freude. Mit ihm fuhren wir alle Inseln des Staffelsees ab und auch in den Ausfluss mit dem wunderschönen Moor daneben und dem vielen Schilf. Einmal kamen wir mit letzter Kraft bei einem Gewittersturm zur Insel Wörth und mussten dort warten. Das Paddeln war ein wunderbarer Sport.

Im Turnen war ich kein Ass. Für das Geräteturnen war ich etwas ungeschickt, in der Leichtathletik war ich durchschnittlich, bei den Ballspielen ganz gut. Das schönste Erlebnis war das Jugendsportfest, als wir rhythmische Gymnastik mit Bällen in großen Kreisen präsentierten. Das fiel mir zwar schwer, aber ich war stolz darauf, dass es mir am Ende ohne Fehler gelang. So hatte ich meist ein Gut in Turnen. Das war auch nicht weiter schlimm. Doch in der einzigen Klasse, in der ich in Mathe ein Befriedigend hatte, in der 6., packte mich auf einmal der Ehrgeiz. Ich wollte nicht die Abfolge von ausgezeichneten Schulerfolgen unterbrechen und kompensierte das Befriedigend durch eine Eins in Turnen. Die erwarb ich, indem ich das Jugendsportabzeichen erreichte. Für eine Disziplin war mein Ergebnis nur zu garantieren, indem ich mit meinem Bruder das Weitwerfen auf der Wiese übte. Ich kam mit dem sogenannten »Mädchenschuss« einfach zu wenig weit. Nun, es klappte. Du siehst also, ich setzte meinen Ehrgeiz manchmal ein, wenn es mir nötig erschien.

Für alle anderen Sportarten wie Tennis oder Reiten gab es bei uns kein Geld. ABER mit den Bergwanderungen mit dem Alpenverein konnte ich das wettmachen. Da geht es nicht mehr nur um Sport, Fairness und Ausdauer. Da spielt die grandiose Schönheit unserer Berge die Hauptrolle. Während der Oberstufe erlebte ich u.a. den Gipfel des Venedigers, den Dachstein, das Hochplateau des Tennengebirges, das Gletscherfahren auf dem Kitzsteinhorn, das man damals noch ersteigen musste, die Warte am Sonnblick usw. Anfangs war alles anstrengend für mich, besondere Angst hatte ich vor Reitsteigen (da kann man nur im Sitzen drüber rutschen, weil es links und rechts in die Tiefe geht) und vor dem Abseilen. Aber es wurde immer besser.

Als ich nach der Matura die Mandeln operieren ließ und eine Herzmuskelentzündung mich vorübergehend nur von unten auf die Bergspitzen schauen ließ, war ich sehr verzweifelt. Aber es wurde alles wieder gut, so wie wir das so oft sagen und doch nicht glauben. Ja, es kann auch etwas Schönes wiederkommen, es kann wieder gut werden.

Musik

Von meinen Vortragsabenden auf dem Klavier habe ich schon erzählt. Ich kam während meiner Schulzeit so weit, dass ich Beethoven Sonaten spielen konnte. Ich konnte sie auch sehr gut vortragen, weil in dieser Musik mein Lebensgefühl jener Zeit ausgedrückt wird. Eine unbändige Kraft wechselt mit trauriger Verstimmung oder Unsicherheit. Starke, wilde Akkorde münden in Kaskaden von Läufen. In dem 2., dem langsamen Satz, tobt die Seele ihre Sehnsüchte aus, auch wenn sie oft leise oder behutsam beginnen, Schmerz und Freude wohnt in ihnen. Die 3. Sätze toben verspielt oder wütend ins Finale. Ich liebe diese Musik noch immer. Aber ich mag natürlich auch viele andere Komponisten und manche anderen Musikarten, von denen ich damals noch nichts wusste oder die es noch nicht gab, wie z.B. sinfonische Blasmusik.

Nur eines tat mir leid, dass ich beim Klavierspielen mit meinem Instrument alleine war. Deshalb liebte ich es auch, wenn ich mit meiner Großmutter vierhändig spielen durfte. Das Zusammenspiel hat mich immer schon angezogen. Zur Feier des Staatsvertrags in der Aula der Kollegienkirche durfte ich mit Gerti, die später sogar einmal mit Karajan musizierte, vierhändig spielen. Das gefiel mir sehr. Ich vergaß auch während des Spielens auf meine Angst vor dem Publikum, ich dachte gar nicht mehr an das Publikum. Sogar Bundeskanzler Raab war zu unserer Feier gekommen und mein Zuhörer – oder auch nicht, denn er schlief während unseres Spiels ein. Das hatte so manche aufmüpfige Bemerkung zur Folge.

Als Instrument, das ich mit einer Gruppe spielen konnte, lernte ich selber C-Blockflöte. Damit organisierte ich in der 5. Klasse die Aufführung der Kindersymphonie von Vater Mozart. Meine Klassenkolleginnen spielten Geige, Cello und die Vogelstimmen auf verschiedenen »Pfeiferln«, ich spielte Blockflöte. Vorher hatten wir das zu Hause mit unserer Großmutter aus Graz gespielt. Sie begleitete uns auf dem Klavier, ich spielte Blockflöte und meine Brüder die Vogelstimmen. Aber die C-Flöte mochte ich nicht besonders, ihr Klang war mir zu hoch. So durfte ich im Mozarteum F-Blockflöte lernen. Auch hier schaffte ich es bis zu Sonaten von Corelli und von Teleman. Am schönsten aber war es, als ich im Quartett mit Prof. Tenta, der uns auf der Gambe begleitete, spielen durfte: c-, f-, Tenor- und Bass-Flöten. Leider war das nur eine kurze Zeit möglich, denn nach der Matura zog ich nach Deutschland zu meinem Vater.

Nach mehr als 40 Jahren sollte ich dann Klarinette lernen und endlich in Blasmusikorchestern landen. Es ist wunderschön. Musik war auch ein heimlicher »Beurteilungsgrund« für meine zweite Heirat – ebenso wie Religion. Diesen Test bestand Manfred blendend.

Glaube

Ja, ich kann sagen, dass die drei Pfeiler meines Lebens, die ich in der Pubertät vertiefte und die für mich unentbehrlich geworden sind – Natur, Musik und Glaube sind. Am stärksten motiviert der Glaube, aber er ist auch der zerbrechlichste von den Dreien.

Über meine Zweifel in der Volksschule über die allein selig machende Kirche, der ich aber doch kindlich vertraute, habe ich schon berichtet. Meine bäuerlich aufgewachsene Großmutter aus Salzburg (Mutter meiner Mutter) war eine gläubige, aber strenge Frau. Wir mussten jeden Samstag den Rosenkranz beten und zwar im Knien.

Das Knien habe ich schon damals für unnötig gehalten. Aber es gab keine Chance, das zu ändern.

Ein inniges Erlebnis war auch meine Firmung mit 13 Jahren. Das war das richtige Alter, in dem eigenes Denken und eigene Entscheidungen tatsächlich im Aufbruch sind. Der große Salzburger Dom selbst war schon ein Erlebnis, der Klang der Lieder in dem hohen Raum, der Kontakt mit einem Bischof und der innere Anspruch, den wir im Unterricht übertragen bekamen – bewusste Christen zu sein und vor allem treue. Ich war wieder ganz von dieser Heiligkeit berührt, als ich dann mit meiner Tante aus Vöcklabruck den traditionellen Firm-Ausflug machte. Das Kleid war aus Rohseide, von meiner Großmutter genäht. Dieses Kleid mochte ich. Ich bekam eine Bibel, die ich immer noch benütze und ein Messbuch, das nun veraltet ist, den »Schott«. Wichtig ist, dass ich die Botschaft dieses Festes mein ganzes Leben zu bewahren versuchte, auch wenn mir das oft durch die Kirche selbst nicht leicht gemacht wurde. Ich habe mich nur nicht zu einem Wechsel entschieden, weil ich finde, dass die Kirche größer ist, als ihre vielen fehlbaren Menschen und dass die christliche Botschaft nicht veraltet ist.

Doch den entscheidenden Ausschlag hat ein Erlebnis gegeben, das ich mit 15 Jahren hatte. Wir schliefen damals zu Viert mit unserem Au-Pair-Mädchen im westlichen Balkonzimmer, das nicht sehr groß war. Es war das letzte Jahr, bevor wir unsere Zimmer im Dachgeschoß bekamen. Ich saß auf meiner Bettkante, die andern schliefen schon. Ich kann mich nicht mehr erinnern, wie spät es war. Ich wollte mich gerade hinlegen. Da hatte ich eine mystische Vision, die mich selber überraschte. Auf einmal WUSSTE ich ganz genau, dass Gott lebendig ist, existiert, mir nahe ist. Das machte mich so glücklich, wie ich es nie mehr in meinem Leben erfahren habe, auch in den schönsten Momenten. Es war keine bestimmte Farbe, die ich sah, es war kein Gesicht, das ich sah, es war nicht einmal ein bestimmter Text, es war ein sicheres ERKENNEN. Ich war deshalb so glücklich, weil nichts vorher damit zu tun hatte, ich hatte nicht einmal noch mein Abendgebet, das immer kurz war, verrichtet. Ich hatte mich nie mit Mystik beschäftigt, ich hatte keine Ahnung von irgendwelchen psychologischen Praktiken. Es war ein ganz normaler stiller Abend, weil die andern nicht mehr redeten wie sonst vor dem Einschlafen. Deshalb wusste ich genau und habe das hinterher nachzuvollziehen versucht, dass dieses Erlebnis mir einfach ohne irgendein Zutun meinerseits geschenkt wurde. Das hat mich sehr berührt. Ich habe es kaum je erzählt. Aber es hat meinen Glauben bewahrt. Denn durch mein Studium wurde ich, die ich immer schon eher misstrauisch war, noch mehr zu kritischem Denken erzogen. Ich habe mir alle Fragen bezüglich der Existenz Gottes gestellt und den ein oder andern »Gottesbeweis« als mehr oder minder zutreffend gehalten. Ich bin zu dem Schluss gekommen, dass keiner davon die Existenz Gottes absolut beweisen kann. Das kann nur der persönliche Glaube, der oft und oft Zweifeln unterliegt.

Die kamen bei mir, als ich allmählich die Fehlbarkeit kirchlicher Personen oder Einrichtungen kennen lernte, wovon ich später erzählen werde.

Ohne mein Jugenderlebnis wäre ich nicht mehr in der Kirche.

Politik

Bestimmend für meinen Weg in die Erwachsenenwelt waren auch die Gespräche mit meinem Vater. Sein Entnazifizierungsverfahren war in Deutschland, wo er zuerst in der amerikanischen Kaserne wohnte (dazu hat mein Bruder Fritz geschrieben), früher abgeschlossen. Nach Österreich konnte er erst nach 1953 wieder einreisen, als das Gesetz außer Kraft gesetzt wurde, das allen die schon vor 1934 Mitglieder der NSDAP gewesen waren, einen zehnjährigen verschärften Kerker androhte. Dann konnte er nach Salzburg kommen. Das tat er immer zu Weihnachten, und im Sommer fuhren wir weiterhin nach Murnau. Dazwischen kam er nicht, weil ihn seine Steuerkanzlei voll auslastete. Deshalb musste ich ja nach der Matura zu ihm nach Murnau kommen, damit er etwas »von seinen Kindern hat«, und konnte nicht in Österreich studieren. Ich hatte auf die Frage meiner Eltern, ob wir nach Murnau ziehen wollten, mit 16 J. 1956 mit der Zustimmung meiner Brüder entschieden, dass wir in Salzburg bei den Großeltern bleiben wollten. Das war auch nicht immer für alle einfach.

Zuvor muss ich jedoch noch vom Schönen der Weihnachtstage dieser Zeit berichten. Sie fühlten sich für mich an als ein Flair vom Duft der Virginia meines Großvaters, dem Genuss von Torten und selbst gemachten Säften und Weinen, dem Wunder des Christbaums, am 2. Tag dem Phantasiereich der neuen Bücher, dem Rasseln der Modelleisenbahn und der Verzauberung durch den Kasperl. Das Kasperltheater war die einzige Unterhaltung für uns, in der wir Vati lachen sahen. Das war sein Spaß. Später zeigte er seinen Humor in launigen Gedichten. Im Grunde war er immer ein schwermütiger Mensch wie seine Mutter, die Grazer Großmutter.

Die Weihnachtstage wurden aber auch eine Zeit von Auseinandersetzungen. In meiner Oberstufenzeit begann ich, meinem Vater Fragen zu stellen, wie es nur so weit kommen konnte, dass wir die meiste Zeit des Jahres eine getrennte Familie waren. Als ich kleiner war, war ich immer unendlich traurig, wenn wir uns am Bahnhof verabschieden mussten. Es kam mir die Zeit bis zum Wiedersehen so lang vor.

Nun sah ich auch, dass er ziemlich streng und oft sehr nervös war. Ist es nicht klar, dass man mehr über seinen Vater erfahren will? Ich kann mich nicht mehr an den Tonfall erinnern, in dem ich fragte, aber er fühlte sich am Ende immer angegriffen. Unsere Gespräche begleiteten unsere Spaziergänge. Schließlich bekam ich von meiner Mutter den Verweis, meinen Vater in Ruhe zu lassen, weil er sonst einen Herzinfarkt bekomme. Das hat mich verbittert. Ich musste mir eben wieder Information von außen suchen. Diesmal tat dies der Geschichtsunterricht einer von mir sehr bewunderten Professorin, die selber sich zur Sozialdemokratie bekannte (darf man das in der Schule?). Mir erschien das unwichtig. Ich begriff allmählich, dass die Gesprächsverweigerung mit den Schuldgefühlen zu tun hatte, die viele Menschen, die ehrlich waren, doch hatten. Darunter eben mein Vater. Später wollte er von mir den Beweis, dass er nicht schuldig sei. Sobald er bemerkt hatte, was im NS wirklich läuft, hatte er sich von der Gauleitung, in der er für Rhetorik-Ausbildung zuständig war, distanziert, wofür er zur Strafe an die Front geschickt wurde. Er wurde krank und konnte nicht an Einsätzen teilnehmen. Er betonte, er habe niemanden getötet. Wie sollte aber ICH, die Nachgeborene, ihn sozusagen »freisprechen«? Alles bedeutete für mich eine innere Last. Das erklärt, warum ich später so wütend war, als das Wort »schuldig geboren« aufkam.

Später brauchte ich einige Zeit, alles »einzuordnen«, zu verstehen und ruhiger zu werden. Mit 17 war ich auch deshalb so verärgert, weil mir aus diesen Auseinandersetzungen vieles klar wurde. Ich bekam nun Antworten auf die vielen von mir aus Angst vor der Reaktion der Erwachsenen nicht gestellten Fragen. In meiner Familie war nur meine kleine Großmutter absolut nicht mit den NS einverstanden, was man als Christin ja wohl auch nicht sein konnte. Ich nahm zwar wahr, dass alle sich positiv in dieser Hinsicht veränderten. Z.B. heirateten meine Eltern in Salzburg damals im Stillen kirchlich. Aber ich fühlte mich irgendwie getäuscht, weil ich begriff, dass die vielen Male, in denen ich mich als Kind ausgeschlossen gefühlt hatte, mit dieser Vergangenheit zusammenhingen. Alle Einengungen und Schweigegebote wurden ausgegeben, um meinen Vater zu schützen, der heimlich über die Grenze gegangen war und sich den Amerikanern als Kriegsgefangener übergeben hatte..... und ich hatte ihn für tot oder vermisst gehalten!

Andererseits muss ich feststellen, dass allgemein in Salzburg nach dem Krieg eine große »Schweigekultur« herrschte und es so manchen gab, der sich ungerecht verfolgt fühlte, obwohl mir vorkam, dass Scheinheiligkeit mir entgegenschlug. Am ärgsten war es, wenn uns Leute verachteten, die erfolgreiche Wendehälse waren und ihre Vergangenheit nur großartig verschleiern konnten. Das wurde mir zuerst intuitiv klar, während meines späteren Studiums aber an konkreten Menschen begreifbar. Zu jener Zeit bemerkte ich es schon an dem Imker, von dem wir den Honig bekamen, wenn ich hörte, was er mit meinem Vater sprach.

Wenn ich heute sehe, wie schreckliche Traumata Kinder aus den gegenwärtigen Kriegsgebieten mitbringen, – die sie verarbeiten müssen, einfach weil das Leben stärker ist als der Tod, – fühle ich mich fast ungerecht, wenn ich viele Schmerzen meiner doch sehr glücklich ausgegangen Kindheit erzählt habe. Aber ich bin dankbar, dass »du« oder »ihr« mir zuhört. »Es« darf aus mir heraus. Die Erinnerung an die schönen Dinge wird damit erst recht lebendig und unverlierbar.

Meine persönliche Revolution

Als ich 17 war, verstand ich also so manches, was mich eingeengt hatte. Ich war sicher nicht sehr diplomatisch, aber ich versuchte mich in einem Gefühlsausbruch davon zu befreien. Es geschah an einem der Vortragsabende bei einer Sonate von meinem geliebten Beethoven.

Auf einmal stieg eine Welle von Wut in mir hoch, ich schlug gewaltsam auf das Klavier und drehte mich zu den Zuhörern. Was ich genau sagte, weiß ich nicht mehr, aber der Eklat war perfekt. Ob sie mich verstanden, kann ich auch nicht sagen. Ich weiß aber genau, wogegen ich protestierte, was ich auch sicher in Worte fasste. Es reichte mir, immer nur nach Leistung bemessen zu werden, immer die Beste sein zu müssen, immer »hinauf gelobt zu werden«, sogar im Klavierspielen, wo einfach eine andere noch besser war als ich. Ich hatte es satt, immer still und brav sein zu müssen aus Rücksicht auf die Befindlichkeiten der Erwachsenen. Auch ich war manchmal ängstlich, niemand fragte mich danach, auch ich war manchmal wütend, ich durfte es nicht zeigen, damit andere nicht litten, auch ich wollte manchmal einfach tun, was ich wollte und nicht was den andern half, ihr Ego aus zu »balancieren«, auch ich wollte einfach nur sein, nur leben, ohne alle Ansprüche von anderen erfüllen zu müssen. Ich war bestimmt ein Mensch geworden, der an sich selber genug Ansprüche stellte.

Alle waren sprachlos. Sie versuchten mich zu beruhigen. Aber hier wäre eine grundsätzliche Auseinandersetzung, eine Klärung besser gewesen. Sie versuchten es meinem Alter zuzuschreiben. In dieser Hinsicht hatten sie ja Recht. Es ist eine der wichtigen Gelegenheiten in der Jugend, zu sich selbst zu finden, indem man sich von den andern abgrenzt und seine eigenen Wertvorstellungen zu leben beginnt. Aber wahrscheinlich war meine Methode zu abrupt, zu wild. Doch eine andere sah ich nicht, da immer nicht geredet wurde, über das Wesentliche wurde kaum geredet, nur über Alltägliches und über Bildung. Ich arbeitete ja trotz Au-pair-Mädchen, die zu meiner Entlastung in der Oberstufe bei uns waren, auch immer noch viel im Haushalt und war die Nachhilfe meiner Brüder. Aber das störte mich weniger, als diese komplette Leistungs- und Schweigegesellschaft. Auch ich war mehr als meine äußere angepasste Hülle.

Diese innere Festigkeit, die ich mir so mühsam erarbeitete, half mir dann in den Wirren meines Studiums und des folgenden Lebens. Im Letzten musste ich einfach immer selber entscheiden, was ich für richtig halte, das muss jeder. Das lernte ich auf diesem Vortragsabend und in den Jahren meiner Teens. Dabei blieb ich immer noch ein sehr angepasstes und dadurch auch naives Wesen. Diese Naivität wurde mir später durch viele überraschende Vorfälle gründlich abgeräumt. Manchmal träume ich davon, wie schützend und bequem sie ist. Manchmal verwechsle ich auch Vertrauen mit Naivität und Selbstbewusstsein mit Misstrauen. Aber ich ging durch eine lange Schule des Lebens, nur in mir spüre ich noch immer dieses teils lustige, lebensfrohe, teils sehr nachdenkliche und leicht verletzbare Kind. Ein Psychologe sagte mir einmal, dass nur ich es schützen könne. Voilà!

Ein endgültiger Abschied

Wir hatten eine sehr schöne Matura-Feier, die zum größten Teil ich organisierte. Es war ein unbeschwerter und doch leicht melancholischer Abschied von unserem Schülerinnen-Dasein und voneinander. Aber wirklich traurig war ich, dass ich mich nun von M. verabschieden musste. Jeder trat ja jetzt ganz woanders seinen Lebensweg an.

Ich wurde von meinem Vater, wie schon erwähnt, nach Murnau gebeten und in die Steuerkanzlei »gesteckt«. Dort lernte ich Autofahren und fand Interesse an Mandanten-Besuchen, aber sonst war das für mich eine entbehrliche Zeit. Ich wurde mit Disziplin, Hyperordnung und Schönschreiben von meinem Vater genau so drangsaliert wie die

Lehrlinge in der Kanzlei, die ja noch jünger waren. Ich schloss aber die Steuergehilfenprüfung ab.

Als ich schon in Murnau war, erkrankte meine kleine Großmutter schwer an Krebs. Sie verfiel immer mehr, wurde bettlägerig. Ein volles Jahr kämpfte sie. 2 Monate vor ihrem Tod saßen wir – ich war oft bei ihr – noch beim Fenster und sie meinte, sie würde noch mit meiner Mutter nach Sizilien fahren. Die Spanien- und Frankreichreise, die sie ganz allein gemacht hatte, sei so schön gewesen. Aber dann begriff sie, wohin die Reise wirklich ging. Einmal war ich bei ihr – mein Großvater pflegte sie hingebungsvoll – und auch ich pflegte sie während dieser Zeit, da fiel sie aus dem Bett. Es war der Anfang vom Ende. Meine Mutter schickte mich nach Murnau und übernahm selber die letzten Tage. Doch wurde mir noch ein letzter Besuch geschenkt. Meine Großmutter saß wieder beim Fenster und sagte: »Jetzt geht's dahin. Bring mir die Jesusstatue.« Die musste ich vor sie hinstellen, sie betete und verabschiedete sich von mir. 2 Stunden später fiel sie in ein zweitägiges Koma.

Als sie dann wirklich ging, konnte sie noch einmal die Augen aufschlagen. Ich glaube, sie hat mich erkannt, aber schon von einer andern Welt.

Ich war wie alle sehr, sehr traurig. Sie war die Seele unserer Familie gewesen. Sie war in ihrer Kleinheit – sie ging mir bis zu den Schultern – eine Persönlichkeit, die für alle da war, unverrückbar bei ihrer Meinung blieb und bei allen Schwierigkeiten, die auch sie hatte, immer munter und unternehmungslustig war.

Dieser Abschied war für mich mehr als nur einer von ihr. Es war mir voll bewusst, dass es nun endgültig der Abschied von meiner Kindheit und Jugend, ja von meiner Heimat war. Ich fühlte mich in einem leeren Schwebezustand. Ich musste erst wieder Boden unter den Füßen finden.

Das gelang mir in Murnau nicht, obwohl ich es erhoffte. Aber es ging alles weiter – anders, als ich es mir ursprünglich vorgestellt hatte. Das Leben wurde für mich ein abwechslungsreiches Abenteuer – in Farben ausgedrückt – wie ein riesiges buntes, leuchtend orange-rotes Gemälde mit einem kleinen Schatten von Blau. Dafür bin ich dankbar.

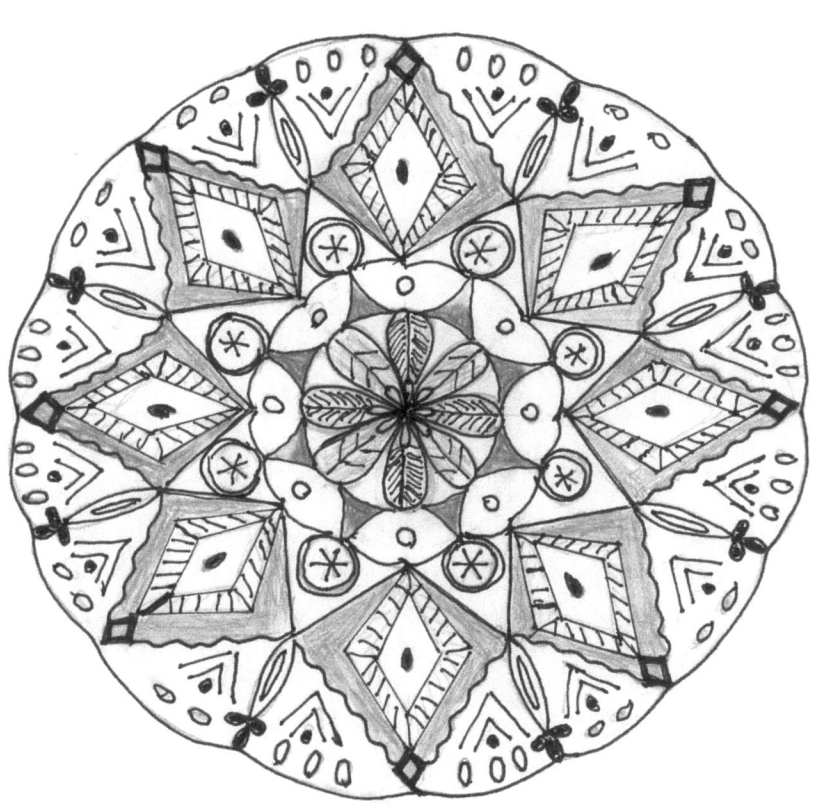

II. Menschen auf meinem Weg

Vorbemerkung

Wer Bergwanderungen liebt, wird verstehen, dass ich mich in allen Lebensabschnitten wie auf einem Klettersteig gefühlt habe .... mit der Vorstellung, wie schön es oben sein wird, wenn ich endlich angekommen bin. Nun aber sehe ich im Rückblick, dass bereits das »Auf-dem-Weg-Sein« unnachahmlich aufregend und bereichernd war. So manche Wegbegleiter haben mich wie mit einem Seil »gesichert«, manche haben mir einiges abverlangt und mir so einen Schritt weiter ermöglicht.

Diese Erlebnisse und Begegnungen bedeuten für mich die Bühne der Welt. Sie sind so zahlreich, dass ich nur wenige der mir unvergesslichen Menschen in unterschiedlichen Porträts und Skizzen stellvertretend »aufrufen« möchte. Sie haben mich berührt und gerührt: So viel Liebe, so viel Schmerz, so viel ungewollte Ironie, so viel ....LEBEN!

Beginnen werde ich mit Bildern von den ganz unterschiedlichen Charakteren aus meiner engeren und weiteren Familie und dann besondere Menschen aus meinem Umfeld vorstellen. Dabei wurde mir der Fluss der Zeit fast schmerzlich bewusst.

Vergänglichkeit

Wie Seifenblasen zerplatzen die Minuten im Leeren,
rinnen regenbogenfarbig ab am Rande der Zeit.
Wie Seifenblasen wirbeln die Tage über den Teppich des Lebens
mit unsicherem Ausgang und doch mit tänzelnder Freude
über alle Unebenheiten hinweg.
Aus Kinderliedern
werden Totenlieder,
aus dem ersten Lächeln
ein nie mehr schwindender Schmerz.
Aber ich will nicht, dass du trauerst mein Herz,
ich will dir das Schweben erhalten,
ich will nach all diesen Jahren
dir das Lichte, das Leichte, das Lächeln bewahren

A. Sternstunden unserer Familie

Die kleine Friseurin

Nach mehr als 40 Jahren wurde ich aufgeklärt, warum so manche Puppen mit ihrem von Filzstift entstellten Gesicht und ungeschicktem Haarschnitt ihr Leben fristen müssen oder schließlich traurig in einer Ecke landen. Das hätte ich mir doch denken können! Die kleine Puppenmama wollte sie schminken und ihr einen modernen Haarschnitt verpassen. Sie war vollkommen überzeugt, dass die Haare nachwachsen werden! Aber sie wuchsen nicht nach.

Was dann? Dann versuchte sie es mit den Puppen der größeren Schwester, bis es einen heftigen Aufschrei gab und sie unsanft an ihren eigenen Haaren gezogen wurde. Leider wusste niemand, was sie erhofft hatte. So gab es nur eine riesige Beschimpfung. Noch dazu wurde sie vom gemeinsamen Spiel ausgeschlossen. In Zukunft errichtete die größere Schwester ihr Puppenheim oben im Stockbett und zog die Leiter dazu ein. So musste die Kleine sich im »Unterstock« ihr Reich schaffen. Aber das war lang nicht so lustig. Und die unwissende »echte« Mama hatte nur dumme Ermahnungen bereit, dass man eben schöne Puppen nicht so entstellen dürfe. Hätte sie nur gewusst, worum es ging, hätte sie echte Schminke bereitgestellt und erklärt, warum Puppenhaare nur frisiert, aber nicht geschnitten werden sollten! Schade!

Aber auch bei der Enkelin hatte es die um etliche Jahre »weisere« Oma noch nicht begriffen. Auch der machte sie ihre klugen Vorhaltungen, als die Puppen dasselbe Schicksal erlitten wie früher bei der Tante. Doch als bei der Enkelin das Verständnis mit den Jahren von selber wuchs, ging die ihrem eigentlichen Interesse mit Begeisterung nach und machte ihren Barby-Puppen die schönsten und abwechslungsreichsten Frisuren. Spätestens dann hätte Oma begreifen müssen, worum es den kleinen Damen gegangen war. Aber erst das aktuelle Geständnis ihrer Tochter entfachte in ihr das Licht der Erleuchtung, wie kleine Mädchen »ticken«.

Dabei fragte sie sich mit Bestürzung: »Und wie viele andere solcher für kleine Mädchen und Buben selbstverständlicher Erklärungsversuche habe ich nicht begriffen, ganz falsch interpretiert und darauf dümmlich reagiert?« Das betrifft z. B. auch das Zerlegen von Dingen, das kleine Buben so oft fasziniert.

Schade...

Ich habe euch doch so lieb!

Befreiung

Sie saß mitten auf der Treppe und spielte mit einer Schachtel Librium-Tabletten. Die kleinen Kügelchen rollten lustig die Stufen hinunter. Sie war sehr beschäftigt.

Mama kam gerade von der Arbeit nach Hause. Sie erschrak bis in die Knochen, als sie die Kleine auf der Treppe entdeckte. Waren die nicht fähig gewesen, auf sie besser aufzupassen – war der erste wütende Gedanke. Doch der zweite war viel schlimmer. »Hast du von den Tabletten auch einige gegessen?« Und nochmals: »Du musst mir sagen, ob du welche gegessen hast?« »Nein oder Ja?« Keine Antwort, nur ein ebenso entsetzter Gesichtsausdruck, wie ihn Mama eben hatte. Die Kleine war so eingeschüchtert, dass sie kein Wort herausbrachte.

Das besiegelte ihr weiteres Schicksal und verschlimmerte die Situation. Mama schnappte die Kleine, wie sie war, verpackte sie ins Auto und fuhr ins Spital. Dort sagte sie schon am Empfang, dass sie keine Zeit habe, jetzt irgendwelche Formulare auszufüllen, wie das üblich sei. Zuerst müsse ihrer Tochter der Magen ausgepumpt werden und sie wolle dabei sein.

Und nun könnt ihr euch vorstellen, welche Qualen dabei Mutter und Töchterlein erlitten. Die Kleine wehrte sich gegen die Tortur. Die Mutter wurde weggerufen, die verflixten Formulare auszufüllen.

Alles nahm seinen Lauf. Die Kleine war zwar »gerettet«, aber irgendwie an Leib und Seele »zerrüttet«.

Endlich konnte Mama sie wieder an der Hand nehmen und mit ihr ins Freie gehen, diese dunkle Folterkammer verlassend.

Da atmete die kleine Befreite hörbar auf und sagte nur: »Schene Baime!«

So ist sie geblieben, sie rappelt sich bei allen Komplikationen, welcher Art auch immer, jedes Mal mit zuversichtlicher Energie auf.

»Schene Baime« ist für die Betroffenen ein Symbol für »Lebensfreude trotz allem« geworden.

Die ungleichen Brüder

Ferien – eine Insel in der Nähe von Zadar – Duft und kostbarer Schatten der Pinien – viele bunte Zelte – Stege ins Wasser – und das unübersehbare Meer – dazu drei kleine noch nicht schulpflichtige Kinder – das vierte noch in sicherer innerer Verwahrung – Selbstversorgung im Zelt – Trinkwasser nur, wenn das Wasserschiff anlegt – Essen vorwiegend aus mitgebrachten Lebensmitteln, Gemüse- und Fleischdosen und Trockenmilch – und das unentbehrliche Schlauchboot, das ständig mit Papa unterwegs war – das war die Szenerie dieses sehr anstrengenden Campingsommers.

Doch bei so viel »Natur« wurde den Kindern nie langweilig. Mit Schwimmflügeln waren sie den ganzen Tag unterwegs. Ins Wasser ging ich mit ihnen zusammen, aber auch am Ufer mussten sie zur Sicherheit diese roten Luftpäckchen tragen.

Das war auch gut so. Der Größere der beiden Buben, grade mal vier Jahre alt, war schon damals ein »Springginkerl«, wie wir in meiner Kindheit sagten. Er war überall dabei, stellte sich zuerst wie beiläufig zu großen und kleinen Urlaubern dazu, hörte zu, kam mit ihnen ins Gespräch und rannte nach wenigen Minuten wieder ans andere Eck, um irgendetwas zu erkunden. Besonders angetan hatte es ihm ein Steg. Von dort aus konnte man so manches unter Wasser beobachten. Auch die Schwimmer waren eine Anziehung. Er konnte mit den Flügerln wie ein Hund schwimmen, er kam gut vorwärts. Aber einmal übernahm er sich doch und plumpste vom Steg ins Wasser. Puh, das erschreckte Mama. Glücklicherweise war ich mit meinen Augen überall und zog den kleinen Mann, der sehr dünn und zart war, aus dem Wasser. Er war nur ein wenig erschrocken und hatte seine Lehre daraus gezogen. Weiterhin blieb der Steg sein Lieblingsplatz, aber er purzelte nie mehr unabsichtlich ins Wasser.

Der Kleinere, Dreijährige, stand auch am Steg, d.h. am Anfang des Steges, nicht dort wo das Wasser schon tiefer war. Aber dort stand er stundenlang. Er stellte sich so sehr an den Rand, dass mir mulmig wurde. Aber er war sicher dort wie eine Statue. Er konnte nicht aufhören, zu schauen und zu beobachten. Er redete nichts, er schaute nur. Immer wieder fragte ich ihn, wie es ihm gehe. Er war vollkommen zufrieden, schaute und schaute auf die Schwimmer, die Leute am Ufer und auf das Meer – und verlor kein Wort. Was dachte er wohl in all diesen Stunden? Er hat es uns nie verraten. Aber er wurde kaffeebraun wie noch nie. Nicht Sonne, nicht Wind störten ihn. Warum spielte er nicht mit seinem Bruder?

Bis heute hat sich daran nichts verändert. Nur ICH weiß wirklich, dass es sich um Brüder und um Kinder desselben Vaters handelt. Dieser wollte das ja schon bezweifeln. Da war ich sehr böse. Ich wollte keinen der beiden Buben missen. Doch heute frage ich mich umso mehr, was geht in solchen kleinen Kerlen wirklich vor. Habe ich alles richtig interpretiert?

Das Indianerkanu

Als die Geschichte sich zutrug, war der Plattensee noch wenig an seinen Ufern verbaut. Es gab an manchen Stellen Schilf und schöne kleinere und größere runde Steine. Der See war ein Paradies für Urlauber und deren Kinder. Sein mildes Wasser und der weiche Sand waren geeignet zum Spielen und Herumtollen.

Das Lieblingsspielzeug meiner Kinder sah aus wie das kleine Abbild eines Indianerkanus mit leicht aufgestelltem Bug und Heck, in bunten Farben bemalt wie ein Totempfahl, aber sehr schmal und nicht allzu lang.

Der Siebenjährige hatte gerade genug Platz, um darin zu sitzen und zu paddeln. Heute war er wieder in voller Fahrt unterwegs. Jetzt konnte er schon gut schwimmen. Es war nicht ungewöhnlich, dass er mit dem kleinen Kanu vergnügt, lässig und sehr zügig hinaus paddelte. Wir spielten Wasserball und ließen wenige Augenblicke unsern Indianerkapitän aus den Augen. Auf einmal war er nicht mehr zu sehen. Ich machte mir bereits Vorwürfe und wollte mich auf die Suche begeben, da kam er aber schon um die Ecke der kleinen Landzunge im Geleitzug des Hafenkapitäns angepaddelt. In der andern Bucht befand sich also der Hafen. Und unser kleiner Häuptling war auf Erkundungsfahrt aus gewesen. Mit entsprechendem Stolz und Abenteuerlust hatte er in den Hafen einfahren wollen, ohne zu ahnen, wie gefährlich das sein hätte können. Der Hafenkapitän hatte ihn rechtzeitig entdeckt.

Ich war beschämt und dankbar gegenüber seinem Retter. Undenkbar, wäre mein Bub in die Nähe eines größeren Bootes gekommen. Bei aller Schnelligkeit wäre das kleine »Ding« aus Plastik oder Gummi manövrierunfähig gewesen. Aber sein Indianerkapitän hatte mehr Mut und Neugierde als Wissen.

Wie kann der wirklichkeitserprobte Kopf einer Mama solche Komplikationen vorausahnen?

Andererseits frage ich mich, welches Bild von der Welt ein Kind bekommt, das nur behütet, ohne eigene Erfahrungen gewinnen zu können, » an der Leine« gehalten wird.

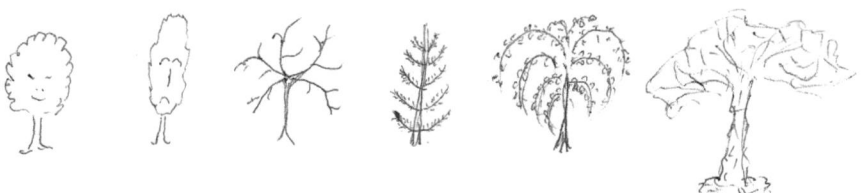

Das Ärgernis

Der präzisere Titel wäre »Zwei Wochen alt und schon ein Ärgernis«

Das Alter der Hauptperson ist also ganze zwei Wochen und Ort der Handlung ein Kaffeehaus in der Herrengasse in Wien. Bei der Begleiterin des Babys handelt es sich um die Oma, bei ihrem Gegenspieler um den Ober des Kaffeehauses. Unfreiwillige Zuhörer sind die Gäste des Lokals. Es ist ein später Nachmittag im Dezember.

Die Mama des Babys ist durch Arbeit verhindert, die Kleine zu betreuen. Also ist Oma bereitwillig und frohen Mutes eingesprungen. Mit dem Kinderwagen robbt sie sich die Treppe von der Unterführung beim »Jonasreindl« wieder auf Straßenniveau hinauf. Lifte werden wenig später erst in allen U-bahn-Stationen eingebaut. Aber jetzt erfordert die Aktion noch etwas Geschick.

Doch es sollte noch schlimmer kommen. Der Jahreszeit entsprechend ist das Wetter grau, kalt und wenig einladend für einen längeren Spaziergang. Oma entscheidet sich, die Wärme eines Kaffeehauses aufzusuchen. Die Enkelin wird von ihrer warmen »Verpackung« befreit und Oma denkt daran, gemütlich einen Kaffee zu konsumieren. Es kommt jedoch nie dazu.

Die süße Kleine, der Stolz ihrer Eltern und ihrer Oma, möchte das »Kaffehaus« ihrer Mama benutzen und beginnt zu greinen. Nun werden alle wohlbekannten Tricks von Babysitterinnen ausprobiert, mit denen Kinder zur Ruhe kommen sollen. Aber mit zwei Wochen kann sich kein kleines Mädchen leisten, einfach »sediert« zu werden. Es kann oder darf auch mit einem Fläschchen noch nichts anfangen. Es weiß, es muss zu Mama zurück. Also wird das »Signalschreien« lauter und lauter, sonst könnte ihm ja der Erfolg versagt bleiben.

Die Mobiltelefon-lose Oma zwängt sich samt Enkelin in die Telefonzelle am Eingang des Lokals. Nun müsst ihr euch genau den Ablauf vorstellen: in der linken Hand das Babybündel, mit der rechten in der Handtasche nach der Telefonnummer von Mama kramen, dazwischen beruhigende Wort zum Bündel sagen, endlich Telefonnummer gefunden, gewählt, Mama fast erreicht, Lautstärke des »Babysignals« am Höhepunkt – und endlich kapiert Mama auf der andern Seite des Telefons, was los ist – für heute Arbeit beendet.

Als Krönung der sehr anstrengenden und heißen, ja hitzigen Aktion in der Telefonzelle klopft es vehement an der Tür, sie wird aufgerissen und ein böses Zischen dringt ans Ohr von Oma: »Verschwinden Sie, Sie stören die Gäste und den Betrieb des Lokals!«

Großartig, statt zu helfen, ein Verweis, großartig – denkt Oma, wickelt die Kleine am Gang wieder in die ursprüngliche »Verpackung«, verstaut sie im Wagerl und verlässt eilends den ungastlichen Ort. Dann kämpft sie sich wieder hinunter und hinauf durch die Unterführung und landet endlich am Bestimmungsort. Und... durch die Bewegung hat sich das Babylein beruhigt...

Bald darauf schafft sich Oma dann ein damals noch sehr einfaches Mobiltelefon an. Vow!

Hoch hinaus

Abgang von der Station der U6 in Spittelau; eine Oma mit Enkelin; Tauben; früher Nachmittag; Frühling.

So könnte die Szenenangabe eines Sketches lauten. So war auch die Ausgangssituation. Aber intensiver als ein Sketch bleibt die folgende Szene wie ein Gemälde in unauslöschlicher Erinnerung.

Die Frau und das ca. 1 1/2 jährige Mädchen gehen langsam die Stufen hinab. Die Sonne scheint mild und einladend. Die Kleine ist noch ein richtiger »Doddler«. So nennen wir die Kinder, die vor kurzem das Gehen gelernt haben und nun mit wackeligen Beinen in ihr Leben laufen. Unerwartet können sie aber schon recht schnell sein, wenn etwas wunderbar Interessantes ihnen vor die Augen kommt. Manchmal plumpsen sie dann einfach hin, doch schnell sind sie wieder auf den Beinen, um ihr Ziel zu erreichen. Nur die ganz Zaghaften greinen dann oder greifen wieder nach Omas Hand. Aber so eine ist dieses Mädchen nicht.

Unter der Treppe ist ein kleiner Platz und dahinter eine Mauer. Wahrscheinlich läuft alle Tage dasselbe Spiel ab. Die Tauben spazieren zuerst übers Pflaster, starten noch in flachem Flug und heben dann im Steilflug bis hinauf zum Mauersims ab. Auch heute sind sie emsig mit dieser Tätigkeit beschäftigt. Ziel davon scheint zu sein, die Körner, meist Abfälle, die sie am Boden finden, in Sicherheit zu bringen und in Ruhe zu verspeisen. Denn beliebt sind diese Vögel nur bei wenigen alten Frauen, die sie sogar füttern, andere verjagen sie.

Unsere Doddlerin, eine ganz Liebe, Lustige und Neugierige, bemerkt die Tauben. Sie bleibt einen Moment auf der letzten Stufe stehen. Dann aber legt sie los. So schnell ihre Beinchen es zulassen, läuft sie den am Boden pickenden Tauben nach. Diese fliegen auf, – und das

Kind beginnt seine Arme wie Flügel zu bewegen, um so wie die Tauben abzuheben. Als es nicht klappt, lässt sie es aber nicht bei einem Versuch bleiben. Sie probiert und probiert. Dabei flattert ihr buntes Röckchen und ihre Haare fliegen nach allen Richtungen. Aber sie kommt den Tauben nicht nach. Es klappt nicht.

Selbst Passanten, die es eilig zu haben scheinen, bleiben kurz stehen. So etwas Liebes sieht man nicht alle Tage. Wer wollte denn nicht hoch hinaus! Da oben muss es etwas ganz Neues geben! Warum geht es bei den Tauben so einfach? Sie kann es noch nicht sagen. Aber schließlich kommt sie zum Stehen und sieht mit einem unglaublichen Blick den Vögeln nach. Alle Gefühle, alle bunt vermischten Wahrnehmungen und Gedanken sind in diesem Blick vereint.

Leicht vorstellbar, welche Gedanken Oma dabei gekommen sind. Aber weil sie unausgesprochen bleiben, wollen wir sie auch nicht schwarz auf weiß niederschreiben. Das bleibt ihr Geheimnis.

Und die Kleine? Sie lässt sich Zeit und schaut noch eine Weile versonnen zu, dann dreht sie sich um, lächelt glücklich und ist mit ihrer Bereitschaft, alles Mögliche aufzuspüren und zu entdecken, schon wieder ganz woanders mit ihrem Köpfchen voller langer blonder Haare.

Ganz zum Schluss landet sie dann in den Armen ihrer Oma, und sie queren vorsichtig die Straße.

Die gute alte Zeit

Für mich wirkt der Stehsatz »Das war früher doch wirklich besser« verstörend. Der Grund ist, dass er einfach meistens nicht richtig ist. Was, bitte schön – was war besser: die Gesundheitsvorsorge, die Wirtschaftskapazität, die Freizeitmöglichkeiten oder was? Dann heißt es, die Menschen hatten weniger, aber waren dafür offener für Gemeinschaft und Mitmenschlichkeit. Wer will das beweisen? Das Vergessen hat wohl einen Schleier von Nostalgie über die Vergangenheit gelegt und sie glorifiziert, damit das Leiden an der Gegenwart richtig »schön« wird.

Denn die nächste Geschichte tritt auf alle Fälle den Gegenbeweis an.

Es war Ende der Fünfziger des vorigen Jahrhunderts. Es war die Zeit des Aufbauens und Auflebens nach dem großen Krieg. Vieles hatte sich bereits konsolidiert. Aber keinerlei optimistische Gemeinplätze können die Ungeheuerlichkeit des Folgenden entkräften.

Bad Gastein ist schon lange als Kurort bekannt. Außerdem ist es mit Bergen und Ache verschwenderisch für Erholungsuchende ausgestattet. Aber um diese zu versorgen, braucht es auch etliche arbeitsame »gute Geister«. Eine davon war zu dieser Zeit die Tochter des jüngsten Bruders meiner Großmutter. Sie arbeitete im Ausflugsgasthaus auf der Windischgrätz-Höhe. Jeden Tag musste sie von ihrer Wohnung im Ort zum Kaffehaus durch den Wald hinaufgehen. Es gab einen Fußweg und einen einfachen Fahrweg für Ochsenkarren. Wahrscheinlich benützte sie den kürzeren Fußweg. Das konnte sie uns nicht mehr erzählen.

Als wir sie sahen, konnten wir sie überhaupt zu nichts mehr befragen. Sie konnte uns auch nichts von ihrem Schock und ihrer Verzweiflung mehr mitteilen. Allerdings gab sie uns doch einen Eindruck davon, als wir alle an ihrem offenen Sarg vorbeigingen, manche schmerzgebeutelt, manche mit blankem Entsetzen. Da lag sie mit Schrammen und blauen Druckstellen übersät, entstellt und kaum mehr als Mädchen von 16 Jahren erkennbar. Sie war so verzerrt und wirkte so gepeinigt, dass von Toten-RUHE keine Rede sein konnte.

Sie hatte – wie wir damals – ein ganzes Leben vor sich gehabt, das sie nie leben durfte, weil ein abartiger Bastard sie auf dem Heimweg überfallen, vergewaltigt und ermordet hatte. **Wozu?**

Mit sprachloser Trauer haben wir sie beerdigt.

Die Familie wanderte bald darauf nach Kanada aus.

Das ist Spitze

Unvergesslich ist mir dieser Satz des Fernsehmoderators geblieben. Er sagte ihn und machte gleichzeitig einen Luftsprung. Etwas Ungeheuerliches oder Großartiges war damit gemeint.

Ihr werdet es nicht so empfinden, wenn ich von einem winzigen Wesen erzähle, von einem wenige Wochen alten Baby, das ich in der Klinik nach einer schwierigen Operation besuchte. Uns blutete das Herz, wenn wir sehen mussten, wie ein Schmerzanfall sie zum Weinen brachte und wir hilflos auf sie einredeten. Alles wendete sich zum Guten, sie muss nur durch ihr ganzes Leben hindurch Medikamente schlucken. Der »Medikamentenstundenplan« wurde eisern eingehalten. Im Kindergarten war das nicht ganz einfach, doch als sie größer wurde, übernahm sie selber Aufsicht und Ausführung. Kein Mensch, der sie heute sieht, würde das vermuten, es ist einfach selbstverständlich und deshalb nicht mehr auf einer »Besprechungsagenda«. Das bewundere ich.

Als sie im Kindergarten war, hing ihr das noch nach. Sie löste sich sehr schwer von ihren Eltern, sie war nicht sehr unternehmungsfreudig und wurde ungemein fotoscheu. Sie wollte auch niemandem die Hand geben. Wenn man sie heute sieht, glaubt man das gar nicht. Sie ist ein Backfisch wie alle andern auch, hat Freundinnen, mit denen sie einiges unternimmt, sie ist sportlich. Sie nimmt teil an Familienfesten.

Erstaunen löst immer wieder ihre Begabung aus. In der Begabtenförderklasse ist sie die Beste mit lauter Sehr gut. Einige Zeit lang war ich besorgt, ob sie wohl mit ihrem wunderbaren Hirn nicht zur Außenseiterin würde. Aber das war eine unnötige Angst. Sie interessiert sich für so vieles, dass viele mit ihr »etwas anfangen« können. Sie gärtnert, sie bäckt und kocht, sie fotografiert gern. Sie fährt Schi, besucht Schwimm- und Reitkurse. Sie liebt Tiere. Ihr Zimmergefährte ist ein nachtaktiver Hamster, dem sie ein großes artgerechtes Gehege errichtet hat.

Sie lässt niemanden fühlen, dass sie etwas »Besseres« sei. Sie ist einfach nett und beliebt.

Früher hatte ich mit hochbegabten Studenten zu tun, deren Freude es war, mit mir zu plaudern, einfach nur zu plaudern. Dann allerdings erzählten sie mir von ihrer Einsamkeit, weil die meisten Menschen aus Scheu vor ihrem Verstand ihnen auswichen. Sie suchten einfach nur menschliche Wärme. Das ist wohl auch eine unserer gesellschaftlichen Abartigkeiten. Was für ein Grund, Menschen auszugrenzen!?

Deshalb wünsche ich ihr, die ich lange als »Kleine« begleiten durfte, von Herzen, dass sie glücklich wird, dass das Leben es gut mit ihr meint, dass sie bei allen Erfolgen menschlich und liebenswert bleibt und nicht nötig hat »abzuheben«, dass die Menschen sie lieben!

Wir brauchen nicht alles zu verstehen, aber wir müssen offen bleiben und liebevoll.

Das Leben beginnt erst

Jetzt ist sie 16 Jahre jung und doch hat sie schon so viel Leid mitzutragen, an dem andere zerbrechen könnten, seit sie ihre ersten selbständigen Wahrnehmungen und Gedanken hatte.

Als ich sie mit 2 Jahren vom Kindergarten abholte und mit ihr am Spielplatz spielen wollte, lehnte sie das entschlossen ab. Sie schüttelte ihr dunkles Lockenköpfchen und sagte: »Ima!« Das hieß also: »Kommt nicht in Frage, ich gehe zu Mama.« Sagte es und schlapfte kurzentschlossen in einem erstaunlichen Tempo davon. Sie schlug selbständig die richtige Richtung zur Hauptstraße ein. Ich schnappte sie am Ärmel und ging pflichtschuldig mit ihr bis zu ihrer kleinen Wohnung.

Das Schöne an dieser Wohnung ist der Vorhof. Er ist nicht groß, aber groß genug, um den blauen Himmel über Jerusalem zu bewundern, die Tauben auf- und abschwirren zu sehen und die wilden Katzen zu füttern oder zu verjagen, wenn sie sich etwas stehlen wollen. Das Zuhause der Familie besteht aus einer Wohnung, die 3 Zimmerchen hat, aber ohne Türen dazwischen. Niemand kann sich richtig zurückziehen.

Als sie bis zum Alter von drei Jahren in einem fortschrittlichen Kindergarten war, war sie lebhaft, selbstbewusst und, wie wir schon hörten, aktiv. Sie spielte immer die Kindergärtnerin, alle andern mussten gehorchen und zeichnen, turnen oder singen, was eben die »Tante« kommandierte. Sie konnte gut kommandieren. Wir lachten, und sie lachte.

Als sie dann im konservativen Kindergarten bleiben musste, weil sie für den andern schon zu »groß« war, begann es. Dieses lustige, energische Kind saß auf einmal unbeteiligt und traurig in der Ecke und musste zu allen gemeinsamen Tätigkeiten eigens angehalten werden.

Manchmal hatte aber auch das keinen Erfolg. Es war auf einmal an den Rand geraten, ausgegrenzt. Man hätte mit J. weinen können, was sie aber mit finsteren dunklen Augen hinunter drückte. Sie war auf einmal für alle ANDERS, nur weil sie eine »andere« Mutter hatte, eine kranke Mutter, die bei Festen einfach nur dasaß und sich später aus der Öffentlichkeit überhaupt zurückzog.

Aber das Kind musste nach dem Kindergarten in die Schule gehen. Da waren die unglücklichen und verfehlten Integrationsversuche ebenso erfolglos. Lag das nur an J.? MITNICHTEN, denn am Nachmittag im privaten Hort war sie wieder aktiv und kein Mauerblümchen. Sie fand auch wieder die Zuneigung der Betreuerinnen. Keine ließ sie das Schicksal ihrer Mutter spüren. Das half ihr.

Heute ist sie sehr hübsch, sehr kreativ, sie hat auch Freundinnen, in der Schule kommt sie voran. Wenn du aber mit ihr sprichst, ist etwas wie eine Trauer in ihr, etwas wie eine wilde Sehnsucht nach Leben, etwas wie ein ungebärdiger Trotz gegen ihr Geschick und etwas wie eine bange Frage, wie es weitergehen wird.

Nicht nur einmal haben wir über alles gesprochen, was sie kann, über alles was sie für andere bedeutet, darüber dass sie mindestens ebenso »gut ist« wie alle andern. Ich möchte so gern glauben, dass sie nun Chancen hat und ein ganz normaler moderner Teenager ist. Ich wünsche es ihr von ganzem Herzen. Ich wünsche ihr, dass sie glücklich wird und geliebt wird.

Dieses Porträt, bei dem kleine Erlebnisse euch mit einem Menschenkind bekannt machen, das eine kranke Mutter hat und deshalb von der Gesellschaft nicht ohne weiteres akzeptiert wird, lege ich euch ganz besonders ans Herz. Ich muss es mit einer Bitte abschließen: Sprecht nicht nur rechtlich von »Inklusion«, sondern versucht mit Verstand und Empathie zu begreifen, was solche Menschen brauchen. Schließt sie nicht aus, sie gehören zu uns wie der Regen zum Sonnenschein.

Paradox

Personen der Handlung: A – Enkelin, B – Vater, Schwiegersohn, C – Oma, D – Mutter, Tochter

2 Monate vorher:

A : Ich brauche einen Pass.

Am Tag vor dem Termin:

C: Morgen ist der Termin von A für die Antragstellung für ihren Pass. B, du musst auch zum Konsulat mitfahren. Ein Elternteil muss mit unterschreiben, weil deine Tochter minderjährig ist.

B: Ich habe keine Zeit, ich muss arbeiten.

C: Ich versuche einen anderen Termin zu bekommen.

B: Mmm ...

Nach einigen Tagen:

A: Typisch, die Zeit vergeht und es passiert wieder nichts.

C: Du musst bis Montag warten, sei froh, dass wir einen neuen Termin bekommen haben.

B: Na gut. Nächsten Montag nehme ich mir Zeit.

Am Tag des Termins am Wohnort 70 Kilometer vom Passamt entfernt:

C: Aufstehen! A, wir haben einen Termin beim Konsulat.

A: Lass mich in Ruhe!

C: Aufstehen, wir fahren mit dem Bus.

D: Aber ist ein Pass überhaupt sinnvoll?

A: Pffhhh ... (*Dreht sich zur Wand.*)

B und C: So geht das nicht, auf mit dir!

A: Nein, nein, nein!

D: Aber sie kann das doch ein anderes Mal machen. Es eilt ja nicht.

C: Unmöglich, wir haben schon den ZWEITEN Termin und morgen kann ich nicht mehr helfen.

Aber jetzt ist es schon so spät, dass wir nur mehr mit dem Taxi fahren können.

B: Das ist zu teuer, wir fahren mit dem Bus.

C: Das funktioniert nicht, es ist schon zu spät. (*deutlich verärgert*)

Endlich bestellt B ein Taxi.

D: Ist das denn wirklich nötig?

1/4 Stunde bevor das Taxi kommt:

C: Aufstehen A, DU wolltest ja einen Pass. Wir fahren mit dem Taxi, das geht schnell und

ist kein Problem bei 36 Grad Hitze.

A steht auf, D schweigt, B wird langsam kooperativ, C ist erleichtert.

Im Auto spricht A kein Wort mit C. Woran ist C schuld?

Die heimatlose Generation

Überleben und was dann?

Ich, Kind einer jüdischen Kaufmannsfamilie, wuchs bis zu meinem 10. Lebensjahr in Berlin auf. Berlin war schon damals eine bedeutende und belebte Stadt. Wir wohnten in einem Haus am Wannsee, ein Stück Natur mitten in der großen Stadt. Ich wurde von einem Kindermädchen betreut, weil mein Vater arbeiten musste und meine Mutter eine Künstlerin war, der das Alltägliche schwer fiel. Sie war in unsern Augen etwas Besonderes, aber ich vermisste sie manchmal. Meine liebste Erinnerung ist, wenn ich meinen Vater auf den Baustellen begleiten durfte. Dort entdeckte ich viel, z.B. mein technisches Interesse. Volksschule besuchte ich keine. Aus Sicherheitsgründen ließen mich meine Eltern mit einigen anderen jüdischen Kinder zu Hause unterrichten.

Die Lage spitzte sich zu. Eines Tages nahmen sie (ihr wisst genau, wer »sie« sind, die GESTAPO) meinen Vater mit. Er blieb verschwunden. Meiner Mutter gelang es, das Konzentrationslager in der Nähe Berlins, wohin sie ihn verschleppt hatten, ausfindig zu machen und ihn mit Hilfe eines einflussreichen kirchlichen Würdenträgers frei zu bekommen – aber mit der Auflage, dass meine Familie das Land in Kürze zu verlassen habe. Für diese Ausweisung mussten wir so viel Reichsfluchtsteuer zahlen, dass wir alles hergeben mussten, was meine Eltern besaßen: Auto, Haus, Inventar usw. Übrig blieben einige Bücher und Noten und 1 Teppich. Mit diesen letzten Habseligkeiten konnten wir uns nach Chile, das bereit war, uns aufzunehmen, einschiffen. Auf der zweimonatigen Schiffsreise wurde meine Mutter weiß, gebrechlich und endgültig nervenkrank. Schon ihr freiwilliger Umzug nach Berlin aus Ungarn, als sie heiratete, war für sie nicht einfach gewesen. Jetzt verließ sie ihre Kraft. In Chile konnte sie nie Fuß fassen, oft lief sie weg und sagte, sie wolle sich umbringen. Dann wurde ich geschickt, sie zurück zu holen. Es war jedes Mal eine schlimme Sache für mich. Zwischendurch ging es ihr wieder etwas besser und sie unterstützte die geringen Einnahmen meines Vaters mit dem Verkauf ihres hausgemachten Likörs.

Für meinen Vater war der Aufenthalt in Chile ebenso ernüchternd. Er hatte in Berlin große Aufträge als Architekt bearbeitet, konnte aber in Chile nie mehr selbständig beruflich arbeiten. Er verdiente sein weniges Geld, indem er für heimische Architekten Entwürfe erstellte, die sie dann als die ihren teuer verkauften. Mein Vater starb sehr früh an einem Herzinfarkt mitten auf der Straße. Er war kein Mensch, der viel klagte, aber zu Herzen ist ihm wohl manches gegangen. Wir spürten, dass wir in Chile gesellschaftlich zwischen den Stühlen saßen. Wir waren jüdischer Herkunft, aber nicht jüdischen Glaubens. Unausgesprochen warfen auch später noch die Juden meinen Eltern vor, dass sie aus politischen Gründen zur katholischen Kirche konvertiert wären. Für die ausgewanderten Deutschen waren wir aber die »Juden«. Nur ich hatte damals Glück. Die Salesianer nahmen mich in ihr Gymnasium auf und halfen auch später, als ich auf die Hochschule kam. Ich konnte nach einem Jahr fließend spanisch sprechen und schreiben. Kinder können sich leichter umstellen. Ich war in Chile zufrieden. Wir waren fast 20 Jahre in Chile. 2 Jahre arbeitete ich auch im Kraftwerksbetrieb in Chile.

Da zog es einige Zeit nach dem Tod meines Vaters meine Mutter wieder in ihre Heimat zurück. Nach Ungarn konnte sie allerdings wegen des Eisernen Vorhangs nicht umziehen. Sie blieb deshalb in Wien, wo sie das letzte Jahr von ihrer Schwester betreut wurde.

Ich wollte nicht nach Wien fahren. Ich hatte ein Stipendium des

Deutschen Akademischen Austauschdienstes für die BRD. Aber etwas in mir ließ mich nicht direkt dorthin reisen. Ich bummelte unruhig und mit etwas schlechtem Gewissen über 1 Jahr durch Südamerika. Der Gesundheitszustand meiner Mutter verschlechterte sich inzwischen so, dass sie mich nach Wien rief, wo sie bald darauf starb. Immer noch wollte ich nach Deutschland umsiedeln, aber es verzögerte sich aus verschiedenen Gründen. Inzwischen hatten die Deutschen sogar im Zuge der Wiedergutmachung den Familienbesitz in Berlin rückerstattet. Ich musste verschiedene Verfahrensschritte durchmachen, aber es klappte. Der Besitz wurde zwischen mir und meinen Cousins geteilt. Jeder davon lebte auf einem anderen Erdteil.

Mein innere Unruhe hörte aber nicht auf, eigentlich spürte ich nirgends hier richtige Wurzeln, wie sollte ich mich entscheiden. Da entschied »das Geschick«, ich nannte es »Vorsehung« für mich. Ich lernte in Wien kurze Zeit nach dem Tod meiner Mutter meine zukünftige Frau kennen. Sie war in Österreich zu Hause, also blieb ich.

Sie beklagt sich oft, dass ich trotzdem nicht richtig »sesshaft« geworden bin. Ich muss jedes Jahr das Aufenthaltsvisum verlängern, aber ich will meinen chilenischen Pass behalten. Dort ist mir wirklich geholfen worden. Ich hänge an Chile. Wenn mich die Reiselust packt, meine Frau nennt es »die innere Unruhe«, dann fahre ich nach Deutschland. Wenn ich nicht wirklich etwas zu erledigen habe, wird es eben eine Einkaufsreise. Ich habe auch ständig das Gefühl, dass wir wieder flüchten werden müssen. Die Bedrohungen durch den Ostblock oder die Atombombe erscheinen mir nicht irreal. Bitte nicht weitersagen, aber ich habe im Schuppen immer genug Treibstoff gehortet, dass wir jederzeit mit dem Auto fliehen könnten. Ich wünsche mir das nicht noch einmal, aber in mir drinnen ist immer diese alte Angst.

Ich habe schon so viel versucht, dagegen psychologisch etwas zu bewirken, ich habe dafür auch einiges Geld ausgegeben. Aber es ist einfach nicht geglückt. Zutiefst frage ich mich, obwohl meine 4 Kinder hier geboren sind, wo ich hingehöre, wer ich wirklich bin, ob es richtig ist, dass ich den Holocaust überleben durfte und Millionen nicht. Was glaube ich wirklich, was hoffe ich, was muss ich machen. Das Einzige, was mir hilft, etwas für die Zukunft zu tun, ist der Gedanke an meine Kinder. Für sie bin ich verantwortlich...........

Die Frau: Er ist mir immer ruhelos und heimatlos vorgekommen, ein ewig Wandernder wie Ahasver. 10 Jahre stand ihm bis zum vorzeitigen Tod ein Leidensweg mit mehreren Herzinfarkten und einem Schlaganfall bevor. Mit Zähigkeit kämpfte er sich jedes Mal hoch, bis es nicht mehr möglich war. In der Klinik sagte man mir, er sei das Beispiel eines Holocaustüberlebenden, der damit nie fertig geworden sei.

Das Recht des Stärkeren

Wir hatten Untermieter – seit wir das große Haus gekauft hatten. Mit der Zeit wurden wir mit einigen von ihnen sogar Freunde. Immer aber gab es einen lebhaften Austausch.

Eines Tages mietete ein großer schlanker Mann aus dem Sudan ein Zimmer. Er machte es sich mit seinen Sachen gemütlich. Unter anderem stattete er das Zimmer mit einem schönen Teppich aus. An die Wand hängte er ein großes Foto seines Vaters, den er als einen mächtigen Fürsten im Sudan beschrieb. Als Unterstreichung der Bedeutung seines Vaters erzählte er, dass dieser 8 Frauen habe. Natürlich fragten wir ihn, was er hier tun werde. Er wollte studieren, ich glaube, er sagte »Jus«. Mein Mann war immer sehr vorsichtig und versicherte sich auch bei ihm, dass er nicht ein Betrüger sei. Der wirklich fürstlich wirkende Mann nannte uns Empfehlungen, darunter eine seines Rechtsanwaltes in Deutschland. Na gut, es gab keine Einwände unsererseits. Er konnte bleiben.

Aber er blieb nicht. Schon wenige Tage nach seinem Einzug verschwand er. Wir hörten ein ganzes Jahr nichts mehr von ihm. Seine Sachen lagen unangetastet im Zimmer. Endlich kam ein Anruf aus Deutschland. Es war der bereits bekannte Rechtsanwalt. Er informierte uns, dass sein Mandant einen längeren Krankenstand wegen eines gefährlichen Überfalls hinter sich hatte. Nun sei es ihm möglich, seine Sachen abzuholen. Er müsse in sein Heimatland zurückfahren.

So weit, so schlecht. Der Mann kam auch. Aber wie sah er aus! Sein elegantes Gesicht war völlig verunstaltet und er wirkte wie ein gebrochener Mensch. Ich sehe noch, wie wir im Wohnzimmer standen und diskutierten. Keiner wollte sich niedersetzen. Etwas Gefährliches lag in der Luft. Wir wickelten alles im Stehen ab – sehr ungewöhnlich. Gewöhnlich war an der ganzen Sache ja auch wirklich nichts. Warum er ein Jahr verschwunden gewesen sei? Warum er keine Nachricht senden habe lassen? Wolle er das Zimmer nun endgültig beziehen? Wenn nicht, müsse er eine Lagergebühr bezahlen. Man habe das Zimmer an keinen andern vermieten können. Das sei doch klar. So ähnlich »bearbeitete« mein Mann den um etwa 1/2 m Größeren.

Dieser wurde immer verstimmter. Er hatte am Anfang seine Geschichte so erzählt, wie sie der Rechtsanwalt am Telefon beschrieben hatte. Er sei das Opfer einer politischen Verschwörung seines Heimatlandes geworden. Er wollte alle seine Sachen holen, ohne bezahlen zu müssen. Durch sein Unglück fühlte er sich im Recht, wahrscheinlich hätte mein Mann auch mehr Mitleid zeigen sollen. Aber auch er fühlte sich im Recht. Für meinen Mann war das Ganze ein Sachproblem und kein menschliches Elend. Die Situation spitzte sich nun zu. Da fiel mein Blick zufällig aus dem Fenster. Ich erblickte einen Hünen an Aussehen und Stärke vor dem Gartentor. Er machte sich gerade bereit, als Bodyguard einzugreifen. Ich dachte mir unwillkürlich: »Den hätte unser »Mann« früher gebraucht!« Dann musste ich Geistesgegenwart zeigen! Ich hatte den Wink bemerkt, den unser verhinderter Mieter an seinen Leibwächter gesandt hatte. So eindringlich und schnell es mir möglich war, teilte ich dies meinem Mann in verklausulierter Form mit. Zuerst zögerte er noch und versuchte weiterhin, sein Recht einzumahnen. Endlich begriff er, als er das Näherkommen des Hünen bemerkte und lenkte ein. Nein, kein Geld sei nötig, vielleicht könnte der Heimkehrer seinen Teppich hierlassen. Den werde er doch nicht mehr brauchen oder mitnehmen können. Da willigte der Geschundene ein.

So klappte es. Auf einmal hatten beide das Gefühl, dass sie das, was sie als ihr Recht angesehen hatten, erreicht hatten. Ein kühler Händedruck beendete das Abenteuer. Der uns trotz aller seiner Beteuerungen eigentlich Unbekannte verließ wortlos mit seiner Habe und dem Hünen als Gefolge unser Haus.

Die endgültige Entscheidung

Unvergesslich, wie sie dasitzt in ihrem Rollstuhl in einem Besprechungsraum der Universitätsklinik München. Der Raum ist blitzsauber, kühl, sachlich einwandfrei, aber in keiner Weise einladend, geschweige denn tröstlich für das, was kommen wird. Schmal und klein ist meine Mutter geworden. Aber wie sich herausstellen wird, ist das nur ihre körperliche Erscheinung.

Die Tür öffnet sich, und eine Schar von Menschen in weißen und hellgrünen Kitteln kommt herein. Sie haben kaum Platz, als sie sich im Anstandsabstand um meine Mutter aufstellen: der Professor, Chef der Abteilung, der Oberarzt und andere ärztliche Mitarbeiter, die Oberschwester, die Assistenzschwester und eine Reihe von Studenten und Studentinnen. Sie haben Notizblöcke bei sich. Der Chef zückt die Krankenakte.

Meine gebrechliche Mutter auf der einen Seite und eine Überzahl von interessierten »Weißkitteln« ihr gegenüber – so könnt ihr euch das Szenenbild (sprich heute »Setting«) vorstellen.

Der Professor erklärt den Befund und erläutert die Therapie. Nur mehr eine Operation kann vielleicht Hilfe bringen, um den Hautkrebs auf der Wange aufzuhalten oder zu mildern. Der Chef schildert die Folgen der Operation: die Verunstaltung der linken Wange, die Ungewissheit, wie der Kiefer beeinträchtigt sein wird, wie die Nahrungsaufnahme klappen wird. Er beschreibt also die Komplexität der Operation und ihre Folgen. Die eine oder andere Frage der Zuhörer folgt und wird beantwortet.

Und nun kommt die entscheidende Frage an die Patientin: »Wollen Sie diese Operation machen lassen?«

Meine Mutter richtet sich ein wenig auf und beginnt in dem ihr eigenen tadellosen Hochdeutsch zu sprechen. Es ist, als würde sie eine

Rede an alle halten, in der sie Vor- und Nachteile abzuwägen versucht und zugleich wiederholt, ob sie alles verstanden hat, was der Mediziner sagte. Ihre »Ansprache« – im doppeldeutigen Sinne gemeint – wird zwischendurch mit einem Kopfnicken des Professors verstärkt. Die Umstehenden lauschen gebannt.

Als ihr am Ende der Worte bestätigt wird, dass sie alles richtig verstanden habe, kommt nochmals die entscheidende Frage: »Willigen Sie in die Operation ein?« Meine Mutter wird noch ein weniger größer und sagt mit deutlicher Klarheit und Stärke: »Nein, diese Operation werde ich nicht mehr machen.« Mit dem »nicht mehr« drückt sie deutlich aus, dass es nunmehr nur eine Alternative geben wird, aber sie wollte die letzte Zeit ihres Lebens nicht ein hilfloses Monster sein.

Ebenso klar und sachlich war sie, als sie von uns ging.

Selbst in Schmerz und Trauer war ich noch stolz auf sie.

Gespräch am Krankenbett der Oma meiner Schwiegertochter

»Guten Tag, Frau M., wie geht's?«
»Mm«, was bedeutet: »Na ja«.
Dann doch ein »Grüß Sie!«
»Ich hab Ihnen Fotos mitgebracht.«
»So.«
»Wollen Sie sie sehen?«
»Mm.«
»Schauen Sie, sind die nicht schön: Von der Hochzeit Ihrer Enkelin.«
»Mm. Ja, ganz nett.«
»Und die, die sind besonders gut!«
»Reicht jetzt.«
»Warum, was ist los? Gefallen sie Ihnen nicht?«
»Doch. Aber ist nicht mehr wichtig.«
Da steigen in mir Zweifel auf. Was ist da los? Bei dieser Redseligkeit werde ich sicherlich keine geeignete Antwort bekommen. Und doch kommt sie:
»Schaun's, wozu das alles, ich werde jetzt sterben. Das brauch ich nicht mehr.«
»Aber was fehlt Ihnen denn, Sie sehen nicht so schlecht aus.«
»Nichts, ich will gehen, basta, es ist genug, ich bin 94.«
»Aber Moment mal, möchten Sie nicht Ihre Urenkelin begrüßen. Sie wird im Dezember geboren.«
»Brauch ich nicht. Die ist was für ihre Mutter und ihren Vater, und eine Großmutter hat sie auch. Ich will nicht mehr.«
»Haben Sie Sorgen, bedrückt Sie etwas?«
»Nein, es reicht einfach.«

Was können Ärzte da tun, was können Familienangehörige da tun? Ich erfuhr, dass sie das schon verkündet hatte, als sie sich ins Krankenhaus aufmachte. Sie war überhaupt nicht krank, sie war nur alt und sie hatte es satt, zu leben. Im Krankenhaus begann sie dann ihre »Fastenkur«. So wie sie meine Fotos abgelehnt hatte, lehnte sie alles ab. Sie war zielbewusst.

Wir hatten sie als rüstig und aktiv in Erinnerung. Sie begleitete uns ins Weinviertel zu ihrer »Heimat«, sie feierte mit uns Weihnachten, sie stand bis 85 aktiv im Geschäft ihrer Tochter und kam jeden Tag dann besuchsweise vorbei.

Warum wollte sie das? Sie hat es nicht in Worte gefasst. Sie hat uns unseren Vermutungen überlassen, die da sind: Sie wollte nicht ein Pflegefall werden, sie wollte nicht besonders leiden und sie wollte niemandem zur Last fallen.

Auf alle Fälle war sie das, was man »selbstbestimmt« nennt.

Noch einmal flammte die rote Scheibe der Sonne
am Horizont auf,
ehe sie in der Dämmerung verebbte.

Abschied

Meine Schwägerin hatte etwas Verdrießliches, Strenges und sehr Selbstbewusstes an sich. Jedenfalls kam sie mir immer so entgegen, als hätte sie etwas an mir auszusetzen, das sie aber nicht aussprach. Wir waren wahrscheinlich zu verschieden. Komischerweise hatten wir aber denselben Beruf. Den kannst du auch nach obiger Beschreibung leicht erraten. Ich muss aber sofort hinzufügen, dass nicht ALLE Lehrer so sind.

Offenbar hatte ich sie auch in eine Schublade gedrängt, denn unsere Beziehung ging ganz anders aus, als sie sich normalerweise angefühlt hatte.

Als sie mich zum letzten Mal besuchte, fiel mir auf, dass sie milde und zugänglich war. Ich konnte nicht verstehen, warum sie die andern Male, als sie in unsere Stadt mit ihren Kindern zu ihren Eltern gekommen war, mich nicht besucht hatte. Ich war überrascht und noch immer verletzt von der Vergangenheit.

Als ich sie das nächste Mal sah, lag sie im Spitalsbett einer Kreisstadt in Oberbayern. Sehr schmal war sie geworden, in Kissen und Decke verschwand sie fast. Sie erzählte mir von ihrer Diagnose und von der am nächsten Tag bevorstehenden Operation. Wir unterhielten uns so gut wie nie zuvor. Ich fühlte mich auf einmal akzeptiert von ihr. Sie hatte wie ich großes Interesse an Literatur. Ich erzählte und erzählte, sie lauschte, lächelte, fragte, hörte aufmerksam zu. Am Ende sagte sie etwas für mich Wunderschönes: »Danke, du hast mich sehr gut unterhalten!« Ich dachte, wenn ihr Geist so anwesend und lebendig ist, würde sie die Operation sicherlich überstehen.

Aber es war zu spät, am Nachmittag des nächsten Tages bekamen wir die Nachricht von ihrem Ableben. Ihre Tochter hatte die ganze

Nacht mit ihr gewacht, ihr älterer Sohn nahm mit seinem Schmerz Reißaus in den Wald und der jüngere setzte sich an die Heimorgel. Seine traurigen Akkorde schnitten uns ins Herz.

Es war nicht nur zu spät gewesen für eine verständnisvolle Beziehung zwischen mir und meiner Schwägerin, es war zu spät für alles geworden. Aber an ihrem letzten Abend hat sie sich ein tiefempfundenes »Auf Wiedersehen« verdient. Daran glaube ich ganz fest.

Hut ab

Uns Menschen macht es stärker und glücklicher, wenn wir jemanden bewundern können oder für etwas Begeisterung empfinden. Auf diese Weise wurden viele echte und falsche Helden der Vergangenheit verehrt. Menschen hingen an ihren Worten und wollten ihre Taten nachahmen. Heute sind es anscheinend die »Followers« in den sozialen Medien, die die Funktion erfüllen, ihre »Helden/Innen« groß zu machen.

Aber das eigentliche Heldentum hat schon immer im Verborgenen geblüht. Es ist müßig alle Typen dieser unbekannten Menschen aufzuzählen. Wenn du aber so jemanden triffst, begreifst du ohne Erklärung, was heldenhaft bedeutet.

Ein Beispiel, das mir unter die Haut geht, ist SIE. Heuer ist sie 65. Bis jetzt hat sie es geschafft, im Ministerium beruflich zu arbeiten. Mit Rollstuhl und Besuch vom Pfleger durfte sie dort bleiben, weil sie immer noch eine geistige Stütze am Computer ist. Heuer muss sie in Pension gehen.

Kannst du dir aber vorstellen, dass sie kaum mehr stehen kann, nicht mehr gehen, die Hände und Arme so eingeschränkt bewegen, dass sie nicht mehr ohne Hilfe vom Glas trinken kann. Alles was noch funktioniert sind ihre Augen und ihr Intellekt. Dieser war es auch, der ihr über alle Hindernisse hinweghalf. Heute kann sie glücklicherweise die eine Hand noch so weit bewegen, dass sie die Steuerung des elektrischen Rollstuhles bedienen kann. Wir haben sie noch gekannt, als sie Motorrad fuhr. Jahr für Jahr und buchstäblich Schritt für Schritt wurde die heimtückische Krankheit MS stärker und verwüstete ihren Körper. Aber sie fand immer eine Gelegenheit, bei Familienfeiern dabei zu sein. Sie war streitbar und diskutierte gerne. Und sie lachte viel, ein offenes Lachen, zu dem ihre blonden Locken gut passten.

Heute ist sie milder im Umgangston, aber keineswegs gefügiger in ihren Meinungen. Das Bewundernswerte an ihr aber ist, dass ihr Lachen und ihr Interesse an allem und jedem erhalten geblieben sind. Sie hat sich ein System von Pflegerinnen organisiert, weil sie nichts mehr selber machen kann. So dirigiert sie von ihrem Lehnstuhl aus den Haushalt, unterhält ihre Gäste und fährt mit einem Behindertentaxi zur Arbeit. Ihr Urlaub ist jedes Jahr der Aufenthalt in einem Reha.

Oft schon kam ein neuer Hoffnungsschimmer in der Therapie ihrer Krankheit auf. Ihre Behandlung ist in ein Forschungsprojekt integriert. Aber bis jetzt scheint der Durchbruch nicht gelungen zu sein. Sie aber kämpft verbissen weiter und das Unwahrscheinliche daran ist, dass sie nie Selbstmitleid zeigt und auch den Sorgen anderer zuhören kann. Sie lächelt dabei wie früher, und du hast das Gefühl, sie weiß mit ihrem Geschick umzugehen. Vor allem aber sucht sie bei niemandem die Schuld. Sie sagt, sie habe das systematisch mit Hilfe der Psychologie gelernt. Von Religion hält sie weniger.

Sie war sehr traurig, als ihr Vater und später ihre Mutter starben. Aber wenn du mit ihr sprichst und sie in ihrem Lehnstuhl halb liegend, halb sitzend erlebst, im Hintergrund eine volle grüne Veranda mit vielen Pflanzen, im Zimmer ein Flügel, den sie nie mehr spielen wird können, dann verstehst du, wie heute Helden und Heldinnen aussehen.

Er und Sie

Er: »Schau mal, so macht man das besser.«

Sie: Warum kommt er jetzt mit solchen Banalitäten. Ich muss mir eine wichtige Entscheidung überlegen. Ach ja, ich muss antworten. »Ja?«

Er: »Es geht besser so, wenn du diesen Knopf auf der Maschine drückst.«

Sie: Warum jetzt das, ist ja nicht so wichtig, wenn der wüsste! Sie schweigt nur.

Er: »Also noch mal. Du beginnst so.. und dann... Aber hörst du überhaupt zu?«

Sie sagt irgendetwas, damit er zufrieden ist

Er: »Du hörst ja gar nicht hin.«

Sie: »Doch«. Sie wiederholt wörtlich, was er gesagt hat, was aber nicht bis zu ihrem Verstehen vorgedrungen ist. Weil sie halb hingehört hat, hat sie nichts kapiert. Sie überlegt nämlich unentwegt, ob sie ihn mit ihrem Problem belasten soll. Nein, sagt sie zu sich selbst.

Laut sagt sie: »Ich verstehe, werde das das nächste Mal so machen.«

Er: » Wirst du es auch nicht vergessen?«

Er denkt: Na das glaube ich kaum.

Sie denkt: Möglich...

Er sagt: »Bitte wiederhole es zur Sicherheit.«

Sie seufzt und wiederholt nochmals wörtlich seine Anweisung. Dabei rutscht das banale Problem etwas weiter in ihrer Aufmerksamkeit vor, so dass sie glaubt, sie habe verstanden. Sie sagt deshalb: »Sicher, ich habe verstanden.« In Wirklichkeit bohren in ihr ganz andere Fragen.

Er denkt: Na wollen wir hoffen. Laut sagt er: »Ok.«

Sie brütet weiter an ihrem Problem, er arbeitet weiter daran, dass die Spülmaschine wieder funktioniert.

Sie denkt: Soll ich ihn um seinen Rat fragen oder soll ich ihn nicht belasten. Es ist einfacher, sich um Haushaltsmaschinen zu kümmern als um Menschen in Not.

Er denkt: Sie hört mir nicht richtig zu, was soll das?

Am Ende sagen beide: »Was sind deine Pläne für heute? Machen wir heute....(z.B. einen Spaziergang)?«

Sie lächeln, sie mögen sich sehr.

B. Begegnungen in Studium, Beruf und Nachbarschaft

We shall overcome one day

Vor 60 Jahren im Zug von Garmisch nach München: ein afroamerikanischer Soldat und eine weiße Studentin. Sie liest in ihren Skripten, er döst vor sich hin.

Sie hört auf zu lesen und bemerkt auf der andern Fensterseite auf ihrer Höhe den Angehörigen der US Army. Warum fährt er wohl von Garmisch nach München im Zug?

Alle Sitzplätze in ihrer und seiner Nähe sind frei. Sie will ein Gespräch mit ihm über den Gang hinweg beginnen, damit die Zeit schneller vergeht. Als sie ihn anredet, geht ein Ruck durch ihn. Er ist nun hellwach und sieht sie erstaunt und etwas verwirrt an. Was soll das, eine weiße Frau spricht ihn in einem öffentlichen Verkehrsmittel an?

Sie sieht sein ungläubiges Erstaunen, was erst recht ihre Neugier weckt. Eine Plauderei in englischer (amerikanischer) Sprache wäre eine gute Abwechslung für sie. Also versucht sie es weiter und stellt unwichtige Fragen.

Sein Gesicht wird dabei nicht entspannter, aber man sieht ihm an, dass er nicht unhöflich sein will.

Langsam fragt sie sich, in welches Fettnäpfchen sie da getreten sei. Da sagt er: «I am black, I am not supposed to speak with a white lady."

Ihr bleibt die Sprache weg. Sie sind doch in einem deutschen Zug Anfang der Sechziger des 20. Jahrhunderts. Von wie weit aus dem amerikanischen Süden kommt der wohl?

Da dämmert es ihr. Ja, sie hat doch von der Bürgerrechtsbewegung von Martin Luther King, von dem Marsch der 250.000 auf Washington, von dessen Rede gelesen. Sie war naiv genug zu glauben, dass jetzt die Probleme »behoben« werden könnten. Und nun das?

Inzwischen waren andere Fahrgäste zugestiegen. Ein Gespräch war unmöglich geworden.

In ihr bleibt ein trauriges Gefühl zurück. Wie lange würde es brauchen, bis die legale Gleichheit der Afroamerikaner auch in der Praxis gelebt würde? Wann würde Martin Luther Kings »Traum« verwirklicht sein. Sie spürt auf einmal, wie viel Wut, Trauer, aber auch hartnäckige Hoffnung in diesen Menschen »2. Klasse« leben muss und sie sieht ihr Gegenüber mit ganz anderen, mit realistischen Augen an. Aber sie kann es noch immer nicht ganz glauben, was sie hier erleben musste.

Doch endlich fährt der Zug am Bestimmungsbahnhof ein.

Was ist wohl in beiden zurückgeblieben, etwas zum Besseren oder die Bestätigung des Aussichtslosen?

Apropos Männer

Wie ergeht es einem Mädchen, das sehr behütet aufgewachsen war und noch dazu eine Schule besucht hatte, in der es nur Mädchen gab?

Eine solche wurde eines Tages in eine Welt »losgelassen«, in der sie völlig frei alles selber entscheiden musste und sich zu bewähren hatte.

Stellen wir uns also vor, sie hat ein Zimmer in einer Universitätsstadt. Sie hat einen völlig geregelten Tagesablauf, wie sie es von zu Hause gewohnt war. Ihr Studienerfolg ist deshalb ausgezeichnet. Sie kommt zügig voran. Ihr Studium entspricht genau ihren Interessen und Begabungen. Ist es dann ein Wunder, dass sie sich auch stärker als früher fühlt? Ihr Selbstbewusstsein hat deutlich zugenommen, seit sie diese Freiheit genießt.

Anfangs ist sie auch sehr vorsichtig im Umgang mit allen. Aber mit der Zeit findet sie heraus, dass ihre Kollegen, bei denen die männlichen in der Überzahl sind, auch nur mit Wasser kochen. Im Gegenteil, vor Prüfungen und – bitte nicht weitersagen – auch bei schriftlichen Prüfungen wird sie als »Auskunftsperson« benutzt. Das heißt mit andern Worten »einsagen«, mit eleganteren »unterstützen«.

Sie hätte also wissen müssen, dass sie den Erfolg ihrer Kommilitonen nicht am eigenen messen sollte. Aber sie hatte keinerlei Erfahrung, wie solche Wesen des anderen Geschlechts ticken. Dazu war sie zu behütet und naiv gewesen, bis es eines Morgens anders kam, als sie je erwartet hätte.

Am Abend vorher hatte es ein fröhliches Treffen nach Beendigung des Semesters gegeben. Es wurde gescherzt, erzählt, angegeben, zweifelhafte Bemerkungen eingestreut. Es war eine bunte und lebhafte Runde. Einer tat sich besonders hervor. Diese überhebliche Art »männlicher Präsentation« reizte die junge Studentin. Sie dachte: »Was du kannst, kann ich schon längst.« Sie begann also mit ihren Erfolgen zu prahlen. Sonst hätte sie ja auch nicht viel zu erzählen gehabt. Von »Erlebnissen« konnte sie nicht berichten, wie es die andern taten.

Aber ihre spitzen Pfeile erreichten erbarmungslos das Ziel. Immer stiller wurde das Gegenüber, bis der allzu schwer Getroffene schließlich wortlos verschwand.

Am nächsten Morgen packt sie dann jemand wütend am Ärmel und zischt ihr ins Gesicht: »Was hast du gestern angerichtet, mein Freund wollte sich sogar das Leben nehmen, weil er zum zweiten Mal bei seinem Examen durchgefallen war. Und du ziehst ihn mit der Anspielung auf die Intelligenz von Männern derart auf. War das notwendig, geht's dir jetzt besser?«

Sprachlos für einige Augenblicke versuchte sie sich zu verteidigen. Hatte sie denn gewusst, was ihn bedrückte, hatte er ein Wort davon erzählt? Er hatte es überspielen wollen. Sie hatte zwar die Unechtheit gewittert, aber von der Ursache seines Benehmens nichts gewusst.

Alles, was blieb, war um die Gelegenheit zu einer Entschuldigung zu bitten. Doch das gewährte ihr der Freund nicht, er hatte zu viel Angst um die Befindlichkeit seines Kollegen und wollte die Wunde nicht noch mehr aufreißen.

Und die kluge junge Dame? Sie ging mit einem anderen Männerbild weg, als es ihr von zu Hause eingeimpft worden war: Männer sind weder Helden, noch Übermenschen, noch Draufgänger von Natur aus, vor denen man sich schützen müsse. Sie sind einfach nur MENSCHEN mit der ganzen Palette von Lebensplänen und vor allem von Gefühlen.

Sie schämte sich sehr.

Me too

In unserer informationsintensiven Zeit jagt eine Schlagzeile die andere. Die hier angesprochene hat große Wogen bei Frauen und Männern geschlagen und tut dies immer noch.

Aber eins ist klar, das zugrunde liegende Ärgernis hat es in der einen oder andern Form immer schon gegeben. Verschiedene Kulturen sind damit verschieden umgegangen, vor allem aber – wie in diesem Fall – verschiedene Frauen. Die meisten brauchen dazu kein Gesetz und keine geile Hexenjagd nur Geistesgegenwart.

Eine Szene aus der Vergangenheit beweist, wie man sich mit Geschick und Phantasie wehren kann.

Es geschah vor etlichen Jahren während eines Studienlehrgangs im Mühlviertel in einem abgelegenen, malerischen Dorf. Studium, Natur und Erholung gingen eine schöne Verschmelzung ein. Das heißt, dass alle Teilnehmer auch in einer gewissen Ferienstimmung waren. Einer dürfte dies aber etwas ausgedehnter verstanden haben. Er studierte weniger die russische Sprache, als vielmehr die anwesenden Studentinnen. Als es schon dunkel war, entschloss er sich, seine Studien weiter auszubauen. Er musste nur ein wenig die Gewohnheiten seiner Kolleginnen beobachten.

Das lohnte sich vorerst. Er »peilte« eine von ihnen im Wald an. Sie fühlte sich in dieser ländlichen, friedlichen Umgebung sicher und unternahm einen ihrer späten Spaziergänge. Das war »die« Gelegenheit für unseren Schürzenjäger. Auf einmal spürte sie, wie sie jemand von hinten anfasste und fand sich in seinen Armen wieder. Das war nun absolut nicht, was sie bezweckt hatte. Sie reagierte spontan, solange sie noch eine freie Hand hatte und »schnalzte« dem nächtlichen Angreifer eine, so fest sie nur konnte. Der Überraschungseffekt wirkte. Er ließ los. Sie trat einige Schritt zurück und begann eine Verbalattacke, die wir besser nicht wiederholen. Man muss ihr dabei zugestehen, dass sie sehr erschrocken war. Sie hätte es ja nicht für möglich gehalten, aber der so Abgewehrte wurde trotz seiner Körpergröße ein wenig kleiner und hatte wohl die rettende Idee, dass er nicht gerade eine Xantippe einfangen hatte wollen.

Langsam spürte sie, wie sie die Oberhand gewann. Er »verrollte« sich.

Aber am nächsten Tag musste sie im Kurs demselben Mann gegenüber sitzen. Das konnte sie nicht schweigend hinnehmen, zu sehr kochte noch die Wut über die vergangene Störung in ihr. Sie nahm einen andern Kollegen beiseite, erzählte ihm kurz, worum es ging, und gewann ihn als ehrlichen Mitstreiter. Zu zweit führten sie in der Pause einen improvisierten Sketch auf, in dem sie die nächtliche Situation mit unmissverständlichen Andeutungen nachstellten, so dass alle kapieren mussten, wer der Aggressor gewesen war.

Bei diesem Kurs waren dann eventuelle männliche Jagdinstinkte auf alle Fälle zum Scheitern gebracht. Traute sich keiner mehr, oder war es klar geworden, dass es hierbei um eine nicht entschuldbare Einengung von Persönlichkeitsrechten ging? Das klingt hochgestochen, aber wenn ihr genau hinseht, war es kein amüsantes Ereignis, es war einfach widerlich.

Das kapitalistische Getränk

Zum Spotten über eine solche Situation war damals keinem von uns zumute. Aber das Typische daran ist uns in Erinnerung geblieben. In diesem Kurzporträt geht es nicht um einen Menschen, dessen Persönlichkeit blitzlichtartig aufgezeigt werden soll, sondern um ein System, das sich selbst der Lächerlichkeit preisgegeben hat, obwohl es eigentlich sehr traurig war.

Wir trafen ihn auf einem Kurs im alten Jugoslawien. WIR aus der Bundesrepublik Deutschland und ER aus der Deutschen Demokratischen Republik.

Er war blond, etwas untersetzt, kontaktfreudig, oder besser gesagt sehr gesprächig, interessiert und intelligent. Wir saßen an einem Tisch und diskutierten vergnügt über unseren Eindruck von dem, was wir im Kurs erarbeiteten. Da fiel uns auf, dass wir alle genug Geld hatten, um uns Erfrischungen und Getränke servieren zu lassen. Nur er redete, lächelte, fragte, antwortete, überlegte, aber er bestellte nicht einmal Mineralwasser. Einer von uns bot ihm an, für ihn etwas zu bestellen. Er lächelte zuerst freundlich und dankbar, besann sich dann aber anders. Sein Blick verfinsterte sich leicht und er sagte: »Nein, danke, nicht einmal ein kapitalistisches GETRÄNK werde ich annehmen.«

Da wurde uns klar, dass wir ab jetzt nicht mehr ein Gespräch über Literatur oder Sprachen sondern über Politik führen würden müssen. Ein solcher Mensch mit durchaus eigenen Gedanken und Gefühlen war auf einmal zu einer realsozialistischen Maske erstarrt, einsilbig und scheu geworden. Wir mussten schlucken, um diese Verwandlung zu ertragen. Sie war fast lächerlich, aber eben nur fast. Im Grunde war sie tragisch. Was wurde da in Ehrfurcht vor einer Ideologie mit Menschen gemacht. Sie wurden programmiert, auf die Ziele der Partei bis in die Sprechweise hinein programmiert. Es war erstaunlich, ärgerlich und für mich zutiefst traurig.

Keiner oder keine hätte damals gedacht, dass auch dieses historische »Gespenst« der DDR einmal ein Ende haben werde. Die Frage stellte sich allerdings schon damals – sollte sie auf dem Papier ein Ende haben, wie lange würde es dauern, bis auch in den Köpfen der Unterdrückten die Veränderung abgeschlossen sein würde?

Unser ostdeutscher Kollege kaufte sich dann als Antwort eine billiges Etwas, das meine Kollegen aus dem erlesenen »Bierland« Bayern leise als »Gesöff« bezeichneten.

Was wog schwerer bei uns – das Mitleid mit dem so ins Abseits Gestellten, die Bewunderung für seine sozialistische Standfestigkeit oder Wut und Verachtung, dass so etwas in unserem aufgeklärten Jahrhundert und noch dazu bei gebildeten Menschen möglich war?

Unfreiwillige Ironie

Es war einmal ein Vater, der wollte seiner Tochter den Weg ebnen, eine gemütliche und billige Bleibe in der fernen Universitätsstadt zu finden.

Ja, ein solcher Märchenanfang ist die geeignete Verfremdung für das, was wirklich geschah.

Er rief also einen Studienfreund an, von dem er wusste, dass er eine Pension betreibe, schön gelegen, nahe der Uni. Der Handel wurde abgemacht. Die Reise ins Unbekannte für die Tochter konnte beginnen.

Sie wurde sehr herzlich als Tochter eines Freundes empfangen. Ihr Zimmer war hübsch und unauffällig. Sie fand auch den Speiseraum freundlich und gemütlich mit seinen Separees und dem schummrigen Licht am Abend. Sie ahnte nichts, sie war einfach naiv. Es gefiel ihr. So verbrachte sie einige Tage. Sie war viel unterwegs und oft schon frühmorgens beim Frühstück. Das kann als Entschuldigung angenommen werden, dass sie von der tatsächlichen Bestimmung dieser Pension vorerst nichts ahnte. Als sie sich etwas eingelebt hatte und ruhigere Tage hatte, begann es ihr jedoch zu dämmern: Die Extraabteilungen, das Licht, das wechselnde Publikum, die Paarverteilung dieses Publikums. Das waren alles andere als Studenten, aber es waren natürlich Gäste, deren Bestimmung es war, für die Einnahmen des Hausherrn zu sorgen. Sie selbst hatten allerdings andere Vorhaben, wofür sie diese wohlbürgerliche Einkleidung der Pension vor unangenehmen Entdeckungen schützen konnte.

Offenbar waren eines Nachts auch die Zimmer neben dem der wohlbehüteten Tochter aus »gutem Hause« belebt. Ein rumorendes Geräusch erklang. Sie hatte es noch nie gehört. Aber als es die nächste Nacht wieder geschah, unterlegt mit menschlichen Sprachfetzen, begann sie allmählich zu begreifen.

Wo war sie da hineingeraten? Was hatte ihr wohlmeinender, erz-konservativer Vater von der Natur seines Freundes nicht gewusst? Zwischen Abscheu, Lächerlichkeit und Spott bewegten sich die Gedanken des Mädchens. Nein, sie würde hier nicht bleiben, hier nicht.

Die Vorlage, die ihr gemacht worden war, war für sie unbrauchbar. Frage: Würdest du in einem Stundenhotel als bürgerliches Aushängeschild wohnen wollen?

Sie jedenfalls zog sofort aus. Aber es blieb der Anflug eines Schmunzelns über die Absurdität in ihr zurück--wie im Märchen, Leben zwischen Phantastischem und Realem.

Und wenn sie nicht gestorben sind, leben sie noch heute.

Sparschwein Auto

Bei den folgenden Vorfällen handelt es sich nicht um Geschichten, in denen es darum geht, ein Sparschwein zu füttern, damit man sich ein neues, besseres Auto kaufen kann, sondern gerade um das Gegenteil. Das Sparschwein lebt vom Geld, das man NICHT ausgibt, um ein neues Auto zu kaufen. Das bedeutet, man fährt mit dem alten solange, bis es »eingeht«, was wiederum bedeutet, dass eine Reparatur dann absolut sinnlos wäre.

Die erste Begegnung mit diesem seltsamen Tier hatten wir als Kinder. Es war ein relativ altes, kleines schwarzes Auto mit 2 Vordersitzen und einem offenen Gepäckraum – wie ein verkleinerter Lieferwagen. Die »Waren«, die in diesem Lieferwagen befördert wurden, waren 3 Kinder im Alter von 6 – 10 Jahren. Voll eingepackt in Wollpullover und Anoraks jauchzten sie im Fahrtwind. Noch nie waren sie in einem Auto gefahren. Es war das erste, das sich Vater leisten konnte. Es hatte aber keine einziehbare Dachplane, wie das heute der Fall wäre. Wind und Regen waren den Dreien gleich lieb, Hauptsache, es ging schneidig um die Kurven und mit kleinen Hopsern über die Unebenheiten der alten Landstraßen. Es war ein Fest!

Als nach 2 Jahrzehnten das Wirtschaftwunder eingekehrt war, hatte Vater natürlich ein »normales« Auto. Autofahren hatte allerdings viel von seinem Reiz für mich verloren, seitdem ich den Führerschein hatte und andere »herumkutschieren« musste.

Allerdings war wieder ein Sparschwein am Werk und brachte mich zu technischen Sondereinfällen und zur Beanspruchung meines Schutzengels. Ohne ihn, wäre ich am Friedhof oder im Gefängnis gelandet. Es war zuerst unser alter grauer Käfer. Den habe ich mit weithin sichtbaren Dellen an seiner rechten Seite zusammen mit meinem ersten Mann zum ersten Mal »erlebt«. Natürlich konnte man das rechte Seitenfenster nicht herunterkurbeln. Aber dank der besonderen Art unseres Sparschweins schaffte der alte Käfer noch an die 12 Jahre.

Und da kommt mein Schutzengel ins Spiel. Nicht genug, dass es in den damals schneereichen Wintern ohne Garage am Anfang immer eiskalt im Wagen war, er sprang auch nicht immer an. Also ließ ich ihn geduldig bergab rollen, da wir glücklicherweise am Wilhelminenberg wohnten. Eines Tages jedoch verließ mich etwa 20 Meter vor der Einbiegung in die Sandleitenstraße die Bremse. Ich hatte nicht einmal Zeit für einen ordentlichen Schock, als ich geradewegs den Hügel hinunter auf die Straße mit den Straßenbahnschienen zurollte. Da half mir mein unsichtbarer Schutzengel, etwas Geschwindigkeit mit der ebenfalls alten Handbremse zu verlieren. Blitzschnell musste ich mich entscheiden, mitten auf die Fahrbahn zu rollen, wo von links schon eine Straßenbahn im Anzug war, oder eine spitze Kurve nach rechts zu reißen, um auf dem breiten Fußweg vor der Sandleiten-Kirche langsam zum Stehen zu kommen. Dabei müsst ihr euch aber vorstellen, dass genau an der Ecke am Ende meiner Gasse und am Anfang des Gehsteigs eine Frau mit Kinderwagen stand, die glücklicherweise von der Gefahr hinter sich nichts bemerkte und ruhig stehen blieb. Zwischen ihr und dem Zaun rechts brachte ich die Kurve zustande. Zum Wunder gehörte, dass gerade kein einziger Fußgänger am Gehsteig unterwegs war. Erst nach dem Ausrollen hatte ich Zeit für meinen Schock. Wer da nicht an Schutzengel glaubt! Und wer da nicht Sparschweine rechtzeitig leert!

Die nächste Begegnung mit meinem Schutzengel hatte ich 3 Jahre später im Frühjahr nach der Schneeschmelze, als die Fahrbahn schon trocken zu sein schien. Auf der Straße von St. Andrä-Wördern nach Klosterneuburg drehte es mich in einer leichten Linkskurve ohne eine Vorwarnung und ohne das subjektive Gefühl zu rutschen plötzlich um

180 Grad. Ich hatte einen winzigen Eisflecken nicht bemerkt. Mein Auto kam fast zum Stehen, aber doch nicht ganz, so dass ich langsam in die Gegenrichtung zurückfuhr. Als ich mir dann eine Verschnaufpause leisten konnte, kam ich mir wie von Geisterhand auf einem Spielbrett als Figur verschoben vor. Was war für mich noch im Leben zu tun bestimmt, dass damals nicht EIN Auto entgegen oder hinter mir gekommen ist? Erst nach etwa 1/4 h kam eines. So wenig Verkehr hatte ich selten erlebt, als ich täglich hier unterwegs war. Heute wäre das bei der technischen Ausstattung der Autos nicht geschehen.

Dazwischen gab es weniger spektakuläre Aktionen meines Sparschweinkäfers. Nach einigen Jahren gab der Keilriemen seinen Geist auf und ich wickelte statt seiner eigenhändig eine Strumpfhose herum. Das war einer meiner technischen Einfälle. Dazu brauche ich keinen Schutzengel. Den brauchte ich auch nicht, als das Auto in Wien mitten am Lueger-Platz wie ein sturer Esel zum Stehen kam. Da klappte ich die Rückbank einfach hoch und brachte die Kontakte der Batterie wieder in Ordnung.

Und ein letztes Mal »bedankte« sich mein alter Käfer bei mir mit einem Batteriebrand. Meine Mutter saß am Rücksitz und sagte: »Ich weiß nicht, der Sitz wird so heiß.« Ich schrie: »Heraus, sofort heraus!« und sauste in das nächste Geschäft, weil die einen meiner Meinung nach größeren Feuerlöscher hatten als ich und weil – nun ja – ich mir nicht zutraute, einen Feuerlöscher schnell genug zu bedienen. Alles ging gut aus. NUR das bedeutete für mich den Abschied vom »Sparkäfer«. Mit ihm wollte ich es nicht mehr aufnehmen.

Doch auch unser nächstes übertragen gekauftes Auto hatte seine Mucken. Mitten in Maribor riss das Kupplungsseil, als wir mit schwer beladenem Anhänger vom Urlaub zurückfuhren. Mein Mann war schon sehr krank, also musste ich Fremde bitten, uns aus der Kreuzung hinauszuschieben. Ich schämte mich dermaßen!

Allerdings forderte mich dieses Auto mit der Anhängerkupplung zu für mich erstaunlichen Leistungen heraus. Es zwang mich, mit eben diesem überladenen Anhänger auf den letzten freien Platz einer griechischen Fähre im Rückwärtsgang zu fahren. Die Hafenarbeiter standen grinsend und tatenlos, ohne mich einzuweisen, in fröhlicher Erwartung meines eventuellen Scheiterns herum. Sie meinten wohl, dass jede blonde Frau ein Dummchen sei.

Meine Empfehlung an euch ist nach alledem: Verwendet euer Sparschwein im Sinne meiner **ersten** anfänglichen Definition! Den Glauben an den Schutzengel empfehle ich euch als eine fundierte »Beruhigungs-Hilfe«.

Politiker einmal anders

Als wir noch kein Fernsehen hatten, hörte ich sie im Radio sprechen. Später sah ich sie in den Nachrichten des Fernsehens. Über alle, die in der Öffentlichkeit stehen, bilde ich mir eine Meinung. Aber ich bin mir bewusst, dass ich damit nicht richtig liegen muss. Die Journalisten zeigen uns diese Menschen in dem Blickwinkel, mit dem sie uns beeinflussen wollen. Ob der der Wahrheit entspricht, können wir oft erst im Nachhinein feststellen. Es war für mich also immer, wenn ich einem solchen »Menschenwesen« tatsächlich begegnete, ein Aha-Erlebnis besonderer Art.

Begonnen hat es damit, dass ich mit meiner Schulkollegin zur Unabhängigkeitsfeier unserer Republik vierhändig vor einem großen Auditorium Mozart spielen durfte. Wir waren sehr stolz, dass Julius Raab eigens zu uns gekommen war. Aber der gewiss überarbeitete Mann nickte bei unserem Spiel ein. Wir sahen es, als wir uns verbeugten. Ich war damals sehr ungehalten, heute würde ich mit ihm etwas freundlicher umgehen. Damals hatte ich nur ein spöttisches und beleidigtes Lachen für ihn übrig.

Als ich noch ins Realgymnasium ging, freundete ich mich mit der Tochter von Bundeskanzler Klaus an. Ich lud sie in mein kleines Dachzimmerchen in Salzburg ein. Dort hatten wir sehr persönliche und anregende Gespräche. Sie lud mich ins Haus ihrer Eltern an einem Salzburger See ein. Das war für mich damals großartig und enttäuschend zugleich. Wir saßen am Tisch und plauderten, da erschien der Papa. Fast möchte ich ihn wegen seines gestelzten, unfreundlichen und patriarchalischen Auftretens »seine Hoheit« nennen. Er erkundigte sich in kurzer, kalter Form nach dem Befinden aller und mit einer förmlichen Entschuldigung verschwand er wieder, so

154

schnell er konnte. Das also war der Vielgepriesene. Sehr verstörend fand ich auch, als ich auf mein Beileidschreiben zum Tode seiner Tochter nicht einmal eine Antwort bekam. Er wusste wohl nicht, welche vertrauensvollen Gespräche ich mit ihr geführt hatte und dass mein Beileid aus dem Herzen kam. Verstand er überhaupt etwas von Freundschaft? Ich respektiere sein Leid und seine Überarbeitung, aber gerade deshalb wäre es für ihn gut gewesen, über seinen Tellerrand hinauszuschauen.

Das genaue Gegenteil, war der spätere Bundespräsident Kirchschläger. Er wohnte mit seiner Familie in einer einfachen Wohnung in Wien-Hernals. Alles an ihm und seiner Umgebung verriet, dass er nur einer unter allen Bürgern sein wollte, alles war schlicht. Als ich einmal seine Enkelin zu betreuen hatte, kam er einfach ins Zimmer, setzte sich eine Zeit lang hin, und unterhielt sich mit mir, als wäre ich eine ganz normale Bekannte seiner Familie. Seine Tochter hatte ich in einer katholischen Familiengruppe kennengelernt. Wir sprachen nicht über Politik. Er war damals noch der Außenminister von Bruno Kreisky. Kirchschläger selbst schien mir ein gläubiger Mensch zu sein. Nach dieser Begegnung hatte ich ein freundliches Gefühl für Politiker.

Den Gegensatz dazu bildete ein Erlebnis in einer Wiener Volksschule. Dort trafen wir Kreiskys Enkel, den Sohn von Peter Kreisky an. Das Kind führte sich in der Klasse auf, als hätte es den Ton zu bestimmen und es war keineswegs freundlich und gutmütig. Der Bub war, was manche als »Balg« bezeichnet hätten. Meine Kolleginnen und ich besuchten die Klasse im Rahmen eines pädagogischen Projekts. Wir kamen natürlich auch ins Gespräch mit der Lehrerin. Sie ließ durchblicken, dass sie in einer ausweglosen Lage bezüglich des Kreisky-Sprösslings sei. Sie getraute sich nicht, ihn wie einen ganz normalen schlimmen Schüler zu behandeln und zur Disziplin zu ermahnen. Sie hatte Angst um ihre Stellung. Ich konnte sie verstehen, weil ich an mir selber erfahren hatte, dass Parteizugehörigkeit wenigstens damals noch eine gewisse »Grundlage« für ein Dienstverhältnis war. Also wussten wir uns leider keinen Rat für das Problem unserer Kollegin.

Diese Begegnungen waren zufälliger Natur und deshalb in meinen Augen authentisch. Natürlich kommt man in Wien auch mit andern Politikern in Kontakt, die diesen Kontakt von sich aus für ihre Zwecke suchen. Ich erinnere mich an das erfolglose Streitgespräch, das ich mit einem FPÖ-Politiker in Simmering bei einem Umtrunk nach einer musikalischen Veranstaltung führte. Es hat mir keine neuen Erkenntnisse gebracht.

Sehr erstaunt war ich dagegen, als sich der Wiener Bürgermeister nach einem musikalischen Ständchen zu seinem Geburtstag im Rathaushof an unseren Tisch stellte. Auf einmal zeigte sich dieser – sonst als volkstümlich, eher grobschnäuzig und weinselig bekannte Mensch – als interessierter Wissenschafter seines Faches Biologie. Wir sprachen kein einziges Wort über Politik, seine Sprache war nicht wiederzuerkennen, wenn man an seine Fernsehauftritte dachte. Ob er ehrlich war, konnte ich auch damals nicht erkennen. Aber ich bewunderte seine Fähigkeit, mühelos den richtigen »Draht« zu einem Gesprächspartner zu finden.

Nicht so spektakulär war das Treffen mit unserer heutigen Landeshauptfrau, die aus Klosterneuburg ist. Auch das geschah, als sie unsere Musik besuchte. Es waren nur wenige Worte und ein herzlicher Händedruck. Sie war damals allerdings erst im Gespräch für den Posten der Landeshauptfrau. Aber an ihrer Art war eine gewisse »Zweiteilung« spürbar, sie hatte noch etwas Persönliches an sich. Du spürtest ihre Freude an der Musik, ihre Freude, alte Bekannte wieder zu sehen. Sie nahm gute Glückwünsche mit aufrichtigem Lachen entgegen. Doch im Hintergrund lauerte schon der »Politikersprech«, das Vorsichtige, nicht ganz Offene. Vielleicht brauchen das Menschen in der Öffentlichkeit zu ihrem Schutz.

Immer wird es für sie eine Gratwanderung zwischen Professionalität und Menschlichkeit bleiben. Immer aber werden wir uns auch »authentische« Politiker wünschen.

Das verlorene Selbst

Sie war viel zu hübsch für eine Nonne. Auch in der Ordenstracht rutschten immer ihre blonden Locken unter der Haube vor. Sie steckte sie anmutig zurück. Sonst war nichts Auffälliges an ihr. Oder doch? Irgendwie wirkte sie anders als ihre Mitschwestern. War es nur das Alter, das sie z. B. von der winzig kleinen uralten, aber zutiefst herzlichen »Küchenschwester« unterschied?

Offenbar hatte sie wegen ihres weniger stocksauren Auftretens und wegen ihrer Jugendlichkeit die Aufgabe erhalten, am Nachmittag im Studiersaal des Schülerinnenheims Überwachung und Hilfe bei den Hausaufgaben zu leisten. Abgesehen von wenigen Launen, die auch sie nicht verbergen konnte, waren diese 2 Stunden täglich erträglich. Da musste aber wirklich gearbeitet werden, keine durfte tratschen. Und auch diese Zeit des Tages verging.

Bei den Mahlzeiten war sie auch anwesend, meist in etwas gelösterer Stimmung.

Es sah alles wie Routine und Alltäglichkeit aus. Keine von uns konnte behaupten, dass ihr etwas Bedenkliches aufgefallen wäre. Vielleicht haben auch einige schon hinterrücks gemunkelt oder Vermutungen angestellt, aber überrascht hat es uns doch alle, als die Wahrheit ans Licht kam. Was war unserer beliebten Schwester nur eingefallen? Warum kamen wir wie »zufällig« dazu, als sie mit aufgelösten Haaren in einem zivilen Kleid vor uns stand. In der Schwesterntracht war sie viel ansprechender gewesen als in diesem zerrütteten Aufzug.

Dafür musste es eine Erklärung geben, überhaupt, als wir sie wenig später mit ihrem Koffer zur Tür gehen sahen. Wir wollten uns verabschieden, wollten wissen, was los sei.

Jede von uns dachte sich wohl, was »der« plötzlich über den Weg gelaufen sei und was in deren Kopf vorging. Das bewiesen allerdings ihre verzweifelt verstrubbelten blonden Haare. Sie stand vor einem Abgrund.

Uns wurde dann hochoffiziell mitgeteilt, dass sie aus dem Orden ausgeschlossen worden sei, weil sie gegen ihre Gelübde verstoßen habe. »Gelübde hin oder her«, ging es uns durch die Köpfe, die wir beim Essen noch enger zusammensteckten, » das kann doch nicht so schlimm gewesen sein«. Die Vermutungen wuchsen ins Uferlose, bis die Heimleitung verstand, dass ohne eine Erklärung niemals wieder Ruhe eintreten werde.

Also die Frage, die sich die »entlassene« Schwester hätte früher stellen sollen – vor der Profess auf alle Fälle – wäre gewesen, wie sie es mit ihrer Veranlagung mit einer Schar junger Mädchen »aushalten« würde. Sehr verdeckt wurde uns dies mitgeteilt.

Heute kann man über sexuelle Belästigungen verschiedener Art in vielen Zeitungen lesen. Die Kirche hat sich mit ihrer Verschwiegenheit dabei kein Ruhmesblatt erworben. Der Schwesternorden hat damals sehr bald seine Entscheidung getroffen, früher wahrscheinlich als so mancher Bischof. Ein kleiner Trost, wenn auch ein sehr kleiner.

Eine eigenartige Stille
lag über der Bucht
ein ungewöhnlicher Abend.

Der alte Seebär

Griechenland unter einem azurblauen Himmel und mit dem Meeres-
rauschen im Ohr ist einen Sommertraum wert. Dieses Mal ist es nicht
die verzauberte Antike, die in den alten Ruinen schläft, und nicht nur
die Gedanken von Archäologen beflügelt. In diesen Zeilen geht es um
das Porträt eines modernen Griechen, das sich in diese Welt zwischen
Vergangenheitstraum und Gegenwart fast nahtlos einfügt.

Er ist der Spross einer alten Reeder-Familie aus Athen. Er hat mir nie
gesagt, ob er mit seinen 85 Jahren seine 8 Geschwister überlebt hat.
Aber er versicherte mir, dass er nach einem bewegten Leben nun bei
seiner Yacht in dem kleinen Haus am Strand außerhalb von Kalamata
eine Ruhe findet, die er so nicht gekannt hatte.

Würde Ruhe Nichtstun bedeuten, so wäre das in seinem Fall völlig
missverständlich. Er bastelt und werkelt den lieben, langen Tag an
Bootsmotoren herum. Einmal ist es der eigene, oft sind es solche, die
andere ihm zur Reparatur bringen. Natürlich hält er wie alle Griechen
hier die Mittagspause zwischen 12h und 16h ein, wenn sogar Pan
in dieser Sommerhitze ein Schläfchen wagen wollte. Dafür sind die
Abende länger, wenn der alte Mann etwa seine Freundin an der anderen Seite der großen Bucht besucht oder wenn er sich mit Freunden
einen lukullischen Salat macht und den einfachen Landwein genießt.
Oder wenn er mit dem Architekten plaudert, der auf seinem Grundstück eine Liebeshütte unterhält.

Oft wunderte ich mich, wann Griechen denn arbeiten. Mit einem
entsprechenden Schmunzeln wurde ich z.B. von dem Architekten-
freund darauf hingewiesen, dass vieles seine Sekretärin erledigen
könne. Sah ja wirklich so aus, als würden manche Griechen das Leben
eher genießen, als dafür zu arbeiten. Sie erschienen mir aber ruhiger

und gelassener als unsere eifrigen Landsleute. So war es jedenfalls damals vor der großen Wirtschaftkrise. Griechenland war ein Erholungsparadies.

Zweifellos war unser Hausherr aber ein tätiger und fleißiger Mann. Spindeldürr und zerbrechlich sah er keineswegs wie ein See-BÄR aus, wenn er mit schwerem Gerät vom Beiboot aus auf seine Yacht kletterte. Manchmal brauchte er auch Hilfe von seinem Sohn, der gerade mit den beiden Enkeln auf Urlaub war. Sie wohnten in Österreich und sollten sich in den Ferien in der Sprache ihres Großvaters üben.

Die Sprachbarriere zwischen mir und dem alten Seebären überwanden wir mit Humor, als er mich eines Tages überraschend zum Angeln einlud. Wir tuckerten mit einem Fischerboot los. Wie sollte ich mit ihm sprechen? Die Zeichensprache und meine wenigen griechischen Wortfetzen gestalteten alle Stunden, die wir unterwegs waren, jedoch zu einem vergnüglichen Abenteuer. Zuerst einmal wurde es mir natürlich zu heiß, er hatte kein Zeltdach auf dem Boot, also spannten wir ein Leintuch über einige wackelige Masten. Diese Masten musste ich beim schärferen Wellengang festhalten. Das Leintuch knickte dennoch ein. Wir lachten.

Dann sollte ich versuchen, die Angel herauszuziehen, an der wir schon einen Fisch spürten. Gut, dass ihr nicht gesehen habt, wie ich mich dabei anstellte. Mein Steuermann lachte nur.

So ein Unternehmen erfordert auch eine Erfrischung. Die gönnte er uns im Minirestaurant auf einem Inselchen. Dort gab es Ouzo, Ouzo und wieder Ouzo und die so sehr beliebten Oliven dazu. Beides war für mich äußerst gewöhnungsbedürftig. Na gut, dem Gastgeber zuliebe würgte ich beides hinunter. Aber als Frischling vermied ich es, trotz meines erhebliches Durstes zu viel von diesem hausgemachten Anislikör zu trinken. Trotzdem ging es nicht ganz ohne Kopfweh ab — oder sollte nur die Sonnenhitze die Ursache gewesen sein? Jedenfalls lachte mein Gastgeber. Er lachte gern.

Dazu hatte er noch viel mehr Anlass, als wir wieder Station machten und ein paar Schritte den Uferhügel hinauf zu einem malerischen Dorf gingen. Mit großer Geste wurde der alte Freund von den gemütlich um den Platz Herumsitzenden begrüßt. Dann flogen die Witze und Sätze nur so hin und her. Sie deuteten auf mich und gaben mir zu verstehen, was für ein alter, verschmitzter Lebemann mich da angeheuert hatte. Sie lachten und lachten und er lachte und lachte. Schließlich lachte auch ich. Keinerlei feministische Zweifel hielten mich vom Lachen ab.

Hier unter diesem Himmel und auf diesem Meer spürst du erst richtig, wie das Leben in dir pulst. Das zu erfahren, wurde mir in den wenigen abenteuerlichen Stunden mit diesem sehr betagten, ungemein rüstigen alten »Seefahrer« geschenkt. Im bürgerlichen Leben war er jedoch einfach nur mehr ein »Opa«, ein guter Freund und ein Motorenbastler.

Die Sprache öffnet Türen

Eine der wenigen gemeinsamen Überzeugungen im Ausländerstreit ist, dass zur geglückten Integration die Beherrschung der Sprache des Einwanderungslandes gehört.

Die Sprache kann aber noch viel mehr, sie kann auch Touristen ermöglichen, sich in dem Land ihrer Wahl, in dem sie sich nur zum Urlaub aufhalten, heimischer zu fühlen als ohne Sprachkenntnisse.

Beweis ist für mich die folgende Szene, deren Zeugin ich in Arco beim Gardasee wurde.:

Der Warteraum des Ambulatoriums war nur mehr mit Angehörigen von Patienten besetzt, die gerade in Behandlung waren. Der Aufnahmeschalter war schon geschlossen, aber es war noch Licht zu sehen. Eine Frau kam mit ihrer Enkelin wenige Minuten zu spät, um noch aufgenommen zu werden. Das Mädchen zitterte vor Fieber und sah wirklich krank aus. Die Frau klopfte am Fensterchen. Das öffnete sich sogar. Nun versuchte die Frau zuerst in Englisch und dann in Deutsch der Schwester zu erklären, dass sie dringend einen Arzt brauche, weil das Kind Fieber und geschwollene Mandeln habe. Sie wurde in deutlicher Form an die Ambulanz in Riga verwiesen. Die Frau wusste aber, dass auch diese Ambulanz zur selben Zeit zusperrte. Sie verlegte sich aufs Bitten. Dies hatte keinerlei Erfolg. Dann hatte sie die zündende Idee und kratzte ihr weniges Italienisch zusammen, um ihre Bitte und Erklärung in dieser Sprache anzubringen. Und was geschah? Die Angesprochene begann zu lächeln und im weiteren Gespräch zu strahlen und sagte »Brava! » Dann öffnete sich die Tür und Oma und Enkelin durften eintreten. Der Arzt wurde gerufen, obwohl die Zeit schon überzogen war, das notwendige Medikament wurde verschrieben. »Ihre« Sprache hatte die Schwester zum Schmelzen gebracht. Sie konnte über den Schatten einer Amtshandlung springen und als Mensch reagieren. Noch dazu hat sie sich gefreut.

Gewiss ist es nicht immer so einfach. Es kommt auch auf das Gegenüber an. Aber positive Situationen ähnlicher Art habe ich in ganz verschiedenen Ländern erlebt. Als ich nach der Hochschule mein Englisch gleich am Zoll nach dem Aussteigen von der Fähre ausprobierte, bekam ich das schönste Feedback, das ich mir wünschen konnte: »Back again in England, Miss?«

In Frankreich wurde ich viel aufmerksamer bedient, wenn ich sofort meine Bestellung in einem Restaurant in französischer Sprache aufgab. Etwas wie ein zufriedenes Schmunzeln ging dabei über das Gesicht des »garcon«. Franzosen lieben es nicht sehr, wenn man Englisch zur Kommunikation verwendet. Ihre Sprache ist ihnen sehr wichtig.

Als mein Mann schon tot war, wurde ich zu einem Diplomaten-Empfang von einem seiner Freunde aus Südamerika eingeladen. Ich fühlte mich in der für mich fremden Atmosphäre wie ein Mauerblümchen. Die Situation wurde für mich gerettet, als ich bei der Tafel wie üblich neben die Frau des Diplomaten gesetzt wurde. Sie hatte ich zu unterhalten und sie konnte ich unterhalten. Sie hatte genauso wenig Interesse an dem Männergespräch wie ich. Wir sprachen über Unterschiede im Alltag zwischen ihrem Land und meinem. Auch mein mäßiges Spanisch hat dafür genügt. Ich war mit mir und der Umgebung wieder zufrieden und hatte das schöne Gefühl, noch dazu etwas für die »zwischenstaatliche« Verständigung geleistet zu haben.

Als ich in Belgrad auf meiner Reise nach Griechenland umsteigen musste und nur wenige Minuten Zeit bis zur Abfahrt des nächsten Zuges waren, konnte ich in meinem ebenfalls nicht fließenden Serbokroatisch erfahren, wann und auf welchem Gleis der Zug abfahren würde. Ich musste dazu die am Schalter wartende Schlange überholen, um schnell genug die Auskunft zu bekommen. Damals war Englisch noch keine Lingua Franca im Osten. Wenn ich es in dieser Sprache versuchen hätte müssen, wäre der Zug weg gewesen. So konnte ich noch losrennen, um ihn zu erreichen.

Der israelische Zoll lässt mich wählen: »English or Ivrit?«, wenn es um die üblichen Fragen bei der Ein- oder Ausreise geht. Wenn ich nicht müde bin, wähle ich Hebräisch. Dann ist das Gespräch von ganz anderer Qualität als auf englisch. Es ist auch meist kürzer.

Aber selbst bei Sprachen, von denen ich nur 5 Wörter beherrsche, fand ich eine Verständigungsart. Ich nenne sie das »Wörterbuchgespräch«. Dies betrieb ich mit meinen Zimmervermietern in Thessaloniki und in der Türkei. Ich zeigte im Wörterbuch auf die entsprechenden Nomen und die Infinitive der nötigen Zeitwörter und zu meinem Erstaunen verstanden sie mich. Das ist nicht verwunderlich, wenn es um wenige Sätze geht, die sich auf Unterkunft und Preis beziehen. Aber es war für mich vergnüglich, als ich in Griechenland auf diese Weise mit dem Hausherrn über seine Arbeit, seine Bezahlung, die Bezahlung in Österreich und über die Pilgerfahrt seiner Frau nach dem Heiligen Land sprach. Es erfordete von uns nur Geduld, die aber stellt sich bei der entsprechenden Neugier und Kommunikationsfreude von selber ein.

Sprachen sind für mich ein Schatz, den ich nicht müde werde, zu heben und zu empfehlen. Jede Sprache hat ihre eigene Schönheit, strahlt eine spezielle Atmosphäre aus und ist vor allem ein unentbehrliches geistiges und zwischenmenschliches »Vehikel«.

Das goldene Wiener Herz

Bevor ich diese Geschichte erzähle, möchte ich mich bei allen für die zynische Ausdruckweise entschuldigen, die nicht SO sind. Wie – das will ich euch gleich erzählen.

Der Vorfall ereignete sich noch in der Zeit, als Mobiltelefone nicht in Gebrauch waren und noch Telefonkabinen für Gespräche unterwegs benutzt werden mussten.

Auf der Stiege vom Bahnsteig der damaligen Stadtbahn, heute U6, brach ein nicht mehr ganz junger Mann zusammen. Er lag da über 3 Stufen mit dem Kopf nach unten. Ohne ein Mobiltelefon ist es schwierig für eine einzelne Person, zugleich Hilfe zu leisten und zugleich die Rettung zu holen. Niemand wollte mich unterstützen. Ich schob zuerst den alten Mann in die richtige Lage und bat dann die Vorbeikommenden, die Rettung anzurufen. Jeder hatte es eilig und lehnte unwirsch ab. Da blieb ein Türke stehen, sah, was passiert war, und bot mir an, auf den Kranken aufzupassen, während ich ein Telefon suchen ging. Denn man konnte nicht sicher sein, dass der alte Mann nicht noch weiter die Stiege hinunterrutschen würde. Er roch nicht nach Alkohol, sein Gebrechen musste daher andere Ursachen haben.

Das nächstgelegene Telefon war in der Trafik, die sich im Stationsgebäude befand. Ich bat, dass ich von hier die Rettung anrufen könne, weil es einen Notfall gebe. Da wurde ich im niedrigsten Jargon mit »Na was, mir san ka Caritas, sondern a Trafik. Gengan's außi, da gibt's an Automaten!« abgefertigt. Trotz meiner Empörung erkühnte ich mich noch zu fragen, wo genau denn der Automat sei. Ihre Antwort »Bin i a Auskunftsbiro. Draußen!« setzte der Gemeinheit noch den Deckel drauf. Gerade dass sie nicht »Gsindl« sagte, wo es sich doch um einen Ausländer als Helfer und einen Kranken, der möglicherweise ein »Sandler« war, handelte!

Kam dieser Frau nie der Gedanke, dass sie auch einmal Hilfe brauchen könnte, wenn schon andere Beweggründe für sie absurd schienen? Es dauerte eine Weile, bis wir es schafften, die Rettung zu kontaktieren. Ich war dankbar, dass einer wenigstens geholfen hatte, aber es war eben kein »Urwiener«.

Ich bewundere all jene, die ohne Ansehen der Person zur Stelle sind, wenn etwas gebraucht wird. Sie machen unsere Welt menschlicher und wärmer.

Verhaltensgestört

Menschen am Rande der Gesellschaft werden von der Mehrheit mit etwas Skepsis betrachtet. Sind sie noch schulpflichtig und wollen oder können sie sich ins Regelschulwesen nicht einfügen, landen sie in Wien »auf der Hohen Warte« als schwer erziehbare Kinder und Jugendliche. Selten erlebt man aber, wie es in ihnen wirklich aussieht. Meist wird nur das verstörende Äußere wahrgenommen.

Bahnhöfe sind oft ein Sammelplatz von ganz verschiedenen Personen und Persönlichkeiten. Diesmal geht es um den Heiligenstädter Bahnhof.

Ich komme gerade beim Ausgang heraus und treffe auf einen Kreis von Menschen, die angespannt in die Mitte starren. Sie stehen ganz ruhig da, wie festgewurzelt von dem Spektakel vor ihnen. Wie kann sie so etwas kalt lassen oder nur ihre Neugier oder ihre Sensationsgier anstacheln? Wie kann es sein, dass noch kein einziger eingegriffen hat?

2 Jugendliche kämpfen in der Mitte mit einer Wut und Wucht, die in Kürze zu ernsten Verletzungen führen wird. Sie verkeilen sich immer mehr ineinander. Den Zuruf »Aufhören!« scheinen sie nicht einmal zu hören. Nur ein spontaner Einfall kann die Situation retten. Ich gehe in den Kreis hinein und so in ihre Nähe, dass sie mich hören müssen, und rufe: »Seid's deppat!« im besten mir zur Verfügung stehenden Wiener Tonfall. Und – oh Wunder – der Überraschungseffekt gelingt. Im ersten Impuls lassen die beiden voneinander ab, stehen einander grimmig gegenüber und wenden sich schließlich mir zu mit »Der hat ja......, der, der ....!« Nur mit einem Sprachlexikon könnte ich das genau übersetzen. Aber es ist auch nicht mehr notwendig.

Der eine »verzieht« sich etwas unsicher, der andere geht auf mich zu und nimmt mich mit einem langen Gespräch in Beschlag. Der Zuseher-Kreis löst sich langsam auf. Manche sehen nachdenklich drein, manche so stumpf, dass man deutlich erkennt, wie wenig sie das berührt hat. Es war eben eine Rauferei, Punkt. Es ist ja nichts passiert.

Der Junge ist etwa 15 – 16 Jahre alt. Es ist deutlich, dass er sprechen möchte, alles erklären oder sich alles von der Seele reden. Er möchte mir mitteilen, warum er in diesem Sonderheim gelandet sei. Er möchte mir mitteilen, dass es eine Reihe von unglücklichen Verkettungen gegeben habe, er möchte, dass ich verstehe, dass er kein böser Kerl ist, dass er sich sogar – mehr als ich glaube – Gedanken macht. Vor allem aber möchte er einen Weg finden, wieder aus dieser Zwangssituation herauszukommen. Er möchte wieder »normal« sein. Er benutzt zwar dieses Wort nicht direkt, aber seine aufgeregte, emotionale Sprechweise unterstreicht deutlich alles, was er ausdrücken will. Ich bin erstaunt, weil er mir Vertrauen schenkt, ich bin berührt von seinem Geschick.

Und ich wünsche ihm so sehr, dass er Menschen findet, die Zeit haben, ihm zuzuhören, seine Geschichte wertzuschätzen, mit ihm über Lösungen nachzudenken. Was er nicht formulieren kann, aber zwischen den Worten deutlich wird: Er wünscht sich Zuwendung, Freundschaft, Liebe und nicht nur eine gesetzestreue »Verwaltung« und Behandlung seiner »Schwererziehbarkeit«.

Ich verabschiede mich gerührt und nachdenklich und biete ihm an, er könne mich kontaktieren, ohne zu glauben, dass er dazu den Mut aufbringen wird.

Autorität

Sie war etwa 50 Jahre alt, unscheinbar auf den ersten flüchtigen Blick in ihrer einfachen Schwesterntracht. Freundlich und aufmerksam empfing sie jeden. Sie bewahrte auch in komplizierten Situationen mit Eltern oder Schülern ihre Ruhe. Ihr Lächeln drückte Wertschätzung und Unvoreingenommenheit aus. Sie war die Direktorin der Schule und zugleich ihr ruhender Pol. Sie gehört zu den Menschen, denen ich gerne ein Denkmal widmen würde. Als Inschrift würde ich schreiben: »Sie ist eine glaubwürdige Christin.« Das Schöne an ihr war, dass sie »echt« war. Sie konnte sagen, was sie dachte, ohne zu verletzen, auch wenn es sich um eine Kritik handelte. Sie war Angehörige eines Ordens und Leiterin einer Lehrergemeinschaft. Sie achtete alle Kollegen und Kolleginnen und verlangte keinerlei heuchlerische Frömmigkeit. Sie schaffte uns sogar eine Organisation vom Leibe, die in der Schule das christliche Wohlverhalten des Kollegiums überwachen wollte. Wie oft wird über Menschen hinterrücks Kritik geübt. Nichts Derartiges war über sie zu hören. Sie war einfach menschlich und strahlte zugleich eine natürliche Autorität aus. Sie machte die andern nicht kleiner, sondern ließ sie wachsen. Sie war eine »Seele«. Zugleich erfasste sie aber sehr schnell Situationen und wusste sich zu helfen.

Auf diese Weise hat sie mir einmal einen großen Dienst erwiesen. Eines Tages sprach mich in der U-Bahn ein Mann mit arabischem Akzent an. Ich wollte nicht mit ihm sprechen, etwas warnte mich innerlich. Aber er ließ nicht ab. Er stieg mit mir aus und dann wieder mit mir in die Straßenbahn ein, die ich zu meiner Schule benützen musste. Ich wollte ihn abhängen, aber er hörte nicht auf zu sprechen. Was er sagte, traf mich sehr. Er erzählte mir von meiner Familie, von meinen Lebensumständen, die damals wegen der Erkrankung meines

Mannes schwierig waren. Er sagte mir so viele Details auf den Kopf zu, die alle zutrafen. Ich war frustriert. Ich benützte damals noch nicht das Internet und konnte mir das nur so erklären, dass er mich persönlich ausspioniert hatte. Wer ihm so viele Details geliefert hatte, weiß ich bis heute nicht. Ich war schockiert und sagte ihm, ich wolle nichts mit ihm zu tun haben. Da wurde er anmaßend und meinte, ich werde mit ihm zu tun haben müssen. Wollte er mir drohen? Wollte er mich für seine Zwecke einspannen? Wollte er durch mich über jemanden andern etwas erfahren? Ich wusste mir nur mehr eine Hilfe. Und die bekam ich auch.

Er blieb einen Schritt hinter mir, als wir den Eingang des Schulhauses erreichten. Ich bat meine Schwester Direktorin herauszukommen und informierte sie, dass er mich verfolge. Sie ging bis zur Tür, blieb in ihrer bescheidenen Erscheinung stehen und sagte mit unbeugsamer, aber nicht grober Autorität: »Verlassen Sie dieses Grundstück und hören Sie sofort auf, meine Kollegin zu verfolgen! Ich möchte nie mehr etwas von Ihnen hören.«

Diese ruhige, klare und wirksame Autorität ist schwierig zu beschreiben. Aber sie tat ihre Wirkung. Er drehte sich wortlos um, ohne auch nur versucht zu haben, sich zu rechtfertigen. Ich wurde nie mehr von ihm belästigt. Manchmal denke ich, er reagierte nicht auf ihre Worte, sondern auf ihre Erscheinung. Wirklich religiöse Menschen achten einander, auch wenn sie einer anderen Religion angehören. Vielleicht hat er diese Sprache verstanden.

Etwas später knackte mein Telefon, ich forderte den, der sich eingeschaltet hatte, auf, sich zu melden. Und – welche Überraschung – er tat es wirklich. Aus dem was er sagte, konnte ich begreifen, dass es sich um den gegnerischen Geheimdienst handelte und auch, welche Person eigentlich ausspioniert werden sollte. Auch er hat sich auf meine Antwort hin nicht mehr gemeldet.

Die stumme Sprache

Geschmeidig und selbstbewusst wie jemand, der Bühne oder Vortragspult gewohnt ist, schritt er durch das Gartentor. Am Hauseingang erwartete ihn Schwester Direktorin. Ihre Persönlichkeit schimmerte auch in dem einfachen Nonnenkleid durch – bescheiden, freundlich, aber selbstsicher, kritisch und abwartend.

Als er sie wahrnahm, geschah im Besucher eine Verwandlung. Er dämpfte seinen Schritt und kam ihr wie ein demütiger Bittsteller entgegen. Von einer Sekunde auf die andere konnte er seine gesamte Erscheinung auf die passende Wellenlänge umstellen. Es war faszinierend, wie dieser weltgewandte Professor und Pantomime, der von der Fachwelt Lob gewohnt war, mit freundlicher Bescheidenheit die Schule betrat.

Er hatte sich angeboten, die Kinder der Theatergruppe zu besuchen, weil er mit der Familie von deren Lehrerin bekannt war. Jeder hätte gedacht, dass der bedeutende Mann so präsent wie in der Öffentlichkeit in den Raum treten würde. Weit gefehlt! Er kam, als sei er der ältere Bruder dieser Mädchen, der schnell einmal vorbeischaute, um ihnen einige Tipps zu geben. Er begrüßte die eine, die andere, kannte in bewundernswerter Schnelligkeit ihre Namen und setzte sich wie zufällig hin.

Neugierig umringten sie ihn, weil er ihnen ja schon angekündigt worden war. Sie schauten und lauschten, als wollte er ihnen nun eine Rede halten. Aber er war ja nur der »ältere Bruder«. Er nahm die erste bei der Hand und fragte sie etwas, das bei ihr eine spontane Antwort hervorbrachte. Sie drehte sich zu ihrer Kollegin, die gerade vom »älteren Bruder« etwas zur Seite geschupst wurde, worauf die dritte meinte: »Können wir das nicht anders probieren?« und vorzeigte, wie sie es machen wollte. In Kürze waren alle 8 Mädchen im Agieren, ja noch mehr, im Wechselgespräch und in dramatischer Spannung. Ohne theoretische Einleitung hatte er sie einfach mitten in eine Szene hineingeführt. Mit der ihnen eigenen jugendlichen Spontanität und Einfallsfreude entwickelten sie seinen Impuls zu einem richtigen kleinen Theaterstück. Die Lehrerin sah atemlos zu. Keine noch so brillante Vorlesung oder Einführung hätte ihr mehr methodischen Anschauungsunterricht geboten als diese fast unscheinbare Kommunikation des Professors mit ihren Schülerinnen.

Auch als es Zeit für ihn zum Gehen war, löste er sich von der Gruppe nicht mit einem einfachen »Gut habt ihr das gemacht. Super!«, sondern er verabschiedete sich von jeder Einzelnen und gab ihr das Gefühl, dass sie das Richtige gemacht habe und dass es wunderbar sei, dass sie hier dabei sei.

An seinem Abschied war überhaupt nichts Plakatives, Übertriebenes oder Unechtes. Er vermittelte einfach nur den Eindruck, dass es gut sei, wie es ist, und dass er glücklich über die Begegnung war.

Dieses Zusammentreffen von so unterschiedlichen Menschen war wie eine stumme Demonstration von Meisterschaft und erklärte, warum der weltbekannte Professor mit seinem Buch über die Körpersprache solchen Erfolg hatte. Mindestens die Hälfte der Kommunikation mit den Kindern führte er »nonverbal« aus. Was er sagte, war nicht entscheidend, sondern wie er sich verhielt. Es fühlte sich auch »echt« an. Die Schülerinnen spürten seine Wertschätzung und er die ihre.

Trocken ausgedrückt: Es war eine Win-Win-Situation.

Ein Skript

Wenn wir einander alle 10 Jahre beim Matura-Treffen wiedersehen, müssen wir nicht nur einige neue Falten in unsern Gesichtern zur Kenntnis nehmen, sondern auch viele neue Geschichten von einander hören und verarbeiten. Bisweilen geht es darin um schöne, erfolgreiche, warmherzige und mitreißende Erlebnisse, oft aber werden in gedämpftem Ton unglaublich schmerzhafte Ereignisse berichtet. Wir kennen einander seit 65 Jahren. Blind würde ich jede einzelne an ihrer Stimmfärbung und Sprechweise erkennen. Wir sind einander noch vertrauter geworden, als wir es in der Schule waren.

Bei jeder einzelnen von uns ist in den vergangenen Jahren sehr viel geschehen. Das Leben von jeder von uns ist wie ein Skript für einen Roman oder für die Bühne. Ich umreiße kurz das, was mir von meiner besten Freundin bekannt ist.

Sie ist von einer privaten Schule zu uns in die Oberstufe gekommen. Ihre Eltern sah sie nur in den Ferien, sie wohnte selbständig in einem gemieteten Zimmer. Etwas langsam war sie in ihren Bewegungen, aber schnell und brillant im Geiste. Für mich war sie eine Gesprächspartnerin, die mir von einem Leben erzählte, wovon ich als ein sehr behütetes Kind keine Ahnung hatte. Aber ich hatte Phantasie und integrierte alles in meinen eigenen Erfahrungsschatz. So wurde ich auch manchmal zu ihrem Klagebaum. Auf alle Fälle war ich ihr ein fester Halt, die Schule überhaupt fertig zu machen, wie ich schon früher erzählte. Mit ihr konnte ich vor allem wunderbar über Kunst und Literatur sprechen. Das bereicherte mich sehr.

Mit 20 hatte sie schon einen Sohn, heiratete einen damals staatenlosen Mann und wanderte bald danach mit ihm nach Amerika aus, wo er in seinem Beruf an Hochschulen arbeiten konnte. Sie wechselte auch in Amerika öfter ihren Wohnort und versuchte dort als Lehrerin zu arbeiten. Über diese Jahre weiß ich nicht sehr viel. Der Mann besuchte uns manchmal und wollte auch meinen Mann nach Amerika mitnehmen, indem er ihm immer versprach, sich für ihn auf Hochschulen einzusetzen. Mein Mann hielt ihn für »schillernd« und lehnte ab, weil er immer vermutete, hier könnte es sich um Anwerbung für einen Geheimdienst handeln.

In Wirklichkeit glaube ich, dass der Mann meiner Freundin viel früher als wir bemerkte, dass beide jüdischer Herkunft waren. Dass dies so war, merkte ich erst, als ich das Foto der Tochter meiner Freundin näher betrachtete und sie danach fragte. Wir hatten ganz unabhängig uns mit einem Schicksal verkettet, das in mancher Hinsicht für uns um eine Nummer zu groß war.

M. gelang es, mit ihrem Mann nach vielen Jahren wieder nach Europa zurückzukehren und hier in der Schule zu arbeiten. Ihre bereits erwachsenen Kinder blieben in USA. Der Sohn studierte und konnte Karriere machen. Aber die Tochter geriet ins Drogenmilieu. Es ging ihr sehr schlecht. Noch heute bewundere ich M., wie sie es schaffte, die Tochter zu sich zu holen. Die Therapie war erfolgreich und die Tochter fand einen Partner. M. besuchte oft ihre Enkelkinder, Kinder der Sohnes, in New York. Ihr Mann wurde nach seiner Pensionierung ebenfalls krank. Sie erlebte bis zu seinem Tod schwierige Jahre mit ihm. Auch ihren Bruder hat sie früh verloren.

In der folgenden Einsamkeit wusste sie sich wieder ein eigenes Leben mit Freundinnen einzurichten und ihre Interessen weiter zu verfolgen. Mit ihren Kindern ist sie in gutem Kontakt, aber eben in »Fernkontakt«. Sie lebt allein, reist aber viel.

Vor einiger Zeit schickte sie mir ein berührendes Gedicht ihrer begabten Enkeltochter. So lebt die Begabung von M. weiter. Das finde ich so schön am Leben: Es geht mit jungen Köpfen weiter, und alles fängt wieder neu an. Das Vergangene gewinnt noch mehr Sinn im Lichte dieser Zukunft.

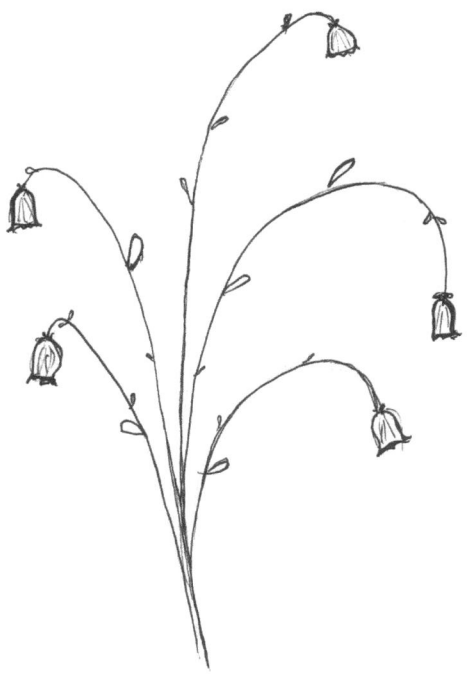

Gewandt auf internationalem Parkett

Wieder ruft sie an und sagt wie immer: »Wann können wir uns treffen, ich hab euch so viel zu erzählen. Es geht mir gar nicht gut.«

Auch dieses Mal treffen wir einander bei einem feinen Essen. Wir horchen zu, was sie so sehr bedrückt. Wie bei den anderen Malen geht es aber keineswegs um persönliche Schmerzen oder um die liebe Familie, die Wege geht, die sie nicht gutheißen kann.

Es geht um das Leiden in der Welt und um die Dummheit der sie umgebenden Menschen.

Das klingt überheblich. Wird aber sofort verständlich, wenn man ihren Lebenslauf kennt: Übersetzerin für Ministerien und Großunternehmen, vertraut mit dem politischen Parkett der EU, Wissenschaftlerin und Lehrbeauftragte an der Universität, in mehreren Sprachen aktiv, darunter dem Arabischen und Hebräischen, bekannt mit einigen diplomatischen Vertretungen aus dem Ausland in Wien – und nicht zuletzt Oma von vielen Enkeln, von denen die Mehrzahl im Ausland lebt.

Wenn sie von Vorfällen, über die sie sehr betroffen ist, erzählt, dann ist das Information aus erster Hand und nicht durch Journalisten mundgerecht gemachte Katastrophen-Angstmache.

Heute erzählt sie von einem Kriegsgebiet, in dem sie Freunde hat, mit deren Hilfe sie direkt Geld an hungernde Kinder weiterleiten kann. Sie hat dazu einen Verein gründen müssen. Sie versucht anderen zu erklären, dass es sinnlos sei, Geld über die Entwicklungshilfe oder große NGOs in jenes Gebiet, das sie gut kennt, zu senden. Solches offiziell geschickte Geld verrinnt in den Taschen der dortigen Machthaber und ihrer Freunde. Auch wenn vielleicht nicht alles Geld auf diese Art verschwindet, kommt doch äußerst wenig bei den wirklich

Hilfsbedürftigen an. Gewiss, man hat solches vermutet, aber wenn man es von einem Menschen mit persönlicher Erfahrung hört, ist die Enttäuschung noch größer.

Nun stellt euch vor, wir sprechen über das alles bei einem vorzüglichen Abendessen, das wir zum Geburtstag spendiert bekommen haben!

Etwas stimmt doch da nicht? Wir werden nachdenklich. Da gibt sie zu, dass sie sich tatsächlich oft schämt, dass es uns so gut geht und andere fast verhungern.

Als Kinder haben sie und ich zwei gegensätzliche Erfahrungen gemacht. Bei uns hieß es: »Seid froh, dass ihr etwas zu essen habt, andere hungern!« Wir waren damals Selbstversorger aus dem Garten, während meine Bekannte als Kind verschickt werden musste, weil ihre Mutter nicht einmal genug Brot für sie hatte. Wir sind also mit dem Thema aus eigener Erfahrung vertraut.

Unsere nächste Frage ist nun, wie können Menschen im goldenen Westen und Norden verstehen, was Hunger heißt oder wie bevorzugt sie leben können. Wie können wir ein vernünftiges Hilfsbewusstsein wach rütteln. Dazu braucht es zuerst einmal viel Kontakt mit vielen Menschen aus anderen Ländern. Den zu schaffen, sollte ein politisches Programm sein. Nicht nur Studenten sollten diese Erfahrung machen können. Wenn sich der Erfahrungshorizont erweitert, werden vielleicht mehr Leute auch zu direkter Hilfe bereit sein. Wissen sollte nicht nur »frei«, sondern auch mitfühlend machen.

Wenn nicht nur die Mächtigen, sondern viele »normale« Menschen sich auf dem internationalen Parkett träfen, könnten sicherlich bessere Lösungen gefunden werden. Es geht aber vor allem nicht nur um die Öffnung unsrer Hirne, sondern um die unserer Herzen. Klugheit will sich mit Güte paaren.

Menschliches und allzu Menschliches

Zu den Bildern meines Lebens gehören natürlich auch Begegnungen mit Vertretern der katholischen Kirche, der ich noch immer angehöre. Auch bei ihnen interessierte mich, wie sie ihr Amt als menschliche Persönlichkeiten zu bewältigen wussten und wissen. Um euch die Vielfalt dieser »Typen« zu zeigen, lasse ich einige vor eurem inneren Auge vorüberziehen.

Es begann mit unserem Pfarrer in Salzburg-Aigen. Er ist mir bildhaft in Erinnerung, wenn er vor der Kirchentür mit seiner kleinen rundlichen Gestalt mit den Bauern, deren es damals noch etliche gab, »dischkerierte«, wie es mein Großvater nannte. Dabei sah ich wenig Unterschied zwischen dem Doktor der Theologie, den er sich nennen konnte, und den Bauern. Er traf genau ihre Art. Ebenso schien seine menschliche Schwäche, genannt Zorn, durch, wenn die Ministranten sich beim Mischen der Flüssigkeiten ungeschickt anstellten. Da machte er immer eine rügende, scharfe Bewegung mit den winzigen Krügen.

Eine unvergessliche Gestalt war unser Religionsprofessor im Gymnasium. Er wusste, wie man mit gleichgültigen, störrischen, lebhaften und bisweilen sogar interessierten Teenagern umgehen muss. Er gab uns immer das Gefühl, dass er zu uns hielt, uns wertschätzte, ohne uns zu nahe zu treten. Er lachte gerne. Mit diesem Lachen behalte ich ihn als Bild in mir. Es sagte so viel über das aus, was er uns beibringen wollte: Güte, Verstehen, Ehrfurcht, Hoffnung, kritische Beschaulichkeit, Lebensfreude. Er hat es geschafft. Alle haben wir ihn mögen, auch die, für die Religion nur eine Randerscheinung war. Er hätte einen Orden in der Kirche verdient.

Dann kamen die Studentenseelsorger mit ganz unterschiedlichen Temperamenten. Sie entsprachen dem Niveau, das wir von ihnen erwarteten. Aber nicht alle konnten mit ihrer offenen und teils kritischen Einstellung bei ihrem Beruf bleiben. Wie ein Blitz aus heiterem Himmel traf uns z.B. die Bekanntgabe der Laiisierung des Studentenseelsorgers der KHJ an der Technischen Hochschule. Er wurde Psychologe und heiratete eine ehemalige Klosterschwester. Wir empfanden das als ehrlich. Heute würde ich sagen, es wäre auch zukunftweisend gewesen. Auch andere Priester, die dieselbe Entscheidung getroffen hatten, kannte ich. Alle hatten damals das Problem, dass sie nicht weiterhin Religionslehrer bleiben konnten und sich ihr Brot mit einem neuen Beruf verdienen mussten. Nicht nur einmal habe ich mich gefragt, ob das »christlich« sei.

Zu dieser Zeit war ich bei der Legio Mariens – wohl weil ich von zu Hause das Rosenkranzbeten gewohnt war. Wir machten Hausbesuche in Heiligenstadt und sprachen über den Glauben. Ich besuchte Herrn Nenning, den bekannten linkskatholischen Journalisten. Er empfing mich ganz normal, amüsierte sich dann aber köstlich über meine missionarischen Versuche und sagte mir, ein hübsches Mädchen in diesem Alter sollte sich mit anderen Dingen beschäftigen. Natürlich dachte ich darüber nach. Er vertrat für mich eine »modernere« Katholizität.

Mein mystisches Erlebnis mit 15, meine ganz persönliche Offenbarung, war immer stärker als die Enttäuschung über alle Missstände. Sie überlebte auch den Ärger über die Minderstellung der Frau in der Kirche, die mir mehrmals bei meiner Arbeit für die Pfarre Sandleiten und später für die Pfarre St.Martin in Klosterneuburg entgegenschlug. Ein Höhepunkt war, als der Kaplan im Gespräch mit mir und meinem ersten Mann erfuhr, dass ich als Erste von uns Dreien zum Doktor promovierte, obwohl ich schon 3 Kinder hatte. Seinen erstaunen Ausruf: »Was, Sie sind die Erste?« empfand ich als Frechheit. Aber an seinem Priestertum hielt er mit Überzeugung fest, auch wenn ihm dies nicht immer leicht gefallen sein mag. Er wurde von etlichen Frauen in unserer Pfarre offen angeschwärmt. Nur die dickliche Pfarrsekretärin hasste ihn. Er zog sich daher mehr und mehr ins Privatleben zurück und musizierte zum Ausgleich auf seiner Heimorgel. Es gelang ihm, keinerlei »Skandal« zu provozieren. Er war ehrlich. Doch starb er früh an Magenkrebs. Das mag wohl auch eine Folge seiner Anspannung gewesen sein.

Die scheinheilige Sexualität von manchen Personen in der Kirche verfolgte ich u.a. auch am Leiden einer Studienfreundin, die in einen Pater verliebt war und er in sie, bis er sich wegen eines Verweises von oben zurück zog. Sie »blieb« verzweifelt »über«. Die Entscheidung hatte der Abt getroffen. Dagegen gab es aber auch Seelsorger, die zu ihren Frauen standen. Die in meinen Augen »unehrlichen« Kirchenvertreter sind jene, die die Frauen ausgenützt haben, ohne sich zu ihnen zu bekennen. Besonders erzürnen mich versteckte Beziehungen, wenn Kinder darunter zu leiden haben. So wurde mir von einem Pfarrer erzählt, der heimlich für die Ausbildung seiner Tochter im Internat zahlte, aber sich niemals als ihr Vater zu erkennen gab. Und heute werden noch schlimmere Skandale aufgedeckt!

Wir sind mit einem Grundvertrauen in diese Kirche aufgewachsen, das uns dadurch aber sehr erschüttert wurde.

Bleibt eure berechtigte Frage: Warum drehst du dann diesen »Leuten« nicht einfach den Rücken?

Das hat 2 Gründe: Die Bibel hat keinen leichten, aber einen ehrlichen und in diesem Sinne geraden Weg zu Gott versprochen. Sie zeigt die Vielfalt von Verhaltensweisen der Menschen auf und sie kennt das Verzeihen. Fast gewichtiger für mich ist jedoch der zweite Grund. Ich habe großartige, gläubige Menschen kennengelernt, richtige moderne Heilige. Bei ihnen waren Überzeugung, Reden und Leben eins. Sie ließen mich erleben, was christliche Liebe heißt. Sie verkörperten auch das Wissen, dass man dafür kein Dummkopf zu sein braucht. Sie gaben dem Verstand ebenso sein Recht wie dem Glauben. Eine solche »rettende« Persönlichkeit war für mich Kardinal König. Als ich ihn in meiner Jugend bei einer Pfarrvisitation traf, weigerte ich mich seinen Ring zu küssen, er überging es einfach. Als ich ihm schon nach meiner Pensionierung einen frustrierten Brief über die Behandlung von Sexualität und Frauen in der Kirche schrieb, antwortete er Monate später nach der Genesung von seinem Infarkt persönlich. Er versicherte mir, dass auch er mein Anliegen für dringend und berechtigt halte. Er versuchte mir Mut zu geben, indem er meinte, die Kirche sei auf dem Weg zu einer besseren Anerkennung, ja hoffentlich zu einer Gleichstellung der Frau mit dem Mann. Es werde aber noch einige Zeit dauern, bis diese Wandlung in der Realität vollzogen sei. Kardinal König ist vielen bekannt. Deshalb habe ich ihn als Beispiel stellvertretend auch für andere Priester gewählt.

Ich wollte festhalten, dass es immer noch ehrenhafte und wirklich christlich agierende Priesterpersönlichkeiten in der Kirche gibt, um derentwillen ich sie weiter als spirituelle Heimat betrachten kann. Gott sei Dank!

Das Ungesagte und das Unsagbare

Worte können wie ein Geschoß treffen.
Worte können wie eine süße, folgenschwere Versuchung verlocken.
Worte können wie eine milde Brise trösten.
Sie können wie goldgelbes Harz heilen.
Worte können wie luftige Seifenblasen erfreuen und unterhalten.
Worte können wie Feuer verzehren.
Worte können wie unscheinbarer Kies fortrollen, ohne je an ein Ende
zu kommen.
Sie können aber auch wie der Schimmer auf einem Bergsee sein,
der die Tiefe verrät und doch ihr Geheimnis bewahrt.
Manchmal wirken sie wie blanke Kugeln, die nie auf einem Punkt
verharren.
Manchmal treffen sie mitten ins Ziel.
Manchmal retten sie vor verschwommener Unklarheit oder vor ver-
decktem Unwissen.
Immer aber wollen sie auch Gegenworte hervorrufen.
Deshalb sollen sie so ausgewählt und »hingestellt« werden,
dass das Gemeinte auch ihrer Bedeutung entspricht.
Sie sollen sorgsam benutzt werden,
damit das Verstehen erleichtert wird.
Denn da verbirgt sich das Problem.
Worte sind mehr als ihre Bedeutung im Wörterbuch.
Sie können wie ein geschliffener Diamant funkeln,
sie können aber auch wie ein einfacher grauer Stein wirken,
der nichts anderes darstellen will als sich selbst.
Dasselbe Wort kann im Munde des Sprechers zur Waffe, zur Ver-
schleierung

oder zu klarer, sachlicher Aussage werden.
Es kann aber auch in einem Schwall von Emotionen untergehen.
Welche dieser Worte wünscht du dir zu hören?
Welche benützt du, um dich mitzuteilen?
Oder ist es bisweilen sogar besser,
Worte ungesagt zu lassen
um dem Unsagbaren sein Geheimnis nicht ungestraft zu entlocken?

Noli me tangere

Er stand im Zimmer und erzählte Geschichten aus seinem Leben. Sie waren interessant, berührend, lustig, scherzhaft und zugleich wehmütig. Dazu ging er entspannt auf und ab. Seit einiger Zeit war er in Pension und mit seiner Frau aus Amerika wieder nach Europa zurückgekehrt.

Er war hochgewachsen. Grau versteckte sich überall in den gekrausten Haaren. Wie wir alle war er älter geworden seit der Zeit, da er uns das letzte Mal besucht hatte. Aber sein Temperament war noch dasselbe. Sein polnischer Akzent im Deutschen und Englischen war sein Markenzeichen.

Seine Frau bereitete gerade in der Küche das Abendessen vor. Ihm war langweilig. Deshalb kam er so lebhaft ins Reden. Er hatte immer schon hitzige Gespräche geliebt. Ich hörte lange zu und machte mir meine eigenen Bilder im Kopf. Ich stellte einige belanglose Fragen, die ihn nur zu neuen Geschichten anregten.

Und plötzlich stellte ich jene Frage, die alles verändern sollte: vorbei die freundliche Stimmung, vorbei das entspannte Warten auf das Essen und, wie ich später bemerkte, vorbei auch unsere Freundschaft. Die kurze Frage war: »Und wie erging es dir mit den Chassidim?« Denn er hatte vom polnischen Ghetto gesprochen.

Die folgende Explosion war unbeschreiblich: »Das sagst du nie mehr wieder, verstehst du, nie mehr wieder!« Er hätte auch sagen können: »Jetzt hast du ALLES zerstört!«

Sprachlos sah ich zu, wie er wütend und verzweifelt durch das Zimmer tobte. Es war, als hätte ich sein Todesurteil ausgesprochen. Seine Frau kam herein und verhinderte einen tätlichen Übergriff. Ich war zur Salzsäule erstarrt und könnte noch heute nicht sagen, wie sie ihn beruhigt hatte.

Schließlich ging er wortlos und mit tiefer Verachtung aus dem Zimmer. Sie nahm mich in den Arm, um mich wieder »zum Leben zu erwecken«. »So ist er manchmal«, sagte sie.

Was hatte man ihm nur angetan, das solche Folgen hatte! Hier zeigte die Shoa unverstellt ihre Grausamkeit, die über Generationen erst abebben wird.

Ich nenne es heute, da er schon lange tot ist, das »Rühr-mich-nicht-an-Problem«. Ich nehme an, dass dies im Verborgenen manchen Menschenschicksals steckt. Und ich hoffe, dass ich nie mehr daran rühren werde.

Schwärme schwarzer Krähen ziehen über das Feld,
lösen sich auf, sammeln sich wieder,
der Flügelschlag des Winters im Dorf.

Die unbekannte Nachbarin

Fast geisterhaft leise hat sie das Haus in einem Sarg verlassen. Erst am Tag darauf wurde publik, wer in dem Sarg ins Auto geschoben worden war.

Wir hatten sie noch am Vortag in der Fußgängerzone begrüßt. Jeden Tag ging sie ihre Runde. Den kleinen Berg herauf musste sie 3-mal stehen bleiben, um Luft zu holen. Sie war groß und sehr schwer. Unförmig sah sie aus. Meist hatte sie aber Röcke mit einem ansprechenden Muster. Ihr Äußeres war ihr nicht gleichgültig. Sie war in einem Kindergarten als Helferin beschäftigt gewesen. Nun lebte sie sehr zurückgezogen, hatte aber immer ein freundliches Lächeln, wenn man sie auf der Straße traf.

Wie einsam war sie wohl? Wie krank sie war, sah man ihr an, aber wie fühlte sie sich? Sie gab jedenfalls nie auf, wie trafen sie oft im Ort, aber immer allein.

EINEN Besucher hatte sie jedoch. Ich traf ihn vor langer Zeit im Treppenhaus. Weil er ein eigenartiges Auftreten hatte und ich ihn nicht kannte, fragte ich, was er wolle. Er sagte kurz und mit dem seltsamen Ton einer halben Entschuldigung: »Die Frau S. ist meine Mutter.« Was hatte das zu bedeuten? Ich habe ihn nie mehr gesehen. Der Sohn schien sich seiner Mutter zu schämen. Er war gekleidet und frisiert wie ein Dandy, sie dagegen war durch ihre Figur sehr entstellt. Aber sie hat niemanden belästigt, sie war freundlich. So still und einsam ist sie gegangen, wie sie hier die letzten Jahre gelebt hat.

Das hat mich berührt. Wie viel Einsamkeit will ein Mensch und wie viel kann er aushalten? Wie fühlt es sich an, wenn der eigene Sohn sich schämt, der Sohn zu sein? Was wollte er eigentlich damals von ihr. Hat er sie besucht? Warum später nicht mehr? Hat er etwas gebraucht? Hat sie ihm Geld gegeben? Hat er ihr etwas vorgespielt? Ich bin jedenfalls sicher, mir hat er nichts vorgespielt, es war ihm peinlich, sie besuchen zu müssen. Ja, »müssen«, so sah er aus. Aber er verriet noch etwas wie Scham und die Notwendigkeit sich entschuldigen zu müssen. Was ging in ihm vor?

Hat sie es gewusst, gespürt? Wie viel Leid oder Enttäuschung hat sie in ihrem unförmigen Körper vergraben?

Fest steht nur, sie ist völlig allein und leise von allem und allen weggegangen. Oft fragte ich mich schon früher, welche Schicksale sich hinter den Mauern unserer großen Wohnblöcke verbergen, deren Anonymität Segen und Fluch zugleich ist.

Weiße Hortensien

Von draußen höre ich friedliches Kindergeschrei vom Spielplatz des Kindergartens. Mir tut schon seit dem Aufstehen der Rücken weh. So als hätte sich ein drückender Gedanke darin verfangen. Es ist nicht einfach, so etwas aufzulösen. Aber das Spielen der Kinder verändert die Atmosphäre. Etwas Liebes und Lebensbejahendes nistet sich ein. Wo es Kinder gibt, gibt es Zukunft. Auch das Faktische und Praktische, das Nötige und Fordernde, das Mühsame und Ernüchternde, einfach der Druck des Alltags, oft auch die Perspektivenlosigkeit – sie alle treten zurück wie von einem Dimmer abgeschwächt oder ganz abgeschaltet. Ich brauche mir nicht vorzusagen, dass positives Denken hilft. Denn die Situation ist positiv. Ich entspanne mich.

Da sehe ich meine Nachbarin vor mir, wie sie mir gestern mit einem riesigen Blumentopf an der Haustür entgegenkam. »Manchmal brauche ich das«, sagte sie. Da bemerkte ich erst ihre vielen Falten im gut geschminkten Gesicht, ihre traurigen Augen, die nicht zu dem freundlichen Lächeln passten. Etwas bedrückt sie. Sie war für mich immer nur »die Nachbarin«, eine gutmütige, interessierte und aufmerksame, ja auch hilfreiche Person. Eine, die nie akzentfreies Deutsch beherrschen wird, wenn sie es seit 60 Jahren nicht erlernt hat. Damals muss sie nach Österreich gekommen sein. Damals war sie sehr jung und frisch verheiratet. Sie hatten Glück, sie konnte sich mit ihrem Mann ein neues Leben aufbauen. Nun ist der Mann schon lange tot. Sie hat ihrer geschiedenen Tochter geholfen, die 3 Enkelkinder aufzuziehen. Sie hat einen Freund ihres Mannes, der sie immer besucht. Jedes Wochenende duftet es nach feinem ungarischem Essen. Man riecht es im gesamten Flur des vierstöckigen Wohnhauses.

Gestern also mussten wunderschöne weiße Hortensien ihr Mut machen. Wozu? Was ist ihre innere Last? Ihre Familie, ihre Gesundheit, ihre Zukunft, die Schatten des Vergangenen?

Einmal erzählte sie ganz kurz, dass sie als Unverheiratete in einem großen Chor gesungen habe und sogar an der Akademie gespielt habe. Sie habe 3 Instrumente spielen können und auch regelmäßig in einer Gruppe musiziert. Aber dann war nichts mehr... ihre Stimme zögerte ein wenig. Warum? Wollte sie sagen wegen der Heirat, weil ihr Mann Banker war; wollte sie sagen wegen der Flucht? Sie sagte nur: »Wie schade, auch meine Tochter und meine Enkelkinder haben kein Interesse an Musik.«

Diese Trauer um nicht gelebtes Leben ist vielleicht in den vielen Falten ihres gepflegten Gesichtes und im melancholischen Ton ihrer Stimme verborgen. Weiße Hortensien lassen sie vergessen, all dies verdämmern in das Zwielicht der Gegenwart.

Übergang

Wir wissen zwar alle, dass es so manche Veränderungen in unserm Leben gibt. Doch wenn wir mitten in einer solchen stecken, fühlen wir uns in eigenartiger Schwebe und Unsicherheit.

Das trifft in besonderer Weise Eltern, deren Kinder gerade den »Absprung« von zu Hause wagen. Da reißt etwas im Inneren der Mütter oder Väter auf, das sie noch nicht kannten. Das leise Gefühl der Verlassenheit schleicht sich sogar in selbstbewusste Seelen ein.

Ich durfte das kürzlich beobachten.

Nach der Matura entschloss sich die Tochter, zum Bundesheer zu gehen, weil sie dort zur Musik aufgenommen wurde. Nun versucht sie, zwischen Dienstplan und Freundschaften ihre Termine zu koordinieren. Sie spielt auch noch in der örtlichen Kapelle mit. Viel Zeit bleibt da nicht für Besuche zu Hause. Ich konnte das jedenfalls am Verhalten des Vaters bei einem Fest beobachten.

Wir standen in Marschaufstellung bereit, mussten aber auf die Festgäste warten. Da erscheint durch einen Seiteneingang der Vater. Vorsichtig späht er nach seiner Tochter aus. Dann steuert er auf sie zu. Glücklicherweise steht sie in der äußeren Reihe.

Hallo, wie geht es dir? Wie sind deine Termine?

Sie antwortet mit 2 Terminen, die schon feststehen.

Aber wann hast du ein freies Wochenende?

Weiß nicht, steht noch nicht fest, musste mir für heute Urlaub nehmen.

Er geht etwas zur Seite, kommt aber nach wenigen Minuten wieder.

Aber hast du nicht etwa am Sonntag ... frei?

Weiß noch nicht.

Eigentlich hätte er ja sagen wollen: *Ich vermisse dich, du warst schon lange nicht zu Besuch bei uns, wann kommst du denn endlich.* Ihre Antworten klingen etwas unsicher. Wahrscheinlich ist ihr dieses Gespräch vor allen Kollegen nicht recht. Man hört ja schon von Zehnjährigen, dass sie nicht von der Schule abgeholt werden wollen, weil der Vater so »peinlich« sei.

Als die Musikkapelle dann zum Platzkonzert bereit vor ihren Pulten sitzt, kommt er nach dem ersten Stück wieder vorsichtig von der Seite, und die Befragung wird fortgesetzt. Wieder geht es um Termine« ja« oder »nein«. Sie seufzt nur, dass sie heute schon um 6h aufstehen musste, um von der Kaserne hierher zu kommen.

Dabei ist zu spüren, was die beiden wirklich denken.

Sie: *Ich will ihn ja nicht kränken, aber unangenehm ist mir seine Hartnäckigkeit jetzt schon. Wie bringe ich das nur hinter mich.*

Er: *Warum reagiert sie so kühl, ich habe doch auch das Recht, sie bald wieder zu sehen. Es schmerzt irgendwie, wenn sie jetzt so selbständig ist. Aber klar, es muss ja einmal sein.*

Dann entfernt er sich möglichst unauffällig und lässt sie vorerst in Ruhe.

Diese Begebenheit hat mich so sehr an den Schmerz erinnert, als meine Kinder einer nach dem andern und alle fast gleichzeitig sich in ihr eigenes Leben zurückzogen.

Mary

Sie kam aus Kanada und wollte den Ursprüngen ihrer Familie in Tschechien nachgehen. In Wien machte sie bei Freunden Station. Wir lernten sie bei einem Abendessen kennen.

Ihre Kleidung war schlicht, aber elegant. Eine kleine Halskette war der Tupfen auf dem I. Ihr Englisch war gewählt, aber nicht gespreizt. Es entspann sich eine lockere Unterhaltung. Sie erzählte, warum sie hier sei. Sie war mit 18 Jahren nach Kanada ausgewandert Dort lernte sie ihren Mann kennen, einen Techniker. Er war schon tot. Sie selbst hatte bis vor kurzem auch gearbeitet. Ihr größter Stolz war, dass sie für ihren erfolgreichen Mann eine Art Denkmal errichten durfte. Nun wollte sie ihre alte Heimat wiedersehen.

Sie hörte auch sehr genau zu, was wir ihr von unserem Land zu berichten hatten. Mehr noch interessierten sie unsere Familien. Wien sei eine schöne Stadt, meinte sie, sie wolle sich noch etwas Zeit für Besichtigungen nehmen. Sie war voller Zufriedenheit über ihre Reiseerlebnisse und legte uns ihre Pläne dar.

Bei alldem hatte sie Stil. Das worauf man früher in der Erziehung bei Adeligen Wert gelegt hatte, war bei ihr wie eine natürliche Anlage vorhanden. Kleidung, Sprechweise, Körperhaltung passten zusammen. Sie war in ihrer Schlichtheit überzeugend.Doch das allein war es nicht. Von dem, was sie sagte, und dem, wie sie es sagte, ging eine Verzauberung aus. Ich fühlte mich ganz frei, leicht und glücklich. Kannst du dir das vorstellen, die Gegenwart eines dir bislang fremden Menschen erweckt in dir ein Gefühl der Befreiung. Keine Sorgen, keine Schmerzen, keine zeitlichen Einschränkungen, nichts war mehr wichtig. So fühlt sich »erlebte Gegenwart« ohne Druck der Vergangenheit oder Sorge für die Zukunft an. Du spürst, dass du lebst, dass alles passt, dass es schön ist mit dieser Person, dass du glücklich bist.

Das ging von ihr aus. Worte sind dafür schwer zu finden. In ihr war ein Leuchten, das sich auf uns alle übertrug. Sie vermittelte die Botschaft, dass sie mit sich und ihrem Leben eins sei, dass alles stimmig sei, sie strahlte Glück aus. Etwas so Schönes habe ich nur bei ganz kleinen Kindern erlebt, bei denen Denken, Fühlen und Wollen noch eine Einheit sind. Sie können auch so strahlen.

Das war ein Geschenk. Hätten wir uns bei ihr bedankt, sie hätte nicht gewusst, wofür, denn in ihr schien alles zu einer Einheit zusammengewachsen zu sein. Das empfand ich als ihr Geheimnis. So stelle ich mir Engel vor.

C. Vielerlei Begegnungen

Wir sprechen so einfach von »Lebensweg« und meinen damit eigentlich nur die zeitliche Richtung, in der wir gehen. Denn es sind viele Straßen und so manche Abzweigungen, die wir nehmen mussten, von denen wir uns bisweilen fragen, ob es immer die richtigen gewesen sind. Aber eines ist allen unseren Wegen gemeinsam: Wir können sie nur in Gedanken zurückgehen. Dies aber lohnt sich oft, dann wird aus den Gedanken ein Gedenken. So ist es jedenfalls für mich, wenn die vielen unverwechselbaren Menschen innerlich an mir vorbeiziehen, denen ich begegnet bin.

Manchmal standen sie an einer Abzweigung wie meine Freundin, die mich ermutigte, trotz »Querschlägen« in meinem frühen Leben das Studium wieder aufzunehmen. In Dankbarkeit winke ich ihr zu, die so früh verstorben ist. Mit ebensolcher Hochachtung und Dankbarkeit wundere ich mich noch immer, wie zwei wildfremde Menschen meine kranke Tochter über 1000 km heimbegleiteten. Es hat mich trotz aller Schmerzen, die damit verbunden waren, aufgebaut, dass es noch Menschen gibt, die bedingungslos helfen.

Angenehm überrascht war ich auch von der Fürsorge von Polizisten, die mich in New York als Ausländerin bemerkten und so lange als Schutz in der belebten Stadt bei mir blieben, bis mein Mann zurückkehrte.

Menschen waren öfter Schutzengel für mich. Nach der schmerzlichen Trennung von meinem Verlobten, der Aufgabe meines Studiums und einem überstürzten Wohnungswechsel landete ich völlig schwermütig in der stillsten Ecke eines Salzburger Restaurants. Dort wurde ich mit unglaublicher Empathie von einem Kellner nicht bedient sondern »betreut«. Ohne Worte verstand er meine Verzweiflung. Er nötigte mich nicht, etwas zu bestellen, fragte nur manchmal, ob alles in Ordnung sei. Auf eine unaufdringliche Weise machte er mir Mut. Einen ebensolchen Mut machte mir mein Doktorvater an der Wiener Uni. Er war vorher Professor in Südafrika gewesen. Persönlich überzeugte er mich, dass ich mein erneut begonnenes Studium nicht nochmals aufgeben sollte und bot mir ein Thema an. So promovierte ich schließlich, als mein drittes Kind 1 Jahr alt war.

Auch die Tochter eines Pastors wurde zum Schutzengel für mich, als sie mich aus tiefer Verzagtheit wegen Überanstrengung und Perspektivenlosigkeit von einem einsamen Flecken »zurückholte«. Sie hatte als meine Zeltnachbarin meine Lage begriffen und war mir einfach nachgegangen.

Der Tod meines ersten Mannes und das nahende Lebensende meiner Eltern stürzten mich in das Gefühl einer großen Verlassenheit. Auch da hatte ich ein wunderbares Erlebnis im Zug von Innsbruck nach Wien. Der Personalchef einer bedeutenden Firma, später in einem hohen staatlichen Amt (wie ich aus dem Fernsehen erfuhr), sprach mich an. Mit seinem psychologischen Geschick der Gesprächsführung kamen wir sehr schnell auf meinen wunden Punkt. Er verstand es in der kurzen Zeit, mich als Frau und Persönlichkeit als einzigartig aufzubauen, so dass ich das Gefühl bekam, ich würde alles wieder schaffen, was ich mir vornahm. Und ich schaffte es auch, ich fand wieder eine wunderschöne menschliche Heimat in meinem zweiten Mann

Ein anderes Mal brachten mich Menschen zum Lachen wie meine Zimmerkollegin aus Japan, die so herzhaft kichern konnte, als mein erster Mann zum ersten Stelldichein mit einem völlig verbeulten Käfer ankam. Ihm konnte man nicht gerade Effekthascherei vorwerfen. Mein späterer umtriebiger Schwager sorgte für einen fröhlichen Einstand in die neue Familie meines 2. Mannes. Er konnte als Südtiroler laut und vergnügt mit den italienischen Polizisten in ihrer Sprache Witze reißen und trug damit viel zur Entspannung bei.

Als ich studierte und mein Kopf vollgestopft mit theoretischen Hypothesen und Analysen war, sehnte ich mich manchmal nach dem »einfachen Leben«, wie ich es von meinen bäuerlichen Großeltern gewohnt war. Da hat mich ganz besonders eine Begegnung im Zug von Wien nach Graz berührt. Ich kam ins Gespräch mit einem steirischen Holzknecht. Er wunderte sich, dass ich studierte, und erzählte von seiner Arbeit. Dann sagte er, wenn er müde heimkomme und seine Frau seine nassen Socken zum Trocknen aufhänge, dann spüre er, was Wärme und Liebe ist.

Menschliche Wärme und Empathie habe ich von vielen erfahren. Wenn meine japanische Musikkollegin, von Beruf Verkäuferin, mit ihrem wunderschönen Klarinetten-Ton in der Probe neben mir sitzt, reißt sie mich mit. Obwohl wir beide Amateurinnen sind, nimmt uns die Musik im Einklang für diese Stunde gefangen.

Eines Tages trudelte eine große Kiste aus Israel bei mir ein. Ich war vorsichtig beim Auspacken, erkundigte mich bei der Polizei – und stand schließlich vor unzähligen Orangen, die mir als Dank für die Vermittlung eines israelischen Musikschülers an den »Stolz« unserer Familie, unseren Flötenprofessor auf der Akademie, gesandt worden waren.

In lieber Erinnerung habe ich auch die so verschiedenartigen Babysitterinnen meiner Kinder aus England, Dänemark, Finnland und Frankreich. Sie alle brachten »Welt« in unser Heim. Und wir versuchten, sie für unsere schöne Stadt Wien zu begeistern. Einen ungewollten Streich spielte ich Nette aus Dänemark, als ich mit ihr abseits von den Wegen durch den Tiefschnee zu den Gehöften auf den Gaisberg stapfte. Sie war hartnäckig, wollte nicht aufgeben und bewunderte unsere Berge.

Unsere Mieter aus dem Iran und der Türkei sind ebenso unvergessen. Der Perser, ein TU-Student, konnte wunderbar kochen. Ich korrigierte seine deutschen Aufsätze. Derja aus der Türkei las mir seine Gedichte vor. Ich verstand kein Wort, aber am Klang und Rhythmus erkannte ich, dass es sich um Wasser und Wellen handelte.

Vieles ereignete sich auch, als Gastarbeiter bei uns waren. Ich füllte mit ihnen Formulare aus, half den Frauen beim Arztbesuch und radebrechte mit ihnen in serbokroatischer Sprache. Später half ich den Kriegsflüchtlingen beim Deutschlernen und hörte mir ihre schrecklichen Geschichten an. Ich habe alle Stunden, die ich dafür einsetzte, mit Freundschaft und bisweilen sogar Hilfe (Ausmalen der Wohnung) zurück bekommen.

Ein großes Erlebnis war für mich die Bekanntschaft mit Freunden meines ersten Mannes aus Südamerika. Ich bestaunte bei unserem Besuch auf dem Landgut seines früheren Studienkollegen nicht nur die wunderschönen Pferde und die weiten Felder, sondern auch seine großzügigen sozialen Einrichtungen für die Landarbeiter.

Ebenso war ich berührt vom Eifer eines befreundeten Arztehepaars aus Brasilien. Sie besuchten uns, als sie auf einer Reise nach Indien waren, wo sie sich für Aufklärung und Geburtenkontrolle einsetzten. Sie hatten wohl Erfahrung aus den Armenvierteln ihrer Heimat.

In Chile wurden wir von einem befreundeten Sozialarbeiter zu einer Ruka, der Behausung von Mapuche-Indianern geführt. Dort begriffen wir die eigenartige Verschmelzung von alten und neuen Glaubensvorstellungen. Den schwer kranken Säugling wollten sie »gesundbeten«, teils mit christlichen Gebeten, teils mit Verneigungen vor der indianischen Gebetssäule vor ihrer Hütte. Von einem Arzt wollten sie nichts wissen.

Ein anderes Mal verblüffte mich ein anderer Studienkollege meines Mannes. Plötzlich erhielt ich eine Einladung zu einem Empfang des Präsidenten von Costa Rica, der der Freund nun geworden war, in einem Wiener Hotel. Auf meine Mitteilung, dass mein Mann schon verstorben war, erhielt ich die dringende Bitte, doch selber zu kommen. Es war eine eigenartige Situation, die mir die Gastfreundschaft dieser Länder voll zu Bewusstsein kommen ließ.

Auch in Wien traf ich so viele freundliche Menschen aus mehreren Ländern. L. aus Bulgarien spielte wunderbar Klarinette. In Bulgarien war er Mitglied eines Orchesters gewesen. Wir lernten ihn in einem unserer Amateurorchester kennen. Er konnte seine Familie in Bulgarien nicht von seiner Pension allein ernähren und verdiente hier als Straßenmusikant u.a. auf der Kärntnerstraße dazu, was ihm fehlte.

Da darf auch nicht unsere »Tante M.« aus Budapest fehlen, die uns oft besuchte und Geschenke mitbrachte, die sie sich für sich selber nicht leisten konnte. Sie war ein Original, das sich und ihre Familie mit Klugheit und Arbeitseifer durch die schwierigen Jahre hinter dem Eisernen Vorhang durchbrachte. Bewundert habe ich sie, als sie mit einem wütenden und wortreichen Auftritt vor der Polizei unseren verlorenen Koffer wieder zum »Auftauchen« brachte. Wie hat sie sich getraut, in einem solchen System ein »Donnerwetter« gegen die »Staatsgewalt« zu veranstalten. Aber ohne dieses hätte keiner von den Zuständigen auch nur einen Finger gerührt.

Ebenso unerbittlich war Tante A. aus der Schweiz, die meinen renitenten Sohn einfach mitten auf einer ihm unbekannten Straße zur Strafe aus dem Auto »aussetzte«.

Dagegen erleichterte die kultivierte und freundliche Tante K. aus England mir die Aufnahme in der Familie meines ersten Mannes, während eine andere mich nicht einmal in ihrer Wohnung in London empfing.

Da kommt mir Jorge aus Valencia in den Sinn. Er hatte eine Wohnung mit großartigem Dachgarten mitten in der Stadt. Wie er es mit drei Frauen, die sich kannten, aber in verschiedenen Wohnungen lebten, schaffte, verstehe ich immer noch nicht. Er war ein Dichter, also eigentlich ein Bohemien. Aber er half uns, unser durch einen Überfall verwüstetes Auto aus einer Tiefgarage wieder zu bekommen. Die Polizei hätte es ohne seine Aussage nicht herausgegeben.

So ziehen sie alle an mir vorbei und mit ihnen noch die vielen, die ich euch gar nicht genannt habe. Ich habe sie an oft entscheidenden Punkten meines Lebensweges kennengelernt und manchmal haben sie mich eine Weile begleitet, ehe sie wieder ihre eigenen Wege gegangen sind. Sie kamen aus ganz verschiedenen Ländern. Allen gemein ist eine große Menschlichkeit. In Erinnerung an meine Kindheit, die von ebenso vielen verschiedenartigen Menschen geprägt war, verstärken die Erlebnisse mit ihnen meine Überzeugung, dass wir EINE Welt sind, weil die Nöte, Freuden und Hoffnungen bei allen Menschen sehr ähnlich sind. Wir kennen nur so wenige von ihnen und vor allem, wir haben mit so wenigen persönlich gesprochen. Aber immer, wenn ein Kontakt entsteht, kommt es auch auf uns an, welche Qualität er hat. Die Überzeugung von der EINEN Welt hat etwas Befreiendes, das ich von Herzen weitergeben möchte.

III. Stumme Freunde

Bis zum Himmel – Bäume

Als Kind fragte ich mich immer, wenn ich unter unserer Eiche im Garten stand und bis zur Spitze hinauf sah, wie viele Meter es wohl bis zum Himmel seien. Mindestens so viele, wie unsere Eiche hoch war, war das Ergebnis meiner Überlegungen. Heute ist aus dieser eher praktischen Frage ein Symbol für mich geworden: Bäume erscheinen mir wie die Leiter zum Himmel. Die Entfernung wird unwichtig. An der Spitze der Bäume kann ich abheben ins Himmelsblau, dort lasse ich meine Träume wie Wolken schweben. Wenn sie ein Gewitterwind verdunkelt, kehren sie nach der Entladung wieder zurück und segeln weiter ins Unabsehbare hinein. Als Kind beherrschte ich diese Traumreisen vollkommen. Heute brauche ich besonders schöne Himmelsleitern, um wieder von der Lebensrealität abheben zu können.

So eine war unsere Pappel am Ende des Gartens. Sie war wie eine Himmelsrakete – so gerade, so hoch und so spitz. Sie diente den Vögeln als Heim. Besonders rührte sie mich, wenn nachts der Ruf ihres Käuzchens erklang. Was hatte dieser Nachtbewohner alles zu sagen? Die Menschen meinen, er verkünde Unglück. Aber ich mochte ihn. Das Käuzchen machte unsern Garten zu etwas Besonderem. Nahe dem Fuß der Pappel waren unsere Igel zu Hause. Bei ihnen weißt du ja nie genau, wer Frau oder Mann ist – wie in der Fabel. Außerdem kannst du nicht abschätzen, ob der Igel, dem du nächstes Jahr ein Schälchen Milch bringst, nun noch zu den Eltern gehört oder schon das Kind ist. Auf diese Weise begleiteten sie uns viele Jahre. Sie waren ja durch ihre Stacheln vor Katzen und Mardern geschützt. Die

Pappel rauschte dazu ihre Windlieder und das Käuzchen sang seine Wiegenlieder.

Oft kletterte mein Blick an diesem markanten Baum, der mindestens doppelt so hoch wie unser Haus war, empor. Dort oben wohnte für mich die Freiheit, die mir immer wieder von den Mühen des Alltags eingeschränkt schien. Wenn meine Augen dann wieder zurück kamen und den Boden abtasteten, waren sie erfrischt, und ich hatte neuen Mut gesammelt.

Eine ganz andere duftende und anmutige Freundin belebte meine Ferientage am Gardasee. Nahe des Ufers gab es ein schlankes Zypressenpaar. Die eine Zypresse war noch höher und biegsamer als ihre Schwester. Sie war unsere Windanzeigerin. Sie irrte sich nie und verriet zusammen mit ihrer Gefährtin allen, wann der Wind von Norden her kam, wann er drehte (die einzige Zeit, in der sie pfeilgerade in den Himmel standen) und wann er von Süden kam. Ob Ventus oder Ora – sie taten ihren Dienst. Manchmal gab es auch Gewitterstürme. Da bogen sie sich hin und her, soweit sie nur konnten, aber sie waren so elastisch, dass sie niemals brachen. In ihnen war ein eigenes verborgenes Leben und eine unwahrscheinliche Anmut, wenn sie sich bewegten. Wenn ich allein am Strand auf die Heimkehr der Surfer wartete, raunten mir diese Bäume ihre verborgenen Geschichten zu. Ich war glücklich und spürte das Leben in mir wie als Kind in der Wiese.

Mit einer Verbeugung an meinen »Frühlingsbaum« möchte ich mich von meinen großartigen Freunden verabschieden. Der Kirschbaum verwandelte unsern Garten jeden Frühling in ein Meer von weißen Blüten. Du konntest spüren, wie das Leben aufging, wie es wärmend und energiespendend einen neuen Durchlauf durchs Jahr begann. Ein stiller Jubel regte sich in mir, wenn ich dieses Bild erlebte. Leider hat ihn der Sturm gefällt, aber in meinem inneren Bilderbuch ist er unsterblich genauso wie die Pappel, die einem Neubau zum Opfer fiel. Nur die Zypressen treiben noch ihre Windspiele. Längere Zeit habe ich sie nun nicht sehen können. Aber ich werde sie sicher wieder besuchen! Inzwischen trösten mich die Schirmföhren bei unsern häufigen Besuchen am Kalenderberg, einem Biosphären Paradies, das jetzt »mein Garten« ist.

Wie die Zypresse
die Anmut erhalten
nicht zerzausen
zerfleddern
sich spalten
brechen im Wind,
nur mit einem Neigen
selbstgewusst zeigen
wie alle Angriffe
vergänglich sind.

Der Kreis schließt sich – Landschaften und Städte

Mehr als die Hälfte des Jahres ist schon vorbei, das Korn wird geschnitten. Es riecht nach Stroh, und der Wind fährt durch die hohen Halme am Rand der Landstraße. Ein Hase will über die Fahrbahn springen und dreht noch rechtzeitig um, ehe wir vorbeibrausen. Das Land ist schläfrig im Mittags-Licht und gegen Abend von einem leichten Rotschimmer überzogen. Es ist ruhig, viele sind in den Süden gefahren. Da breitet sich ein sanftes Verschmelzen von Bildern in mir aus. Das milde, verschlafene Weinviertel wird zum Alpenvorland meines lieblichen, heimatlichen Flachgaus. Es überlagert die vielen Kuppen und Wäldchen des geschäftigen Oberbayern und beginnt auf einmal zu träumen von den weiten Feldern Litauens, von den Hügeln der bäuerlichen deutschen Sprachinseln auf dem Balkan und den sommerlich heißen Plätzen in Galiläa. Die weiten Felder des südlichen Kanada erscheinen als Flugbild. Aus dem alltäglichen Weinviertel wird ein Bilderbuch, in dem freudige und traurige Erlebnisse im Gedächtnis wiederkehren.

Nicht anders ist es, wenn ein Stadtbummel durch Wien die Seele zum Schwingen bringt. Dort leuchtet eine Kuppel hinter dem Grün des Parks auf, hier erzählt eine Skulptur von vergangener Größe, daneben glitzert die Sonne im Springbrunnen. Menschen sitzen auf dem Rasen oder gehen fotografierend umher. Manches Motiv wird zur Erinnerung in die Kamera gebannt. Es liegt etwas wie ungezwungene Zwecklosigkeit in der Luft, ein Hauch von Zeitlosigkeit. Die alten Kirchen, die stilvollen Fassaden, die Fiaker-Pferde – sie alle verzaubern die Gegenwart mit Überlieferungen aus der Vergangenheit. Da steigen aus der Tiefe der Kindheit die prächtigen Plätze und Bauwerke Salzburgs wie ein innerer Film auf, das herrschaftliche Klosterneuburg meldet seine Schönheit an, das bierselige München, der Stephansdom zaubert all seine Vettern ins Gedächtnis wie den gewaltigen Kölner Dom. Das Hauptstadtflair und fürstlich, kaiserliche Reminiszenzen rufen die Bilder von Paris oder London auf. Budapest und Prag sind wie Schwestern in der Erinnerung. Die Schönheit in der Gegenwart ist nicht mehr nur Selbstzweck, sie lässt auch schöne Vergangenheitsbilder aufleben.

Aber manchmal sind es schwermütige Bilder, die auftauchen. Wenn ich einen Bettler antreffe, einen Straßenmaler oder einen Musiker, der sich den ganzen Tag mit wenigen Melodien abmüht, dann fühle ich durch mich eine Welle von Schmerz hindurchgehen. Ich spüre ihren Hunger, ihre Perspektivenlosigkeit, ihre Vereinsamung. Was hat sie so weit gebracht. In den nun 80 Jahren meines Lebens hat sich an diesen Bildern nichts geändert. Man sagt, dass die Zeiten besser geworden sind, aber sie sitzen oder stehen noch immer wie anklagend in unseren Straßen. Warum können wir dies nicht zum Besseren wenden?

Und mein Herz weint, wenn ich an den denke, der dies alles nicht nötig hätte.

Die alte Stadt

Steingrau und weise
kündet von Jahrhunderten dein Gesicht,
aber unerbittlich
hält die Gegenwart über dir Gericht.
Steingrau und weise
träumt in deinen Höfen Vergangenheit,
tasten Türme in den Himmel mit dem Wolkenschiff,
doch wie auf stürmischem Riff
brandet drüber die Hektik der Zeit.
Steingrau und weise
raunt die alte Stadt
und der Wind flüstert leise,
ob auch dein Herz noch eine Heimat hat.

Kaleidoskop von Sinneseindrücken

Menschen, Orte, Ereignisse – bunt schillernd, verschwimmend, assoziativ sich neu ordnend – schwirren durch das Gedächtnis und werden immer reicher und wechselhafter, je älter wir werden. Doch unser seelisches Bildergewebe besteht aus noch viel mehr. Töne, Gerüche, Lichteindrücke, Berührungen vermischen sich ebenso. Werden sie durch einen Reiz angestoßen, öffnen sie bisweilen eine Innensicht wie in einem Fernrohr. Vergessenes lebt auf und wird wie ein Schatz in die Gegenwart gehoben.

Ein ruhiger, sonniger Herbstnachmittag mit dem viel sanfteren Licht als im Hochsommer zaubert in mir das Bild eines Schulmädchens mit langen Zöpfen und von Oma genähtem Kleid in mein Gedächtnis. Es kommt gerade von der Schule heim und atmet die Freiheit des Nachmittags ein. Zu allererst geht es auf die Schaukel, dann – alles andere! Schön ist es im Garten!

Darüber schiebt sich die Zeit, als ich nach der (ungeliebten) Arbeit in der Steuerkanzlei in die stille Küche nach Hause kam. So eine Erleichterung. Alles fühlte sich an wie ein kaum hörbares Singen, und ein Schweben in mir machte mich glücklich. Immer noch, wenn ich dieses milde Licht eines Septembernachmittags erlebe, kommt dieses Schwingen in mir wieder hoch. Es verklärt meine aktuellen Schwierigkeiten oder körperlichen Schmerzen, und das alte Glücksgefühl erscheint. So einfach kann Glück sein!

Ein anderes Mal ist es ein Ton, der verwirrt oder bezaubert. Es wird z. B nie aufhören, dass der Ton der Sirenen, wenn sie an Samstagen Probealarm haben, mir durch Mark und Bein geht. Nie werde ich meine ersten Jahre unter der Herrschaft dieses Kriegssignals vergessen.

Aber auch in besseren, ja lieblichen Tönen vermischen sich Vergangenheit und Gegenwart in einzigartiger Weise. Der Flötenton der Amsel im Frühling klingt heute beim Spaziergang am Föhrenberg ebenso wie vor Jahrzehnten am Gaisberg. Er entführt mich in das Reich von Natur, Musik und Schönheit. Alles verschmilzt in ihm. Der seelenvolle Flötenton meines Cousins vermischt sich mit dem Klang meiner Klarinette, dem ich oft nachsinne, wenn ich traurig bin. Zugleich habe ich beim Vogelgesang ein wunderbares Gefühl von Freiheit. Es kommt mir vor, als würde der Vogel seine große Lebensfreude in die Frühlingsluft trillern, bevor er siegesgewiss auffliegt.

Und der ähnliche Klang eines Namens kann mich an lang verlorene geliebte Menschen erinnern.

Ein offenes Fenster, aus dem Klaviermusik »plätschert«, zaubert die langen Nachmittage meiner Kindheit hervor, wenn ich mich am Klavier versuchte. Versonnenheit, Einsamkeit, Tagträume, Wehmut, innere Freude tauchen mit den wenigen Takten wieder auf. Sie gleiten in meine Gegenwart und verändern sie ganz unmerklich. Irgendwie spüre ich jedoch, als wäre alles immer eins in mir gewesen, ich war immer eins; die Jahre, die vergingen, konnten nicht viel ändern. Denn ich bin Ich geblieben. Das ist ein seltsames, ein verwirrendes und auch ein beglückendes Gefühl.

Fast noch intensiver berühren mich Düfte. Ich lehne Rauchen grundsätzlich ab, weil es die frische Luft verpestet, nach der ich immer ein großes Bedürfnis habe. Nur ein Geruch ist mir vertraut und heimatlich, der Geruch der Virginia. Auch manche Zigarren vermitteln mir das Erinnerungsbild an meinen Großvater. Er hat uns die ganze Kindheit beschützt und betreut, weil mein Vater ja nicht da war. Weihnachten mit ihm bedeutete den Geruch der Virginia. Es war eine Zeit der Wärme und Gemütlichkeit für uns Kinder. Wenn ich heute ganz selten diesen erlesenen Duft von Virginia oder leichten Zigarren rieche, steht mein Großvater vor mir, bizarr für eine Nichtraucherin.

Thymian-Geruch erinnert mich an heimatliche Almwiesen und das Freiheitsgefühl von Ferien. Uralte Bergerlebnisse werden Gegenwart. Und der Lavendel-Duft führt mich zurück an den Gardasee und seine großartige Umgebung. Dort verbrachten wir viele Urlaube. Ich vermisse ihn sehr.

So könnte ich ohne Ende von Sinneseindrücken erzählen, die alte innere Filme und Bilder mit der Gegenwart verschmelzen. Das strahlt auf wie ein Blitz in mir, so als würde ich auf einen Einschaltknopf drücken. Er lässt sich aber nicht mehr so leicht abschalten, weil er eine Welle von Gefühlen auslöst, die erst ihr Ufer wieder finden müssen.

Aber ich möchte diesen wundersamen »Verknüpfungsmechanismus« unseres inneren Computers auf keinen Fall missen. Es ist, als würde er mein Leben wie in einer beweglichen Kugel in dem unermesslichen Universum speichern und bewahren....und nun gerade geigen mir die Grillen ein Schlaflied wie in den vielen südlichen Nächten, die ich Mitte August erleben durfte ...

Bläulich – weiß – grau
schimmernd im Zwischenlicht
wenn die Seele sich bricht
in den Abend hinein
wie schwimmendes Glas
gestaltlos und blass.
Bis am Grund
die Schattenrisse der Nacht
tausendfach tänzelnd erwacht
dich umfließen
dich umwerben
dich betören
ganz zu ihnen zu gehören.

IV. Tiere, unsere besten Freunde

Vorbemerkung

Stellt euch vor
wir sind ein Chor
in allen Lagen
singen wir von Plagen
die ihr uns angetan
weil euch unbekannt
dass auch bei uns ein tierischer Verstand
im Oberstübchen wohnt
den zu achten es sich lohnt.

Was wären autobiographische Skizzen ohne die Erinnerung an die Liebe und die Lebendigkeit der vielen Tiere, die meine Kinder und Enkel begleitet haben. Tiere sind auch für mich wunderbare Gefährten. Unverstellt und unmittelbar lehren sie uns, in der Gegenwart zu leben und uns nicht in Luftschlössern zu verlieren. Auch sie sind ganz verschiedene Persönlichkeiten. Es ist lustig sich vorzustellen, wie sie die oft seltsamen Einfälle ihrer Herrchen, Frauchen oder Aufpasser beurteilen würden, könnten sie nur sprechen.

A. Was Tiere von uns erzählen

Lebenserinnerungen eines Familienhundes

Noch immer spüre ich, wie er neben mir »herwuselt«, unser »Schnupsi«. Er war ein unverzichtbarer Begleiter der Kindheit meiner Kinder. Unvergessen! Wie viel hätte ich von ihm erfahren können, das mir verborgen geblieben ist, weil er es mir nicht erzählen konnte. Vielleicht wäre dann auch manches besser ausgegangen. Doch es war eine Zeit so voll Leben, so voll Energie, so voller phantastischer Ereignisse, dass es keine nachher ihr mehr gleich tun konnte. Heute darf er selber sprechen.

Wie es anfing...

In einem Einkaufskorb machte ich meine erste große Reise von Budapest nach Klosterneuburg. Ich war gerade mal 6 Wochen alt, als ich meine Herkunftsfamilie verlassen musste. Heute muss ich sagen, es war zwar nicht fair, aber für mich im Endeffekt erfreulich. Ich stammte von bestem ungarischem Hundeadel ab und meine Brüder und Schwestern waren auserkoren, Karriere bei Hundeausstellungen und bei Züchtern zu machen. Ich aber wurde von unserer Gouvernante Melinda aussortiert, weil – ja weil – ihr werdet es nicht glauben, ich einen schiefen Zahn hatte. Sonst war an mir alles perfekt. In meinen besten Jahren hatte ich so schöne schwarze Schnürchen, dass keiner ohne weiteres sagen konnte, wo bei mir vorne und hinten ist. Manche verspotteten mich als Bettvorleger. Als ich ins Haus meiner Menschenfamilie kam, konnte man noch meine rosa Zunge sehen und das kohlschwarze Knöpfchen, das meine Nase war.

Ich war also, weil nicht zuchtwürdig, ein Gastgeschenk geworden. Müde und etwas schüchtern lugte ich aus meinem Korb in 6 neugierige Gesichter. Ganz gewiss war meine Zukunft erst, als die Menschenkinder, die auch noch recht jung waren, ihre Mama bestürmten, dass ich auf alle Fälle bei ihnen bleiben müsste, weil ich sooo süüüß bin. Hätte ich das mit meinen schon damals dichten Haaren können, ich hätte gelacht vor Freude. Aber Mama war sehr zurückhaltend und sandte einen bösen Blick zu ihrer Schwägerin, ich wurde als zusätzliche »Arbeit« angesehen. Das bedeutete für mich einigen Stress, denn ich wollte unbedingt das Gegenteil beweisen. Heute nach 14 Jahren kann ich mir eigentlich auf die Schulter klopfen und sagen: »Das hast du gut geschafft!«

Na bitte, ich war in kürzester Zeit sauber. War ja auch nicht so schwierig, weil der Garten da war. ABER ich kapierte sogar schnell, dass der Garten ja auch ein Wohnzimmer für die Menschenkinder war und versteckte meine »Abfälle« entweder knapp beim Zaun oder ich vergrub sie sogar. Später ging ich einfach spazieren, alleine, nicht wie andere meiner Art an der Leine ihres Herrchens. Es wurde ja so viele Jahre gebaut, und das Tor war immer leicht aufzuschieben. Auch mit der Lebensmittelversorgung war ich einfach und billig. Ich bekam einiges vom Futter der Kinder, auch Abfälle, manchmal wurde für mich extra gekocht, z.B. Reis oder Kutteln. Dann merkte ich wirklich, dass ich behandelt wurde wie das 5. Kind im Hause. Ich war stolz und so dankbar, dass ich die von mir erwartete Arbeit immer rechtzeitig und gründlich tat. Jedenfalls glaubte ich zu wissen, was ich zu tun hatte – nichts anderes als meine Vorfahren bei den Viehherden auf der Puszta – wachen, bellen, verjagen, zusammentreiben.

Nur manchmal verstand mein Frauchen das nicht. Sie war ja auch nie in der Puszta gewesen. Wenn unmögliche Leute vor dem Zaun vorbeigingen oder noch unverschämtere Artgenossen, schimpfte ich mit ihnen aus Leibeskräften: »Verschwinde...wart nur, was passiert... trau dich nur... du-du...!« (es gibt Schimpfwörter, die verwendete mein Frauchen nie und wollte sie auch nicht von andern hören).

Meine persönlichen Feindinnen waren ältere Damen mit Handtaschen. Eine hatte mich einmal durch den Zaun mit ihrer Handtasche geschlagen. Das hab ich mir gut gemerkt, dafür mussten alle andern büßen, wenn sie zu nahe vorbeigingen. Und noch eine Spezies war mir äußerst verdächtig – Gendarmen, damals gab es sie noch, heute nennen sich alle Polizei. Wenn die in den Garten kamen, um nach Gastarbeitern Razzia zu machen, schnappte ich sie immer kurz entschlossen am Hosenbein. Eindringen in privates Eigentum – welche Frechheit!

Manchmal gingen wir alle in den Wald, den sie Wienerwald nennen. Ich brauchte keine Leine, ich lief nicht irgendwohin, nahm Fährten auf und verschwand womöglich. Ich hatte volle Kraft damit zu tun, meine Familie zu bewachen und beisammen zu halten. Mal ging ich 2 m vor, mal wartete ich auf einen Nachzügler. Ich hätte sie nie im Stich gelassen. Aber das waren noch schöne Zeiten, heute bin ich schon etwas müde und krank und manchmal schlurfe ich so langsam hinterher, dass mein Frauerl mich sogar in die Arme nimmt, damit ich mich erhole. Das waren noch Zeiten!

Am schwierigsten konnte ich mich durchsetzen, als ich mit in Jugoslawien auf einem Zeltplatz war. Kennst du Zeltplätze? Schrecklich, da »picken« die Leute im sogenannten Urlaub noch viel mehr aneinander als während des übrigen Jahres. Klar, dass ein Familienhund da besonders die Eigentumsrechte verteidigen und klare Grenzen vorgeben muss. Also machte ich bei Tag einen großen Kreis um unser Zelt und verteidigte es, indem ich lautstark und mit Zähnefletschen (bei mir allerdings nur zu ahnen) rund um das Zelt herum sauste. Die Nachbarn hatten richtig Respekt vor mir, obwohl ich doch eigentlich nur mittelgroß bin. Das Dumme war nur, dass mein Frauchen sich für mein Vorgehen schämte und mich eindringlich bat, nicht so heftig meine Arbeit zu verrichten.

Dafür entschädigte ich sie auf einer anderen Urlaubsreise, indem ich »wortlos« verstand, dass ich mich an der Staatsgrenze zu verstecken hatte. Ich hatte nämlich einen richtigen Gesundheitspass, aber in Griechenland hatten sie einen herrenlosen Hund aus Mitleid aufgenommen und der fuhr jetzt mit meinem Pass über die Grenze – ich war wie vom Erdboden verschwunden, ein Bettvorleger unterm Sitz eben.

Und einmal – das werde ich nie verstehen, warum – nahmen sie mich nicht in den Urlaub mit und überließen der Gouvernante Melinda das Regiment im Hause. Ja, Regiment ist das richtige Wort. Bei ihr war nicht alles so frei und gemütlich wie bei meinem Frauchen. Deshalb empfand ich es als einen echten Verrat, dass ich zurückgelassen worden war. Als alle nach unglaublich langer Zeit zurück kehrten, ließ ich meinen Zorn über diese Missachtung meiner treuen Dienste an meinem Frauchen aus. Weiß nicht mehr, wie lange ich ihr nur den Rücken zeigte, nicht reagierte, wenn sie etwas sagte und beleidigt den Kopf hängen ließ. Einmal zeigte ich ihr's besonders und machte einfach mitten auf den Teppich! Ich hoffte, sie habe verstanden: »Da hast du es jetzt, wir sind geschiedene Freunde!«

Aber für immer konnte ich das nicht durchhalten, es war doch vorher viel schöner gewesen: Ich hatte mein Auskommen, ich tat meine Arbeit, hatte meine Freiheit und zugleich viel Zuwendung. Also gab ich am Ende nach und nun leben wir schon viele Jahre glücklich zusammen.

In diesen vielen Jahren ist einiges passiert, manches, das nur ich gesehen habe, manches, das einen Riesenauflauf gegeben hat, manches, das bösen Krach auslöste und auch einiges, das einfach schön war. Willst du davon hören? Es liegt mir schon so lange auf meiner rosa Zunge, es muss einfach heraus, aber selbst dir kann ich nicht alles erzählen, Kinder haben doch immer so viele Geheimnisse, schon wenn sie ganz klein sind. Da darf sie ein lieber Puli doch nicht verraten. Sonst kuscheln sie nicht mehr mit mir.

Der Brand

Das Grundunglück geschah sehr früh. Es führte dann zu einem Jahrzehnt Bauarbeiten, schrecklich. Eines Tages waren beide Eltern weg. Wir 5 Kinder waren in der Obhut einer alten Frau, die schon öfter hier gewesen war. Es war früh im Jahr und noch etwas kühl im Haus. Sie heizte den Ofen im Dachgeschoss, ließ das Ofentürl offen, damit er gut zog und – vergaß es zuzumachen. Zuerst spürte ich etwas in der Nase, dann sah ich, wie die Frau hinaufrannte und dann wieder hinunter, sie war verwirrt. Und langsam war ein Schauspiel zu sehen, das wir noch nie gesehen hatten – irgendwo brannte es lichterloh. Wir liefen in den Garten. Anfangs bestaunten wir das Spektakel, doch dann wurde es unheimlich, auch unheimlich heiß.

Die Retterin in der Not war die Nachbarin, sie hatte die Feuerwehr geholt. Und nun werkten die verkleideten Männer mit Schläuchen und Wasser. Befehle schwirrten herum, die Kinder verdrückten sich irgendwo, ein Gartenarbeiter rühmte sich, sie aus dem Haus geholt zu haben. Nur ich war schlauer, ich nahm Reißaus und lief zum Nachbarn 3 Häuser weiter oben in unserer Straße.

Als die Eltern oben in die Straße einbogen, sahen sie in der Richtung ihres Hauses 2 Feuerwehrwagen. Der Nachbar, bei dem ich Schutz suchte, trat vors Haus und sagte zu ihnen: »Es brennt bei ihnen, der Hund ist bei mir.« Ich schaute vorsichtig hinter seinen Beinen vor und bemerkte den Schock, den dieser Satz bei meinem Frauchen auslöste. Sie erstarrte und erholte sich aus dieser Erstarrung erst Tage danach. Sie dachte wahrscheinlich »Aber wo sind die Kinder?«. Sie stürzte ins Haus, hörte nicht auf irgendwelche Vorsichtsrufe und fragte nur »Die Kinder?« Das stellte ich mir nicht nur so vor, das war auch so, ich trottete nämlich schuldbewusst hinterher, bis sie mich verjagten.

Die Tage danach hieß es über Schutt klettern, Staub nießen und möglichst unsichtbar sein. Denn alles ging drunter und drüber, weil mein Frauchen nur mehr sitzen konnte und nicht mehr gehen konnte. Der Schock hatte sie bewegungsunfähig gemacht, der Arzt musste kommen. Die Kinder waren ausnehmend brav, so als hätten sie die überstandene Gefahr verstanden.

Doch einer war unerschütterlich ruhig, fast zu ruhig, das war Papa. Er sagte nicht viel, aber er suchte unermüdlich nach nicht ruinierten Überseekoffern aus Chile. In ihnen war viel von seinem früheren Leben aus Chile aufbewahrt. Trotzdem fertigte er einen Mann ab, der mit Aktentasche und großen Gebärden von einer Feuerversicherung sprach – gleich am nächsten Tag. Weiß nicht, warum ich den ins Haus gelassen hatte. Das geht mich ja nichts an, aber an der eindringlichen Art, wie die miteinander sprachen, musste jeder denken, dass Papa über den Tisch gezogen werden sollte. Doch er sagte einfach Nein, lehnte das Spottangebot der Versicherung ab. Er hatte mehr Geistesgegenwart als die weiblichen Personen im Haus, vor allem als die alte Babysitterin.

Aber das Haus sah aus, sag ich euch, die Mansarde unbrauchbar geworden (2 Zimmer), das Dach leck. Eine lange Zeit war eine Plane statt eines Daches über das Haus gespannt, gehalten von schweren Steinen. Ich hatte so meine Bedenken wegen dieser Steine – wenn einer mal herunterfiel? Na, das passierte ja, als in der Küche eine Betondecke gebaut wurde und ein Ziegel sich selbständig machte, kapp nachdem mein Frauchen vorbeigehuscht war. Und dann später wurde rund ums Haus aufgegraben. Wir hatten über Holzbretter zu turnen. Und ständig umziehen in ein anderes Zimmer, wo nicht gerade Mörtel und alles Mögliche herumlag. Es war aufregend, aber ich hätte so viel Action nicht gebraucht. Irgendwie taten mir alle leid.

Glück gehabt

Mir war nie langweilig. Es geschahen Dinge, die nicht überall passieren, oder was meinst du? Hast du schon einen Jungen in der Trommel einer Waschmaschine gesehen? Nein, da geht es nicht um einen Comic wie im Fernsehen. Das ist so wahr, wie ich Schnupsi heiße und ein Puli bin.

Der Garten blühte nicht nur übers ganze Jahr hindurch, weil er von so vielen Büschen und Bäumen umrandet war, er war nicht nur ein Spielplatz, ein Abenteuerland – besonders für mich und die andern Kinder, er war leider auch ein Abstellplatz. Diesmal handelte es sich nicht um ein altes Auto sondern einfach nur um eine alte Waschmaschine gleich beim Gartentor in der Einfahrt. Was kann so eine Waschtrommel alles sein, Weltraumkapsel, Wildwestgefängnis, Kuschelnetz und , und , und. Ich hab es nie ganz kapiert, ich glaub für den, der drinnen stecken geblieben ist, war sie ein Rennauto. Entweder hab ich es vergessen oder vor Aufregung nicht verstanden.

Jedenfalls – auf einmal hörte sich das nicht mehr wie Spiel an, sondern wie ein Hilferuf. Der arme Kerl hatte die Füße und den Körper so ungeschickt verkeilt, dass er nicht mehr aus der Trommel aussteigen konnte. Die Leute vom Haus versuchten, ihm zu helfen, aber es klappte nicht. Muss nicht mehr gar so gemütlich da drin gewesen sein, als sogar die Gendarmen kamen. Diesmal riss ich mich zusammen und versuchte sie nicht zu verjagen, ging es doch um einen meiner Freunde.

Sie standen vor der Bescherung, sahen sich das Ding genau an, stellten Fragen, versuchten mit der Hand die Trommel zu drehen. Es gelang nicht. Da hatte einer eine gute Idee. Der kleine Bruder sollte mit seiner kleinen Hand noch Platz in der Trommel finden und sie leicht in Bewegung bringen. Da endlich konnte der unfreiwillig Gefangene seine Beine so lockern, dass er sich langsam aus der Trommel winden konnte.

Frei nach Wilhelm Busch:
Und die Moral von der Geschicht', horte alte Trümmer nicht!

Helden

Ich erwähnte schon, dass ich das 5. Kind im Hause war. Deshalb spreche ich auch jetzt von dem Buben in der Waschmaschine als von meinem Bruder. Er hatte etwas von einem jungen Helden an sich, wenn er Mama vor Papa zu verteidigen suchte (sie hatte ihn aber wahrscheinlich nicht darum gebeten) und dann selber den Kürzeren zog. Übrigens das war für mich auch selbstverständlich. Wenn Papa zornig auf eines meiner Geschwister einredete, so dass man Angst haben musste, die Situation könnte auch handgreiflich werden, plusterte ich mich so groß wie möglich auf und verteidigte meine Freunde mit meiner besten Stimme. Daran siehst du auch, dass ich meine Tätigkeit als Hirtenhund voll erfüllte.

Diesen Bruder von mir beobachtete ich auch vom sicheren Versteck aus, wie er im Garten eine ganze Armee befehligte. Er stand dabei auf den Stufen vor der Haustür. Da habe ich begriffen, was in ihm vorging.

Doch wenige Jahre später, konnte ich ihn nicht bewundern, mir wäre das zu gefährlich gewesen. Ich war gerade nicht unterwegs und holte daher mein Frauerl am Gartentor ab, als sie heimkam. Plötzlich ging ein Ruck durch sie, als sie zum Dach hinaufsah, weil dort Stimmen zu hören waren. Sie sagte in einer so coolen Stimme, wie ich sie noch nie von ihr gehört hatte: »Seid's deppert, sofort runter da!« Dann schluckte sie würgend, um die Aufregung zu dämpfen und ging schnellen Schritts ins Haus. Was hatte sie da oben gesehen? Von meiner Perspektive aus war ich von dem Schauspiel leider ausgeschlossen. Aber an der folgenden Rede von Mama konnte ich den Tathergang rekonstruieren: Da waren doch wirklich beide Brüder auf dem Dachgiebel gestanden und hatten heldenhaft gewunken. Sie sagte: »Was ist euch denn da eingefallen? Glaubt ihr, ihr seid unverletzbare Helden, sozusagen »Unberührbare«, oder wolltet ihr mir eins auswischen, weil ich weg musste? Was glaubt ihr eigentlich, groß genug seid ihr, um Verstand haben zu können. Habt ihr nicht gesehen, dass die Dacharbeiter Sicherungsgurte trugen? Wie seid ihr da überhaupt hinaufgekommen?« Kurze und prägnante Antwort: »Durch das Dachfenster.« »Na, super!«

Innerlich zitterte sie noch immer. Bei ihrem späteren Bericht an Papa begriff ich erst, wie geistesgegenwärtig sie da am Gartentor gewesen war: Sie hatte nicht einfach ihrem Impuls loszubrüllen nachgegeben, sondern in der ruhigsten ihr zur Verfügung stehenden Stimme die oben zitierten 2 Sätze gesagt. Ihr war sofort bewusst gewesen, dass sie die beiden nicht erschrecken durfte, weil die sonst das Gleichgewicht dort oben am Giebel verlieren hätten können.

Abenteuer auf See

Wir hatten ein Schlauchboot mit einem 20PS-Motor, genügend stark, um z.B. vor der dalmatinischen Küste von Insel zu Insel zu »hüpfen«. Papa fuhr mit seinem älteren Sohn und einem Au-Pair-Mädchen bei schönstem, sonnigem Tag aus. Die Stunden vergingen, es wurde Abend, es wurde Nacht. Keiner kam zurück. Mama war in heller Aufregung. Sie versuchte Hilfe zu holen. Aber es gab keine Wasserrettung, niemanden, der etwas in Erfahrung bringen hätte können. Ich tat auch kein Auge zu, es war furchtbar. Dann entschloss sich Mama, mir die Aufsicht über die 3 Geschwister, die im Zelt schliefen, zu überlassen und zum Hafen in der Nähe zu fahren. Dort – war ihr mitgeteilt worden – würde sie die Fischer finden, die ganz früh ausfahren würden und sicher ein gekentertes Boot finden würden. Endlich kam Mama zurück, aber an Schlafen war auch den Rest der Nacht nicht zu denken. Ich spürte deutlich ihre Angst, sie zitterte förmlich. Ich versuchte sehr freundlich zu sein, vor allem nicht laut um Hilfe zu bellen. Aber es wurde Morgen, die Sonne stand schon hoch am Himmel, noch immer rührte sich nichts. Hatten die Fischer nichts finden können? Ja, hatten sie nicht. Denn ... am Nachmittag kam das Schlauchboot wohlbehalten mit den 3 Insassen zurück.

Was war geschehen? Die Bootsfahrt war schön und interessant gewesen, das Wasser ruhig wie immer bei schönem Wetter, als plötzlich mein technisch begabter Bruder wirklich zum Helden wurde und Papa darauf aufmerksam machte, dass die Holzteile, die das Boot trugen, an einer Stelle auseinanderzuklaffen begannen. In Kürze würde das Boot kentern – mitten auf See, etwas anstrengend – und gefährlich. Papa steuerte vorsichtig auf das nächstliegende Stück Land zu, eine kleine Insel mit wenigen Bewohnern. Dort verbrachten sie die Nacht und

Papa reparierte das Boot. Aber die Menschen dort hatten nicht einmal Trinkwasser vorrätig. Doch unsere Schiffbrüchigen waren durstig. Da mussten sie Wein trinken, selbst gekelterten Wein. Er schmeckte dementsprechend seltsam und mein Bruder beklagte das nachher in anschaulichen Worten, als er uns alles erzählte. Diesmal war er wirklich ein Held gewesen.

Der hinterhältige Hahn

Auch »tierische« Anekdoten kann ich zum Besten geben. Ich vergaß zu erwähnen, dass wir ja Hühner und einen Hahn hatten. Sie wohnten in einem eigens für sie errichteten Stall im hinteren Garten und hatten alles, was ein Hühnerherz erfreuen kann, ein Futter-Karussell, Stangen zum Ausrasten, Heu für die Eier. Sie waren ein vergnügter Verein, bewacht von einem extra herbeigeschafften prächtigen, aber hinterhältigen Hahn.

Das war ein seltsamer Kerl, beinahe so seltsam wie manche Menschen. Stell dir nur vor, du kommst beim Gartentor herein, müde vielleicht von der Schule, mindestens aber hungrig, du gehst ein paar Schritte und ER kommt dir ganz demütig entgegen. Du gehst weiter, du denkst, na heute ist er ja brav und schon springt er dich von der Seite an und wenn du nicht schnell genug bist, hast du eine Hackwunde abbekommen. Immer von der Seite, ich habe das nur aus dem Gebüsch beobachtet, ich wollte auf keinen Fall auffallen. Dieser Kerl hat es ja leicht. Er hat Augen auf der Seite, hast du das schon bemerkt? Und mit denen schielte er so gekonnt, dass er die Leute aus dem Haus immer wieder hereinlegte und erwischte, wenn sie heimkamen.

Nur eine gab es, die Kleinste, und dass musst du dir auch vorstellen, die war einfach furchtlos, oder vielleicht war sie noch eher auf der Höhe des Hahnes, sie packte ihn bei so einem versuchten Angriff einfach am Kragen und warf ihn weit weg. Dann gelangte sie sicher zur Haustür.

Es hatte auch keinen Erfolg, als ein Zaun um den Hühnerstall gemacht wurde. Er flog einfach drüber, er war schön und wild wie ein Indianer, jedenfalls wie sie im Fernsehen gezeigt werden.

Doch einmal schlief er wohl und wachte zu spät auf, eines Morgens waren sie alle tot, er und seine Hühnerdamen. Der Marder hatte sich ganz schlank und lang gedehnt und war UNTER den Hüttenbrettern durchgeschlüpft, hatte allen den Hals durchgebissen und war berauscht von ihrem Blut verschwunden.

Aber leider nicht auf Nimmer-wiedersehn. Er trieb sich ständig in der Nähe herum, weiß nicht, ob er auch eine Frau hatte. Jedenfalls war er auch der Mörder unsres Hasen. Ich habe immer gedacht, dass Hasen stumm sind, aber diesen Todesschrei unsres Hasen werde ich immer im Ohr haben. Warum hatten die im Haus auch eine so verrückte Meinung, dass man Tieren ihre Freiheit lassen soll, warum haben sie ihn nicht in einem Ställchen gesichert. Naja, ich darf ja nicht urteilen, denn ich hätte dann auch nicht so leicht entwischen können und meine eigenen Spaziergänge machen.

Wie ich eine Tortur in Spaß verwandle

Spaziergänge durch Schmutz und Bach führten fast jedes Mal zu einem Ereignis, das sich oft wiederholte. Zuerst war ich nicht begeistert, wenn mich mein Frauchen in die Badewanne schleifte. Freiwillig ging ich ohnehin nicht hinein. Aber du kennst mich ja, meine vielen Schnürchen, mein »Strawanzen« auch bei Wind und Wetter. Da kannst du dir leicht vorstellen, dass so mancher Schmutz an mir hängen blieb, den man mit einfachem Abwischen nicht wegbrachte, z.B. Laubreste usw. Bürsten wie bei anderen Hunden war auch nicht möglich, wie sollte man durch die Strähnen und Schnürchen durchkommen. Also war ich verdammt, dann und wann in dieser Badewanne unter der Brause zu landen. Da wurde ich dann mit Shampoo behandelt und fein abgeduscht. Es hätte doch einfach genügen können, wenn ich durch den Bach zottelte, aber es genügte eben nicht. Ich ließ mich ja aus Freundschaft immer noch von Frauchen in die Badewanne bringen und abwaschen – aber dann erlaubte ich mir den Spaß, für den ich vorher mich still gehalten hatte. Sie konnte gar nicht schnell genug mit dem Handtuch da sein, war ich schon mit einem gekonnten Sprung aus der Badewanne draußen und beutelte mich, beutelte mich wie wild im vollen Bewusstsein meiner Haarpracht. Ergebnis: Das gesamte Badezimmer war nass. Wenn nicht die Tür verschlossen gewesen wäre, wäre ich auch noch die Treppe hinunter geschnürt. Aber so ließ ich mich am Ende doch mit einem Handtuch fangen und nach kräftigem Reiben und noch kräftigeren Worten wurde ich entlassen. Hättest du das nicht auch so gemacht, wenn es in deinen Augen so unnötig gewesen wäre? So vollkommen unnötig!

Geht's noch?

Es war offenbar nicht genug, dass es alle für selbstverständlich hielten, dass ich und die wechselnden anderen Hundewesen (fast hätte ich« Köter» gesagt, denn sie waren Dahergelaufene, von der Straße im Süden Aufgelesene, bis auf Buggy, aber er war auch der Pfiffigste und Unkomplizierteste) und natürlich Katzen von diesseits und jenseits des Zauns – miteinander leidlich gut auskamen. Eines Tages blieb ich starr vor Schreck stehen. Rund um den Apfelbaum kreiste ein Pferd, ja ein Pferd, klingt wie nach Pippi Langström. In dem nicht so riesigen Garten ritt mein kleiner Herr auf einem Pferd, zugegeben es war eher ein kleines, aber man muss den Anfängen wehren. Da hörte ich doch Gespräche, ob man den leeren Hühnerstall nun für ein Pferd oder Shetlandpony adaptieren sollte. Mir graute, aber wie du weißt, kann ich mich nicht konkret in der Menschensprache verständlich machen. Ich zeigte meinen Unmut durch Knurren und durch komplette Missachtung der Vorgänge, die alle für so bedeutend hielten, dass sie sogar fotografierten!

Ausgerechnet Mama überlegte fieberhaft, wie das Vorhaben verwirklicht werden könnte. Ich hatte den Eindruck, dass Papa sie überzeugte, dass die Idee ein Schwachsinn sei und mein junger Herr lieber wieder zum Nachbarn 3 Häuser weiter zum Reiten gehen solle.

Was nur betrüblich ist, es war nicht die einzige Schnapsidee, die sie im Laufe der Jahre entwickelten.

Sehr komisch fand ich, als mit dem Anhänger, der sonst immer im Garten rumstand und kein Schmuckstück war, Klaub-Holz aus dem Wald herbeigeschafft wurde. Dann stand plötzlich eine Kreissäge mitten am Rasen und ein Höllenlärm musste veranstaltet werden, dass das Holz zu Stücken geschnitten werden konnte, die im Allesbrenner verheizt werden konnten.

Dabei hätte ich mir die Ohren zuhalten sollen (geht ja nicht), wenn ich Zeuge der Auseinandersetzungen vor und nach der Holzarbeit war: 1. Mama will nicht in den Wald zum Holzaufladen mitkommen, muss aber; 2. die 2 Jungen (Buben) wollen nicht abladen helfen, müssen aber; 3. keiner, auch nicht die Mädchen wollen stapeln helfen, müssen aber; 4. Mama muss sägen, weil Papa schon zu krank ist (wirklich?); 5. Kinder wollen nicht die Holzscheite aufstapeln, müssen aber! Einer konnte oder wollte immer nicht. Die Zankerei und Arbeit von einem zum andern schieben war allgegenwärtig. Aber Papa hatte seinen Auslauf im Wald, spazieren gehen sollte er jeden Tag, doch das war ihm einfach zu langweilig – und nun mussten alle für sein Hobby arbeiten.

Nerventests für Mama

Noch andere Dinge geschahen bei uns, die anders waren als in andern Häusern, wenn du verstehst, was ich meine. Z.B . gab es bei uns immer viele verschiedene Besucher, Arbeiter und schließlich auch eine Reihe von Mietern. Es wundert mich jetzt eigentlich nicht mehr – obwohl ich damals immer zornig wurde – wenn die Gendarmen Razzia machten, was ich nicht ganz verstand. Hätte ich Spanisch, Albanisch, Serbokroatisch, Polnisch, Farsi, Hebräisch, Englisch verstanden, ich hätte Wörter für ein dickes Buch.

Wenn Papa nicht wollte, dass wir etwas verstehen, sprach er spanisch mit Mama. Wir hatten auch Besucher von weither, bei denen ich das hörte. Wenn Mama neue Arbeiter empfing, denen sie auch Essen kochte, sprach sie mit ihnen serbokroatisch, nicht dass du glaubst, ganz fließend, aber doch so leidlich, dass diese sie verstehen konnten.

Unser liebster Mieter kam aus Persien mit einem Kollegen. Er kochte so gutes Essen. Aber für einen Hund hatten sie alle nicht viel übrig, unter ihnen hatte ich keinen Freund und sie hätten mich am liebsten nur draußen im Garten in der Hundehütte angebunden. Aber das ließen natürlich meine Geschwister nicht zu.

Die meisten waren jedoch ganz freundlich, nur hatten sie einfach nicht immer gute Manieren, wie wir sie kennen. Weißt du, nachts entdeckte unsere Mama, dass durch das Fenster im Keller Freunde der Arbeiter einstiegen und noch dazu dort auch schliefen. Und einmal erschrak sie nicht wenig, als ein fremder junger, ungewaschener Mann auf der Couch im Wohnzimmer am Morgen aufwachte. Er war der Halbbruder von einem unserer Mieter, der aus einem Jugendheim gekommen war. Da dachte ich mir auch meinen Teil. Stolz war ich auf Mama, als sie einen handgreiflich werdenden Streit um den Stromverbrauch zwischen einem kräftigen albanischen Arbeiter und unserem zarten Studenten aus Persien schlichtete, indem sie die Kellertreppe von oben hinunterrief: »Schluss, seid's deppert!« Sie machte das so, wie sie gesehen hatte, dass die albanischen Mütter ihre Kinder behandeln. Die haben nämlich im Haus dort das Sagen. Und stellt euch vor, es wirkte sofort!

Einmal hat einer eine schöne Kette gestohlen, den haben die andern nicht mehr kommen lassen. Sie hatten ihn vorher beim Stehlen aber nicht verraten. Leider habe ich zu gut geschlafen und nichts bemerkt.

Ein anderes Mal weckte ein reuiger Sünder, der gerade in seinen Teens war, Mama mitten in der Nacht. Er brauchte Hilfe, weil er Papas Auto auf der Höhenstraße zu Schanden gefahren hatte.

Und manche Mieter waren wohl eher gefährlich als gewinnbringend, z.B. ein Sudanese, der 1 Jahr verschwunden war, seine Sachen hier gelassen hatte und dann mit verbeultem Gesicht und einem Hünen von Leibwächter wieder aufkreuzte, um sein Eigentum zu holen. Papa –

nicht allzu groß und schon etwas »reifer« – wollte sich doch wirklich mit ihm anlegen und für die Lagerung der Sachen Geld verlangen. Noch im letzten Moment konnte ihn Mama zur Mäßigung überreden. Er bemerkte einfach nicht, dass der Leibwächter schon alle Anstalten zum Eingreifen machte.

So könnte ich viele kleinere und größere Streiche erzählen, aber einmal ist auch das genug. Denn es gab auch andere Ereignisse, die ans »Eingemachte« gingen.

Tragödien

Was ich bisher erzählte, war ja ganz amüsant, vor allem, weil es immer gut ausgegangen ist. Aber es gab auch Tage in unserm gemeinsamen Leben, da hätte ich mir gewünscht, ich könnte weinen wie Menschen, aber in meiner Seele hab ich das ja auch.

Mein Frauchen ist Zeuge, dass ich mich nicht verrechne. Innerhalb von 10 Jahren (ja so wird man alt) hatte Papa 3 Herzinfarkte, 1 Karotis-Operation (Gefäß hinten am Hals), 2 Schlaganfälle und 1 Lungeninfarkt. Das Leben spielte sich geraume Zeit zwischen Spital und Reha ab, dazwischen die verbissenen »Auftrainier«-Versuche, endlose Spaziergänge usw. Mama ging immer mit – Ergebnis: Sie war oft nicht zu Hause; weiteres Ergebnis: Chaos war ein normaler Zustand. Es zogen sich nämlich damit auch die Bauarbeiten nach dem Brand endlos hin. Und mit jedem Jahr wurden die Diagnosen trister. Doch Papa fuhr sofort wieder zur Arbeit, wenn es gesundheitlich ein wenig bergauf ging. Manchmal kamen Babysitterinnen oder unsere Tante aus Ungarn. Ich war von ihnen ebenso wenig begeistert wie meine

Menschengeschwister. Es war eine Zeit, die du nicht erleben wolltest, es fühlte sich an, als müsstest du vom Ufer weit weg durchtauchen bis zu einer entfernten Insel, wo endlich alles gut würde. Aber es wurde nicht gut, weil wir nicht genug Atem zum Tauchen hatten. Verstehst du das?

Wenn nicht, hast du einfach zu wenig Phantasie oder du magst uns nicht.

Nur ein Beispiel erzähle ich dir von den ständigen Schocks und Aufregungen.

Alle waren gerade mitten in den Vorbereitungen zur Fahrt in den Urlaub. Eine Urlaubsfahrt sah bei uns immer einer Auswanderung ähnlich: Ein vollbepackter Anhänger, ein ebenso vollgepackter Kombi und ein viel zu hoher Aufbau auf dem Zugwagen des Anhängers. Mama sagte, das Auto wäre schwer zu lenken, trotzdem konnte sie damit nach hinten auf griechische Fähren fahren. Kannst du das, dann darfst du mitreden! Papa durfte aus Sicherheitsgründen nicht mehr Auto fahren, was er natürlich immer wieder wollte. So hatte Mama noch dazu Tausende Kilometer in den Süden zu chauffieren, weil es bei uns für Urlaube zu regnerisch und zu kalt war. Von Klimaerwärmung hörte man noch nichts. Jedenfalls waren Vorbereitung und Fahrt in den Urlaub schon an sich eine Mammut-Arbeit, aber in diesem einen Jahr wurden sie zur Katastrophe.

Wir waren schon sehr weit, Packen, Säcke, Koffer, verschiedenes Tauchzeug waren schon im Garten angesammelt oder über die Fläche aufgebreitet, wobei besonders unser schönes Schlauchboot viel Platz einnahm ... als plötzlich ein seltsam unterdrückter Schrei vom Gartentor her ertönte. Es war warm, alle Fenster offen, jeder konnte es hören. Mama schaltete zuerst. Sie rannte hinaus und sah, wie Papa mitten im Tor umfiel und im nächsten Augenblick kein Wort mehr herausbrachte. Was für ein Glück, dass er noch diesen eigenartig klingenden

Hilferuf absetzen hatte können. Mama versicherte sich, dass er atmete und nicht ohnmächtig war, aber er konnte sich nicht bewegen. Die Rettung war diesmal schnell, denn Mama hatte mit ihrer Beschreibung die Diagnosestellung beschleunigt: Schlaganfall.

Und nun stell dir alles bildhaft vor. Wir hatten uns diesmal wirklich auf den Urlaub gefreut, Papa hatte versprochen, meinen Bruder das Boot lenken zu lehren, Mama hatte tagelang gepackt, wir waren alle schon aufgeregt aus Vorfreude auf unsere Sommerabenteuer. Und nun dies. Alles lag herum, musste wieder ausgepackt und verstaut werden. Mama musste ins Spital mitfahren, weil sie dort schon einmal ein falsches Medikament verabreicht hatten, sie musste seither immer »aufpassen« und sich über alles informieren. Wir blieben mit hängenden Köpfen zurück. Aber was das alles im Endeffekt bedeutete, begriffen wir glücklicherweise nicht. Nicht nur der Urlaub war kaputt, sondern mindestens 1/2 Jahr kostete die Rehabilitation, bei der Mama als »Logopädin« noch mehr als vorher beschäftigt war: mit einem Schulheft wieder Lesen, Schreiben, Sprechen lernen, Wortgruppen einüben, die Arm- und Beinbewegungen verbessern und am Ende wieder endlos spazieren gehen.

Da war wenigstens ich zufrieden. Wenn es den Wiener Wald nicht gegeben hätte, hätten wir ihn erfinden müssen. Wir hatten viel verloren, viel geschenkt bekommen, aber auch viel gekämpft. Und du kannst sicher sein, dass ich alles mitbekam und mich noch mehr verantwortlich für meine Lieben fühlte.

Aber weißt du, heute bin ich auch nicht mehr jung und manchmal schäme ich mich fast, wenn ich ebenso langsam dahin trotte wie mein Herrchen. Aber es gibt uns noch!

Schnupsi (Puli)

Hier bin ich der Chef!

Ich habe früh gelernt, mich durchzusetzen. Ich bin der geborene Lebenskünstler. Ich bin vor dem drohenden Verderben davongelaufen, da war ich noch nicht mal 2 Monate alt.

Aber allein war es mir auch zu unsicher. Jeden Tag machte ich meine Aufwartung bei einer jungen Dame im Nachbarhaus. Jeden Tag setzte ich meine traurigsten Augen auf, um ihr mitzuteilen, dass nur sie, absolut nur sie, mich retten könne.

Endlich kapierte sie auch. Aber da war noch dieses laute Monster von einem struppigen Artgenossen, der mich als Eindringling einfach wieder los haben wollte. Da hatte er aber mit der lieben Dame – heute meine Mama – nicht gerechnet. Sie beschützte mich und zeigte ihm, wo's lang geht. Zwar musste ich eine Fremdsprache lernen, Kroatisch war hier nicht mehr gefragt. Aber das war auch nicht schwer. Sogar über die Grenze gelangten wir unbehelligt. Und dann wurde es lustig.

Wir kamen in ein Haus mit mehreren Bewohnern und einem lieben großen Hund. Ich war das Baby und der Liebling von allen. Der Große wurde mein Freund und er behandelte mich auch als Baby wie ein älterer Onkel. Ich fühlte mich prächtig. Nach wenigen Tagen aber musste ich mich wieder sehr anstrengen. Meine Mama fuhr mit mir im Zug ganz weit, weit weg. Ich musste in meinem Zelt bleiben. Der einzige Trost war, dass ich ja schon erlebt hatte, dass Zugfahren die Sache nur noch besser und interessanter macht. Also brachte ich auch das anständig hinter mich.

Dann bezog ich mein neues Heim. Dort gibt es einen schönen Balkon und ganz nahe einen riesigen Park. Ich fühle mich hier zu Hause. Mit der Zeit lerne ich auch andere kennen, die so wie ich jeden Tag Gassi gehen. Aber da beginnt die Schwierigkeit. So lieb ich bisher die Zweibeiner fand, so unterschiedlich sind diese Vierbeiner im Park. Manche kann ich einfach überhaupt nicht leiden. Weißt du, die schauen schon von Weitem ganz hochnäsig drein und wollen mich dominieren. Das merkte ich am Anfang noch nicht so, aber nach einigen Monaten nahm ich mir vor, denen mal zu zeigen, wer ICH bin. Ja, ja, die glauben vielleicht, ich bin so ein Kleiner, ein Daher-gelaufener, einer den man unterdrücken könnte. Da haben sich die aber gründlich geirrt. Erstens bin ich in der Lage, ganz fürchterlich zu schimpfen. Das klingt dann grell und gefährlich durch Park oder Stadt oder Haus, wo immer mir ein Verdächtiger begegnet. Zweitens muss ich nur schnell sein, um die Aufmerksamkeit meiner Mama zu übertrumpfen, und flott auf mein Gegenüber losgehen. Da gibt es jedes Mal Zoff, entweder weil sie mich rechtzeitig zurückpfeift oder weil ich schon mitten im Kampf von einem Fremden verjagt werde. Aber einmal da hab ich's dem Kontrahenten ordentlich gegeben, ich hab ihm sein Ohr abgebissen. Der kommt mir nicht mehr frech daher- -jedenfalls nicht mit 2 Ohren!

Mein Sieg stellte sich aber nachher als Pyrrhussieg heraus. Ich wurde zu Hause ordentlich bestraft. Ich musste wiederholt in die Schule ge-hen. Das kannst du mir wenigstens nachfühlen, wie ärgerlich das ist. Wozu lernt man solche Sachen, das sind nur Strapazen für einen »freien« Hund. Der aber will ich auf alle Fälle sein. Der ständige Nach-hilfeunterricht und das nicht enden wollende Training, das mir meine Menschenmama auferlegte, kosteten mich viel Energie. Ich weiß doch wirklich, wer ich bin. Ich bin ein stolzer, freier, arbeitswilliger Jagd-hund. Und die wollen mich zu einem Hauspüppchen erziehen, mit feinen Manieren, allzeit gehorsam, immer willig. Meine eigentliche Tätigkeit vorenthalten sie mir gezielt! Die wissen überhaupt nicht, was das für mich bedeutet. Wozu habe ich meine feine Nase, meine scharfen Augen, meine wendigen Glieder, doch nicht, um damit den

Diwan zu verzieren. Mein Reich sind der Wald und die Wildnis. Ein Park ist ja nur ein Abklatsch davon, da muss man sich an Wege halten, den Beißkorb nehme ich ja nur an, weil sie mich mit Leckerli bestechen und mit Verboten erpressen. Wozu nehmen uns die Menschen denn an, wenn sie unser Temperament nicht vertragen?!

Aber nein – ich darf nicht ungerecht sein. Ich bekomme ja viel für gutes Benehmen, viel Liebe. Die kann ich nicht erjagen. Dafür lohnt sich manches. Aber manchmal wird man doch auch sagen dürfen, was man denkt. Glaubt ihr nicht auch?

Dinko (Jagdhund)

Klein, aber oho

Weißt du eigentlich, wie eine Oma sich fühlt, wenn sie das heiß erwartete Enkelkind zur Aufsicht anvertraut bekommt? Gewiss ist sie sehr stolz über das in sie gesetzte Vertrauen. Doch sie muss sich auch anstrengen, um immer gute Ideen zu haben.

Mit unserer Oma war ich nicht oft weg. Aber es waren vergnügliche Ausfahrten mit ihr. Das hatte seinen Grund vor allem darin, dass sie mit einer allerliebsten Enkelin unterwegs war. Die quatschte mit ihren 2 Jahren in der U-Bahn alle Fahrgäste an und lachte übers ganze Gesicht. Sie konnte Oma und die andern sehr gut unterhalten. Ich kam mir zuerst wie das letzte Rad am Wagen vor, doch dann wurde mir meine Rolle voll bewusst.

Dazu musst du aber eine Vorstellung haben, wie ich aussehe: steingrau, mit ruppigem Fell, zwei spitzen Ohren und einem richtigen kleinen Bärtchen. Bei meiner » Größe« kann ich zwischen allen Beinen und hinter allen Hindernissen leicht durchrutschen. Es gelingt mir, meist, eine sehr strenge Miene aufzusetzen und kräftig meine Stimme aufzudrehen, wenn es nötig ist. Wann es nötig ist, bestimme natürlich ich. Aber ich muss mir zu Gute halten, dass ich kein kleiner Kläffer bin, ich setze meine Bemerkungen zur passenden Zeit ein. Ich würde z.B. nie zulassen, dass jemand meine Lieben belästigt. Übrigens heiße ich Vincent und bin ein Zwergschnauzer.

Nun zurück zur U-Bahn. Oma unterhielt sich also mit ihrer Enkelin und freute sich über die Bewunderung der Umstehenden so sehr, dass es immer aussah, als wollte sie nicht mehr aussteigen. Und da kam ich ins Spiel. Ich stellte mich, wenn der Tunnel der U6 vor der Station Dresdner Straße kam, brav bei der Tür an und sah mit strengem Blick zu Oma hin. Dann wusste sie, langsam würde es Zeit, sich vom Sitz zu

236

erheben und mit dem Sportwagen samt Lea sich anzustellen. Ich stand immer zur richtigen Zeit am richtigen Platz. Ganz besonders lobte mich Oma, als ich dies auch von der Gegenrichtung her konnte, wo es keinen Tunnel gibt. Nach dem Spaziergang auf der Donauinsel stand ich genauso rechtzeitig zum Aussteigen bereit. Ich glaube von mir hat die Enkelin ihr gutes Ortsgedächtnis, oder glaubst du das nicht?

Sehr spaßig fand ich auch, wenn wir vom Kindergarten durch die Neulerchenfelder Straße zur U6 gehen mussten. Jedes Mal mussten wir ein Zuckerl-Geschäft (Zuckerl = Bonbon!) passieren, jedes Mal gab es dort dieselbe Diskussion: »Oma, halt, bitte kauf mir ein-- ein das (Schokofiguren, glitzernde Riegel, kandierte Früchte, was auch immer)!« »Du hast ja gestern etwas bekommen, heute gibt es nichts.« »Bitte, bitte, bitte!« Wir bleiben stehen, was die Auslage noch anziehender und verführerischer macht. Die Diskussion setzt sich so lange fort, bis die Enkelin Siegerin ist und es heißt: »Aber nur einen Schlecker.« Sie gehen in den Laden hinein, ich muss natürlich draußen warten, aber ich habe inzwischen genug mit eigenen Beobachtungen zu tun. Durch die Tür höre ich noch, wie aus dem Schlecker noch eine Süßigkeit mehr wird. Das braucht man ja nicht unbedingt Mama zu erzählen.

An manchen Tagen allerdings versuchte Oma das Zuckerl-Hindernis zu umgehen, indem sie schnellen Schritts den Kinderwagen daran vorbeilenkte, aber weit gefehlt, schon ertönte es: »Nur einen Schlecker!«

Was soll eine Oma da tun, um die Gunst ihres kleinen Lieblings nicht zu verlieren? Ich bin Zeuge, aber ich werde nichts verraten. Dafür muss ich auch nicht an der Leine humpeln. Ich darf frei gehen. Oma weiß doch, dass ich ein verkehrsgewandter Zwergschnauzer bin. Das rechne ich ihr hoch an.

Aber etwas anderes konnte sie nur aus Erzählungen wissen. Als es einmal ganz brisant und gefährlich mit meinem Frauerl war, glaubte ich, dass ich Hilfe holen müsste und fuhr ganz allein mit der U6 von der Wohnung im 20. Bezirk zum Geschäft im 17. Bezirk zur Mama der Mama. Frag mich nicht, ob ich nicht einfach nur meine eigene Haut retten oder wirklich Hilfe holen wollte. Aber du siehst, ich bin sehr selbständig, hole mir auch oft mit meinem schönsten Blick Futter am Markt bei den Standlern ab.

Jetzt verstehst du vielleicht, warum Oma sich auf mich vollständig verlassen konnte, und das tat und tut sie auch.

Vincent (Zwergschnauzer)

Das Gastgeschenk

Da warten wir nun, bis die Tür aufgeht und wir unser getanes Werk zeigen können. Vorgestern habe ich ihn zufällig getroffen und wir schlossen sofort Freundschaft. Nun sitzt er neben mir. Seine schwarzen Schlappohren und seine lustigen Augen können jeden sofort überzeugen. Aber sein Markenzeichen ist, dass kein Hindernis für ihn unüberwindlich ist. Keiner kann so kräftig graben wie er, keiner springt so beherzt drüber, wenn es sein muss. Er ist wirklich geübt, seinen Weg frei zu arbeiten. Und er liebt es, Besuche zu machen – irgendwo. So haben wir uns auch kennengelernt. Und wir wussten gleich, dass wir zusammen ein gutes Team sein würden, er mit seiner unerschrockenen Geschicklichkeit und ich mit meinem erdbraunen Mantel. Ich kann mich sehr gut tarnen und warten, ganz still warten – so wie jetzt. Wir tauschen nicht einmal ein kleines Wuff aus. Wir fixieren nur die Tür, bis sie sich endlich öffnet. Wer wird uns dann begrüßen?

Ach das dauert aber lang. Macht auch nichts, jetzt haben wir Zeit. Unsere Arbeit ist getan. Nur ordentlich die Haltung bewahren, dann fällt die Überraschung noch größer aus.

Und endlich macht es »klick«, eine Hand erscheint, ein Kopf und schließlich eine ganze Person. Wir können sie einordnen, ja, das ist gewiss ein weiblicher Mensch, hat lange Haare und so etwas wie ein schlapperndes Fell, hab schon gehört, dass sie es Kleid nennen. Jetzt kommt der große Moment und wir werden unser verdientes Lob bekommen...

Aber ach, wie sieht sie nur drein, entsetzt, worüber denn nur. Sie fuchtelt mit dem Finger und bedeutet uns, wie schlimm wir sind. Sie redet auf uns ein, wie dumm wir sind. Sie kann es kaum fassen. Sie fragt nicht mal, woher wir unsre schöne Beute haben. Ja, sie weiß es und beklagt es auch noch – aus ihrem Hühnerstall. Statt des Morgen-Eis muss sie nun Hühnersuppe machen. Sie ist ehrlich empört. Und wir wollten doch nur unsere Ehrerbietung zeigen und ein Antrittsgeschenk machen. Ich wollte mich im besten Sinne vorstellen als der neue Freund ihres Lieblings. Und jetzt das!

Endlich fasst sie sich, droht nochmals mit dem Finger und kontrolliert mein Namensschild, naja meine sogenannte Hundemarke. Wir sind zutiefst enttäuscht und sitzen nun wie zwei Übeltäter auf ihrer Terrasse. Wir warten gehorsam und spüren, dass dieses Abenteuer nicht allzu gut ausgehen wird. Schade, es war doch genau das, wofür wir geboren wurden, und nun will sie uns umerziehen.

Sie greift zum Telefon, sie tippt irgendwas ein, sie hält es ans Ohr, sie spricht. Tja, was sagt sie nur und mit wem erregt sie sich so sehr?

Nicht lange bleiben wir mit dieser Frage im Ungewissen. Das Gartentor klickt, wir hören Schritte und nehmen eine besonders aufrechte und angemessene Haltung ein, bis er um die Hausecke erscheint. Oh du meine Güte, mein Herrchen, na, den hätten wir nicht auch noch gebraucht! Er wirft einen bösen Blick auf meinen Freund, den er als den hinterhältigen Verführer einschätzt und schnappt sich dann mein Halsband, was bedeutet – Leine – ach dieses Unding, meine Leine.

Dann verneigt er sich höflich vor dem weiblichen Menschen und entschuldigt sich für mich, ja für mich, der doch nur getan hat, was zu tun ihm von Anfang an in die Wiege gelegt war, für mich, seinen treuen Freund und Diener, der ein ehrlich erjagtes Gastgeschenk vorgelegt hat.

Am Ende schlossen sie sogar noch einen Handel ab, sie bekam ?.... Schillinge für unser schönes Huhn.

Mit einem enttäuschten Abschiedsblick an meinen nicht minder gedemütigten Freund trat ich unfreiwillig an der Leine den Rückzug

nach Hause an. Da sag noch mal einer, die Menschen verstünden ihre
»besten« Freunde.

Und nun darfst du raten, WAS oder WER ich bin.

Freund von Buggy (Jagd-und Vorstehhund)

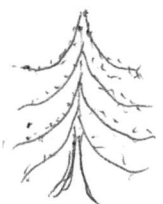 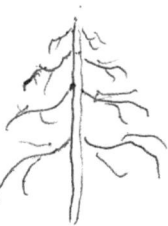

Standesunterschiede

Da stand ich also in einem fremden Wohnzimmer und sah in 4 Augenpaare, die mich mit gemischten Gefühlen anstaunten. Das können nur Menschenjunge sein, dachte ich, also nicht gar so gefährlich. Daher setzte ich eine interessierte Miene auf, um mich ihnen nähern zu können. Eines von ihnen drückte sich ängstlich ins Eck der Sitzbank, eines glotzte mich einfach nur überrascht an, eines grinste leicht wie über einen unerwarteten Spaß und eines kam mir gerade entgegen. Die Situation wurde entschärft, weil neben mir mein Lotse und Freund seinen Kopf durch die Tür steckte und gleich begeistert begrüßt wurde. Er war ihr Liebling.

Alles nahm eine unangenehmere Wendung, als die Menschin erschien und nach anfänglichem Erstaunen ein Interview mit mir begann. Eigentlich hätte sie ja wissen sollen, dass ich sie nicht besonders gut verstehen kann, aber in der Aufregung sprach sie zu mir so, als könnte ich sie verstehen: »Na, wie kommst denn du da zu uns herein? (konnte darauf nicht antworten, weil mein Freund, der ihr gehörte, mich ja hierher gebracht hatte, wollte ihn nicht verraten) Du bist aber ein ganz schöner Hund. (»Hund« nannte sie mich, wo ich doch eine Dame bin). Ja, was machen wir denn jetzt mit dir?« Da rief gleich ein Menschenjunges dazwischen »Behalten!« Daraufhin hieß es: »Nein, so einen edlen Schäferhund darf man nicht behalten, den muss man zurückgeben!« »Oje, nein«, war die Antwort.

Dann ging die Menschenfrau kurz aus dem Zimmer. Wir saßen und standen einander gegenüber und wurden uns sehr sympathisch, mein kleiner Freund sagte zufrieden »Wuff«. Aber zu früh gefreut. Nach einiger Zeit ging wieder die Türe auf, und das Spiel nahm ein unrühmliches Ende. Mein Frauchen erschien, sagte besonders höflich zu allen

»Guten Tag«, nahm mich wortlos an die Leine und verabschiedete sich mit einer Entschuldigung.

So, das war also der kurze Ausgang in die Freiheit – alles vorbei – wie ich es in den nächsten Tagen erst recht begreifen sollte. Aber zuerst verwies sie mich in meinen Korb, sah mich ganz streng an und begann eine Strafpredigt. Dass Dumme daran ist, dass ich zwar nicht jedes einzelne Wort verstehen kann, aber aus dem Tonfall meines Frauchens konnte ich spielend in meine Sprache etwa Folgendes übersetzen: »Sag mal, was sind das für neue Ungezogenheiten, die du dir da einfallen lässt. Dazu hat dich sicherlich diese kleine schwarze Straßenkreuzung verleitet, die noch einem Jagdhund am ähnlichsten sieht. Wie kannst du nur so schnell deine guten Manieren vergessen. Du weißt doch, dass du nicht irgendein Wesen bist, sondern »eine Edle von« mit einem feinen Stammbaum. Sieh dich nur an, wie alles an dir stimmt, wie großartig du bist. Du bist für einen Prinzen reserviert und nicht für so einen Dahergelaufenen!«

Ich senkte traurig meinen Kopf, fast wollte ich ihr den Rücken kehren. Wusste sie denn, wie viel Spaß ich mit dem Gescholtenen hatte, endlich eine Abwechslung, endlich raus aus meiner Umzäunung. Noch dazu, war ich mächtig stolz, denn er hatte, bevor er mir einen Ausgang gegraben hatte, meinen Nachbarn ordentlich ins Ohr gebissen, um ihm zu zeigen, wer hier der Herr ist. Das hat mich einfach überzeugt.

Und so nahm das Abenteuer seinen bitteren Ausgang. Nach wenigen Tagen konnte ich kein noch so kleines Stück im Zaun finden, das man untergraben konnte, und mein Spielgefährte war verschwunden. Hoffentlich haben sie ihm nichts angetan.

Aber ich muss noch immer an alles denken, manchmal träume ich davon, wie es in der Freiheit aussieht. Ehrlich gesagt, ich könnte auf den Stammbaum verzichten.

Buggys Freundin (Schäferhündin)

Warum?

Du hast über alle deine vierbeinigen Freunde geschrieben, du hast vielen sogar eine verständliche Sprache verliehen, du bist es auch mir schuldig.

Ich war nicht lange bei euch. Ihr habt mich auf einer eurer Urlaubsreisen im Süden »aufgelesen«. Ihr habt mich von dem Vagabundendasein auf der Straße befreit und mit in eure Familie genommen. Ihr habt mich aber euren Gesetzen unterworfen, die da waren: du musst mit Schnupsi, dem Hundehausherrn, auskommen, du darfst nicht zu viel Zeit brauchen, wir müssen arbeiten, du isst, was dir vorgesetzt wird und du hältst dich gefälligst von Rüden zurück. Ich wusste noch nicht, was das Letzte bedeutet, da habt ihr mich schon zum Tierarzt geschleppt, mich, die ich eine bildhübsche Dame zu werden versprach. Ihr fandet mich doch auch schön, ansprechend und anpassungsfähig? Was ist euch nur eingefallen? Wahrscheinlich hätte ich einen Stammbaum umgehängt haben sollen, als ihr mich gefunden habt. Das war echt spießig von euch. Schaut mich nur an, war ich wirklich nicht gut genug als Mutter? Und wusstet ihr nicht, was manchmal bei Sterilisation geschehen kann?

Na ja, es kam auch so, wie es kommen musste, wie ihr Menschen sagt, noch »dicker«. Als ich nach dem Eingriff wieder fit war, war ich nicht mehr dieselbe. Was hättet ihr auch erwartet? Etwa dass ich danke sage und geduldig einstecke, was über mich bestimmt wird. Nicht doch! Das ist naiv.

Ich hatte nun gelernt, nicht mehr sofort jemandem zu trauen, ich war auch missmutig nach dem, was mir passiert war. Ich fand, dass mein Leben sich nicht sehr verbessert hatte, seit ich nicht mehr im Freien mit meinen streunenden Gefährten lebte. Ich wurde das, was ihr »aggressiv« nennt. Und ihr hieltet mich für verändert, ich war nur verletzt!

So wollte ich auch andere verletzen. Es war mein Glück oder Unglück, dass ich ausgerechnet einen blinden Buben, der vor unserem Garten vorbeiging, ins Bein biss. Er bekam meine Wut ab und war doch selber hilfsbedürftig.

Das hatte Konsequenzen. Mein Frauerl packte mich schon am nächsten Tag, lud mich ins Auto ein und brachte mich zu einer Dame von der Tierecke der Kronenzeitung, verstehst du, von DER Kronenzeitung, über die sie sich immer lustig gemacht hatte.

Der übergab sie mich mit dem größten Lob, das sie für mich aufbringen konnte. Ich war sogar gerührt, als ich merkte, dass sie es nicht leichten Herzens tat. Es war ihr nicht einerlei.

Am nächsten Tag rief sie gleich wieder an und fragte, ob es mir gut gehe. Ja, ich hatte Glück, ich hatte sofort Menscheneltern gefunden, die ZEIT für mich hatten. Sie waren in Pension und hatten noch dazu einen Garten. Da muss ich aber schon sagen, dass auch mein früheres Frauerl Glück hatte, weil sie sich keine Sorgen mehr machen musste. Denn nun konnte ich langsam wirklich alles aus meinem früheren Leben vergessen. Ich meine, das habe ich verdient! Übrigens habe ich den Namen Rolla beibehalten.

Rolla (Hündin)

Dazu wären sie also fähig!

6 Stunden saß ich brav zusammengerollt im Auto. Der Motor dröhnte mir in den Ohren und ich dachte nur an den Augenblick, wenn ich aus dieser Enge und dem Getöse ausreißen würde können. Und nun hör dir nur an, wie das vor sich ging. Bei einer sogenannten Rast auf einem Feldweg schlüpfte ich davon. Rund um mich die mächtigen Stengel des Maisfeldes, hundert, ja nochmals hundert, wer weiß wie viele. Ich lief vergnügt rund um die Stengel immer tiefer ins Feld hinein. Da spürte ich so etwas wie Druck im Bauch und es fiel mir ein, dass ich ja schon Stunden nichts verspeist hatte. Da war ich ja an der Quelle. Irgendwo in dem grünen Gewirre musste es Mäuse geben. Ich schlich nur mehr dahin und schnüffelte genau. Kreuz und quer untersuchte ich den Boden. Es roch auch schon verführerisch, aber noch regte sich nichts. Sie sind schlau, diese Mäuschen, sie spüren, wenn ich im Anmarsch bin. Aber manchmal vergessen sie auf ihre Vorsicht und wenn eins herausguckt, nur mit der Spitze seiner Nase, bin ich schon mit einem eleganten Sprung da – und um das neugierige Wesen ist es geschehen. Ich bin eine verlässliche Jägerin, das kann ich dir sagen. Auch nun bin ich ganz still und lauere, einfach nur ganz still und aufmerksam. Ich muss nur Geduld haben.

Aber sie haben keine Geduld, meine Leute. Einige Male höre ich sie rufen »Minka« und dann zum letzten Mal »Minka«. Sieht ja so aus, dass ich mich auf den Rückweg machen muss. Woher kam der Ruf? Ist ja schrecklich kompliziert, durch das Maisgewirr wieder auf den Weg zu kommen. Woher kam der Ruf? Na, ich glaube, ich bin richtig. Doch – was ist das – mein gehasstes Motorengeräusch. Das Herz klopft mir zum Hals, ich springe gleich einen Meter weiter, und noch einen, noch einen – der Motor wird lauter, ich sehe sie wegfahren. Sie können sicher mein Rufen nicht mehr hören bei dem Krach.

Doch einer hat noch Augen im Kopf und schreit: »Da ist sie!« Ich laufe ihnen wie um mein Leben entgegen. Da sagen die noch lachend, ICH hätte sie genarrt, weil ich bis zum letzten Moment gewartet hätte. Meinst du nicht auch, dass das ganz schön unfair ist. Sie haben nicht einmal gewartet, bis ich meine Beute hatte, sie wollten mich zwingen, zu kommen, und ich bin auf ihren Trick ganz einfach reingefallen. Ist das fair?

Minka (graue Tigerkatze)

Unerwartetes Abenteuer

Darf ich mich vorstellen: Sie nennen mich Schnurli. Schon seit einiger Zeit wohne ich in diesem großen Haus der Menschenriesen. Mein Name verrät natürlich jedem sofort, wer ich bin. Ich bin ein ganz normaler weiß-grau getigerter Kater, vielleicht ein wenig klein geraten. Drum habe ich schon früh beschlossen, meine Anliegen nicht durch Pfauchen und Kratzen sondern durch Freundlichkeit durchzusetzen. Und nun lieben mich alle, sie fordern mein gemütliches Schnurren direkt heraus, wenn sie mich am Hals oder Bauch kraulen, und ich lasse mich gern oft hochnehmen.

Ganz besonders mag ich aber die Frau in diesem Haus. Sie werkt oft in der Küche. Das ist die einzige Zeit, die ich habe, meine Zuneigung zu zeigen. Dann streiche ich ihr ganz unmerklich um die Füße und beobachte, wenn bisweilen etwas vom Futter, das sie für ihre Kinder zubereitet, für mich abfällt. Sehr selten spricht sie dann ganz lieb mit mir und nimmt mich sogar kurz hoch, denn sie hat einfach ganz wenig Zeit. Sie rennt von einem Raum zum andern, sitzt oft stundenlang im Büro und ist einige Stunden überhaupt unsichtbar. Sie sagen, sie arbeite auswärts. Naja, was macht sie dann aber zu Hause? Das sieht nicht wie Spielen aus. Nun, wie dem auch sei.

Ich will euch heute erzählen, wie ich einmal über mich und meine ureigensten Gefühle hinausgewachsen bin.

Das geschah so. Im Haus war immer großes Chaos, von einem Raum zum andern wurden Sachen geschoben, es wurde ausgebessert, gebaut und dann wieder für Tage alles rumstehen gelassen, weil die Hilfen nicht erschienen waren. Oder auch nur so... wie ich vermute.

In der Küche stand ein alter Meller-Kamin – quer über eine Ecke. Darauf sammelte sich manchmal dies und das, aber eines Tages hörte ich etwas. Etwas bewegte sich dahinter, ein leises Kratzen war zu hören. Ein beherzter Sprung und ich sah von oben in den Raum hinter den Kamin. Da bewegte sich wirklich etwas. Oh du meine Güte, ein Vogel, ein bisschen groß vielleicht für meine Verhältnisse, aber ein Vogel, eines jener Wesen, die mich außer Mäusen am meisten interessieren. Zwar hab ich noch nie einen zwischen meine Pfoten bekommen, Vögel sind einfach zu schnell. Aber nun bot sich eine einzigartige Gelegenheit: nur ein Sprung hinunter und ich war meiner Jagdbeute sicher.

DOCH da ertönte hinter meinem Rücken ein entsetzter Schrei; ich erschrak, wandte mich um und landete sofort in den Armen meines Frauchens. Und nun begannen die Erziehungsmaßnahmen, die mich über mich selbst hinauswachsen ließen.

»Pass mal auf, du bist mein lieber, lieber Schnurli, du darfst auf keinen Fall, dieses arme kranke Wesen hinter dem Kamin stören. Die Taube muss wieder gesund werden, verstehst du, so gesund wie du. Dann wird sie uns verlassen und es wäre doch ganz schade, wenn du ihr das nicht gönnst. Rühr sie nicht an! Ich sag dir, rühr sie nicht an, sonst hast du es mit mir verscherzt!« Damit hatte sie mich in richtige Entscheidungsnöte, die Riesen nennen das »Gewissensnöte«, gebracht. Aber am Ende verstand ich: ich wollte auf keinen Fall ihr Zutrauen und das Kuscheln mit ihr verlieren, daher musste ich schon über meinen Schatten springen.

Nur eines konnte sie mir nicht verbieten. Ich strich jeden Tag und manchmal auch nachts am Meller-Kamin vorbei und lauschte, was dahinter vorging. Nach einigen Tagen hörte sich das Geräusch schon wie Flügelschlagen an, ganz leise zuerst, dann kräftiger. Ich musste mir jedes Mal selber gut zureden, meinen Vorsatz nicht zu brechen und nicht hinter das Hindernis zu springen. Doch der Gedanke, was mir blühen könnte, hielt mich jedes Mal zurück.

Und endlich war die Zeit der ständigen Versuchung zu Ende. Behutsam entließ mein Frauchen die Taube aus ihrem Gefängnis, und diese schwirrte noch etwas unbeholfen, aber heilfroh in die Luft empor.

Ich muss wirklich sagen, da hat viel dazu gehört, dass ich diese Zeit mit Würde überstanden habe und die Liebe meines Frauchens nicht verloren habe.

Schnurli (Kater)

In Memoriam: Tiere können einem wirklich nahe stehen, und wir waren sehr traurig, als Schnurli an Rattengift verendete, das ein dümmlicher Gemeindediener hinten im Garten ausgelegt hatte. Ich habe nie die hilfeflehenden Augen meines kleinen Freundes vergessen. Unsere Beschwerde half ihm nun auch nicht mehr. Die Begründung war glasklar: Seit wir Katzen hatten, wurden wir von keinem Nager belästigt, Katzen sind das beste »Rattengift«.

Verteidigung

Darf ich mich vorstellen, ich bin ein weißer Hamster, mein Name ist Arthur. Ich wohne in einem geräumigen »Gehege« im Zimmer meiner jungen Herrin. Du könntest dies auch als artgerechten Käfig bezeichnen und meine Herrin als »Frauerl«. Aber da könnte man mich mit einem Hund verwechseln. Du könntest auch »Mama« zu ihr sagen, unser Alters- und Größenunterschied berechtigt dazu.

Aber die vergangenen Tage hatte ich es mit noch jemandem zu tun, mit einer »Babysitterin«. Jetzt darfst du mich wieder nicht mit einem Menschenkind verwechseln. Uns verbindet nur eines, wir werden ebenso geliebt. Na gut, aber es besteht dennoch ein Unterschied.

Mit dem Futter, das meine »Aufpasserin« – so kannst du sie auch nennen – mir hinstellte, war ich zufrieden. Es schmeckte auch wie immer. Aber dann sagte sie doch: »Mein guter Arthur, du bist ein undankbarer Lümmel, jetzt ist es schon 21.30 und du kommst noch immer nicht aus deinem Bau, um mich wenigstens zu begrüßen. Du könntest mir dankbar sein, dass ich da vorbeikomme. Aber Undank ist eben der Welt Lohn. So lautet ein Sprichwort bei uns.«

Sie glaubte vielleicht, dass ich meinen Namen nicht verstehe. Aber ich verrate euch, ich habe sie ganz gut gehört. Aber warum sollte ich denn wegen ein paar Salatblättern, ein paar trockenen Würmern und Körnern und ein bisschen Wasser früher aufstehen als gewöhnlich. Man hat ihr doch erzählt, dass ich ein nachtaktives Wesen bin. Nun behauptet sie, ich sei ein Siebenschläfer. Und was ist sie? Während ich meine Turnübungen in meiner Sportanlage absolviere, liegt sie ihm Bett und schläft bis 7h in der Früh. Wer ist da der Langschläfer, bitte schön!

Tja, wenn meine junge Freundin wieder zu Hause ist, dann stehe ich vielleicht etwas früher auf, um ihr alles zu berichten. Keine Angst, mir geht es gut, ich weiß selber, was ich zu tun habe!

Sir Arthur (Hamster)

Wer bin ich?

Eigentlich weiß ich selber nicht genau, wie alt ich bin. Jeden Winter verschlafe ich und jedes Frühjahr wache ich erst wieder auf. Wie soll ich da die Jahre zählen können. Aber das macht ja nichts.

Mich unterschätzen alle. Sie glauben wohl, ich hätte eine so dicke Haut, dass ich nichts anderes könnte, als fressen und langsam durch das Gras schleichen. Aber da irren die gewaltig. Keiner ist so still wie ich und doch so schnell beim Brett der Abzäunung, wenn er nur einen Laut hört. Manchmal sind diese Laute trügerisch, es kommt niemand, wo ich doch schon längst Gesellschaft hätte haben wollen. Nur die Vögel hören nicht auf mit ihrem Quietschkonzert. Weißt du, auch das glauben diese Menschen nicht von mir, wenn sie mich nicht genau kennen. Ich höre alles, ich bemerke alles, ich reagiere schneller als sie glauben. Hab es ja schon manchmal geschafft, bei einem meiner erlaubten Freigänge zu verschwinden. Der Weg zu den Nachbargärten ist ein Klacks für mich, wenn ich nur endlich mal aus diesem Gehege draußen bin. Auch glauben die, ich könne die Farben nicht unterscheiden. Das hab ich ihnen aber klar gemacht. Wenn sie mir nur grünen Salat hinstellen, können sie darauf pfeifen. Wenn es aber da rote Tomaten oder Beeren gibt, dann komme ich zum Festmahl.

Genau so meinen sie, ich würde einfach nur mampfen und alles hinterschlucken. Aber nein, ich habe ganz kleine spitze Zähne. Das musste ich ihnen erst beibringen, indem ich sie an ihren bloßen Füßen zwickte, wenn ich in der Wohnung Ausgang hatte. Jetzt wissen sie es und sind vorsichtig. Gut nur, dass ich gepanzert bin, sie würden mich geradezu flach treten, weil sie immer vergessen, wie leise ich mich fortbewege. Aber dafür kenne ich jeden Winkel, da kommen nicht mal meine Freunde hin.

Ja weißt du, ganz allein bin ich ja nicht. Ich höre ganz gut, wenn sie mir etwas erzählen wollen oder wenn sie meinen Namen rufen, weil ich grade in meinem Haus oder hinter der riesigen Minzstaude versteckt bin. Dann zeige ich mich auch und sie sind begeistert. Aber das wollen sie doch bei aller mir gegenüber bezeugten Freundschaft nicht: sie lassen mich einfach nicht frei laufen, wie sie das selber tun. Das ist ganz schön ungerecht. Aber vor Urzeiten hat mir mal meine Mama erzählt, dass es schon Panzerträger gegeben habe, die sich dann verlaufen haben und sich fortan ihr Futter selber suchen mussten und keine bekannten Stimmen mehr hörten, die sich freuten, dass es mich gibt.

Meinst du nicht auch, ich treffe die richtige Wahl, wenn ich mich gut benehme? Ich liebe es, wenn sie mich Joe nennen.

Weißt du nun, wer ich bin?

Joe (griechische Landschildkröte)

B. Was wir über unsere Tiere erzählen

Geora (Hase)

Schnupsi hat schon die Tragödie unseres Hasen angedeutet. Aber er erzählte nicht, wie Geora zu uns gekommen ist.

Einer von uns arbeitete in den Ferien bei Billa. Wenn er in einer Gruppe war, redete er nie viel, er hörte zu, aber er sagte nur manchmal etwas. Eines Tages kam er mit einem weißen Kaninchen von der Ferienarbeit nach Hause. Er erzählte, jemand habe das Tier »loshaben« wollen. Wir waren sprachlos. Das Kaninchen war bildhübsch, aber natürlich auch sehr stumm. Es passte so zu ihm, dass die andern lachen mussten. Weil sie es so nett fanden, bekam das Kaninchen den Namen eines Schauspielers, bei dem K. ein Seminar mit dem Schwerpunkt Lustspiel gemacht hatte. Aber ein Lustspiel wurde Georas Aufenthalt bei uns nicht.

Wir wussten überhaupt nicht, was ein Kaninchen braucht, nur dass es Vegetarier ist und ganz besonders Karotten mag. Schon in den ersten Tagen wurden wir mit einer Eigenart bekannt, an die wir nicht gedacht hatten. Unser Kaninchen durfte im Freien sein, wir waren ja tolerante Menschen. Doch schon dieser Sommer war relativ heiß und unser neuer Freund wurde immer schlaffer, ehe wir kapierten, dass er vor unsern Augen noch vor Hitze eingehen würde, wenn wir ihn nicht artgerecht mit Feuchtigkeit und Kühle versorgten. Nun dies schafften wir. Er erholte sich schnell.

Dann gab es die Diskussion, wo das »süße« Kaninchen leben sollte. Wir erstanden einen Käfig oder wir hatten noch den vom Hamster. Das habe ich vergessen. Jedenfalls kam das Tier »hinter Gitter«. Wir waren wirklich unerfahren und ein wenig naiv, als wir diskutierten, dass es ja nicht für Gefangenschaft geboren sei und wir ihm auch einen Freilauf im Garten geben sollten. Das war der Anfang vom Unglück. Die Freiheit war so schön, dass unser neuer Gast gar nicht mehr abends heimkam. Wir fanden ihn auch nicht. Sein neuer Name dürfte ihm noch nicht geläufig gewesen sein, als wir überall nach ihm riefen.

Aber nachts ahnten wir dann, was wir mit unserer Liberalität angerichtet hatten. Wir hörten einen unaussprechlichen, einen undefinierbaren Todesschrei. Am Morgen wurde die Ahnung zur Gewissheit, als die Nachbarin das wüst zugerichtete Tier herüberbrachte. Wir hätten es von den Hühnern wissen sollen. Der Marder war wieder aktiv geworden. Kurz war die Freude mit Geora gewesen, schade!

In memoriam (Hund Strasko)

Er kann nicht mehr »sprechen«, so spreche ich für ihn. Wir hatten ihn im damaligen Jugoslawien gefunden. Er war schmächtig, ohne Zuhause, hungrig, aber voller Energie. Alle bemitleideten wir ihn und spürten zugleich, dass er gut zu unserer etwas lebhaften Familie passen würde.

Aber ich war schon sehr mit Arbeit eingedeckt und ich sagte nur zu, dass der Hund ins Haus kommen könnte, wenn diesmal auch die Kinder sich um ihn kümmerten. Das wurde versprochen, und unser neuer Gefährte bekam den Namen »Strasko«. Dort hatten wir ihn ja auch entdeckt.

Er passte sich mühelos an und man merkte, dass er sichtlich mit seinem neuen Los zufrieden war. Er wurde der Liebling Ps. Sie tollten miteinander um die Wette . Alle wussten, dieses Wesen gehörte wirklich zu uns.

Aber der Hund hatte dasselbe Temperament wie sein junger Herr. Er war quecksilbrig und musste immer unterwegs sein. Leider waren wir nicht sehr genau mit dem Schließen des Gartentores. Viele Leute gingen aus und ein, es war immer etwas los. So blieb eben auch das Tor bisweilen und immer öfter offen.

Natürlich gab das Gelegenheit für Unternehmungslustige, die äußere Welt zu inspizieren. Mein Sohn hatte einmal unwahrscheinliches Glück, ich nenne es Segen, als ein Autolenker knapp vor seinem Rad zum Stehen kam, ein Pilot, wie er uns mitteilte, ein anderer hätte dies nicht geschafft. Denn beide »Verkehrsteilnehmer« waren schnell unterwegs gewesen.

Solches Glück hatte aber leider Ps. Liebling nicht. Eines Tages lief er – wie das Hunde machen, die »nicht in die Schule« gegangen sind, –

achtlos über die Straße und diesmal war der Autolenker kein Pilot. Der Hund starb. P. war sehr, sehr traurig. Alle ließen »die Köpfe hängen«. Wenn ein liebes Tier stirbt – was wir noch öfter erfahren mussten – ist das ein Verlustschmerz nahe dem Schmerz für einen Menschen.

Und wenn du jetzt sagst, na, ein Tier kann man ja ersetzen, was auch viele machen, so weißt du doch, dass es ein anderes Wesen ist, das erste kommt nicht mehr wieder, alle sind anders.

Wir begruben Strasko »standesgemäß«. Er blieb in der Nähe.

Mimi (weiße Maus)

Viele der Tiere, die hier zu Wort kamen, oder deren Geschick uns berührte, kamen ins Haus wegen der Kinder. Kinder und Tiere gehören fest zusammen. Denn Haustiere machen sich irgendwie von der Liebe ihrer Herrchen und Frauchen abhängig und bewahren doch ihre eigene Art. Sie können nicht lügen, sie sind wunderbar, wenn sie Vertrauen gefasst haben, sie nehmen Schutz an, sie sind Trost, Spaß und Entspannung. Wenn dir langweilig ist, brauchst du nur einem Hund ein Stöckchen zu werfen. Wenn du hektisch bist oder voller Sorgen, brauchst du nur einer Katze zuzusehen, die sie sich sonnt. Wenn du Kraft und Geschicklichkeit steigern willst, freundest du dich mit einem Pferd an, wenn es dir zu still im Raum ist, hörst du dem Singen eines Sittichs zu. In manchen Schulen gibt es Aquarien, damit die wilde Schar zur Ruhe kommt. Auch beim Arzt ist es wunderbar beruhigend, den Fischen beim Tauchen unter den Wasserpflanzen zuzusehen. Aber unser Aquarium blieb nur ein kurzer Versuch.

Doch es gab Mimi, eine weiße Maus mit dem weichsten Fell der Welt. Sie musste nicht viel Zeit in ihrem Käfig verbringen, denn sie brachte es zustande, ganz freundlich auf der Schulter sitzen zu bleiben, wenn man sie streichelte. Auf diese Weise strahlte sie Ruhe und Kameradschaft aus. Leider haben diese Tiere ein kurzes Leben und ihre Freundin I. musste sich nur allzu früh von dem kleinen Liebling trennen. Mimi wurde ebenso wie vor Zeiten Strasko in Ehren und mit vielen Tränen begraben. Sie blieb unvergessen und nahe.

Dasselbe Schicksal hatten bei uns schon einmal Hamster. Weil es so schlimm ist, sie auf einmal verendet zu finden, wollten wir keine mehr haben.

Unglaublich (Lipizzanerstute)

Was wissen wir eigentlich wirklich von der Seele der Tiere? Sie sind für uns selbstverständlich verfügbar, sie gelten für uns oft als gute Freunde, aber ganz sicher wären wir doch nicht, uns ihrer Weisheit auf alle Fälle zu überlassen. Haben sie so etwas wie Intelligenz oder ist alles nur Instinkt, ein angeborener Anpassungsmodus? Manchmal jedoch gibt es herausragende Erscheinungen ihrer Art, die wir doch geneigt wären, als Charaktere zu bezeichnen, als Persönlichkeiten, bei denen nicht alles automatisch abläuft.

Wie auch immer. Eine Fähigkeit ist grundlegend, damit wir uns mit Tieren gut fühlen und sie sich auch mit uns – Vertrauen.

Und das hatte ich zu dem wunderschönen weißen Pferd, einem ausgemusterten Lippizaner. Ich bewunderte seine Haltung, sein Aussehen, sein Zutrauen zu meinem Buben.

Das war nach den bösen Erfahrungen, die das Tier durchgemacht haben musste, keine Selbstverständlichkeit. Es hatte das, was wir Menschen als Trauma bezeichnen, und kein Pferdeflüsterer hatte ihm geholfen. Es war einfach »entlassen« worden und nun gab ihm ein behinderter Pferdenarr, der es nie reiten würde können, das Gnadenbrot. Es lebte in einem engen Hof. Aber ein Pferdeliebhaber weiß, dass das nicht genug für ein so wunderbares Tier ist. Es musste geritten werden und Auslauf haben.

Doch da zeigte sich die Folge der Seelenkrankheit. Die Stute ließ keinen Erwachsenen aufsteigen. Die es versuchten, wurden knallhart abgewiesen. Es hatte wohl in der Vergangenheit ein Mensch sie gequält oder maßlos erschreckt. Für sie aber war ein »Seelenklempner« sicher zu teuer gewesen. Was tun also? Mit vorsichtigen Annäherungen stellte sich heraus, dass sie eine Art von Menschen nicht maßlos hasste oder fürchtete – Kinder. Aber welchen relativ jungen Kindern gelingt es, so ein Pferd zu reiten, zuerst einmal ohne Hilfe aufzusteigen.

Ich war ein wenig stolz, als ich bemerkte, wie die Pferdedame sich mit meinem Sohn anfreundete. Natürlich träumte er davon, mit ihr davon zu galoppieren. Und er versuchte es auch. Wunderbar ging es die ersten Runden, ein schöner rhythmischer Galopp, wie ihn ein so edles Pferd zustande bringt. Doch plötzlich kam der Schock, den ich nie vergessen werde. Mitten im schnellen Galopp glitt mein Kind vom Pferd herab. Ich weiß nicht wie, ich kann den Vorgang nicht mehr schildern, es blieb nur ein riesengroßer Schreck und eine fast ehrfürchtige Bewunderung für das Tier zurück.

Denn ohne auffallend Geschwindigkeit zu verlieren »stieg« sie behutsam über den kleinen Körper hinweg und kam dann zum Stehen. So etwas kannst du nicht vergessen. Mein Sohn hatte mit seinem geringen Gewicht und durch den Schutz der Ausrüstung keine bleibenden Verletzungen.

Wir waren alle mit dem Schrecken davon gekommen, nur weil das Tier richtig reagiert hatte. Man kann das mit verschiedenen Bezeichnungen benennen, je nach Weltbild, etwa Glück, Vorsehung, Schutzengel.......aber eines bleibt bei allem die Hauptsache, die großartige Reaktion dieses wunderschönen Tieres. Und dabei bin ich sicher, dass ihm die gute Ausbildung der Lippizaner geholfen hat, bei der ja so viel an Kontrolliertheit der Bewegungen verlangt wird.

Wie eine Wildkatze (Daphne)

Wenn ich von verschiedenen Tierpersönlichkeiten gesprochen habe, so bekenne ich gerne, dass dies durchaus nicht absurd ist.

Wir hatten viele Katzen und einen Kater. Jede hatte ein anderes Temperament und dadurch auch ein anderes Katzenleben. Besonders bei unserer Daphne merkten wir, dass Katzen nicht nur Schmusekatzen sind, sondern etwas von der Wildheit ihrer Ahnen noch in ihnen steckt. Das kann jeder bezeugen, wenn er sie beim Jagen beobachtet oder öfter die Geschenke von toten Mäuschen vor der Türe gefunden hat. Auch die Wirkung ihrer Krallen dürfte nicht unbekannt sein.

Was wir an unserer Daphne, der wir einen viel zu kultivierten Namen gegeben haben, beobachten konnten, bestärkt diese Behauptung.

Noch bestand bei uns das Vorurteil, Katzen nicht sterilisieren zu lassen. Daher suchte sich die trächtige Katze ein ruhiges Eck auf dem Dachboden, als es so weit war. Sie hatte nur 4 Junge. 3 davon wurden verschenkt, das Liebste behielten wir, Sappho, die dann jahrelang bei uns war.

Daphne war eine wunderbare Mutter. Ein besonderes Ereignis für uns war, als sie ihre Jungen – eines nach dem andern hinten am Kragen gepackt – über die Dachbodenstiege herunter brachte und uns vorstellte. Sie wurde gelobt, gestreichelt und beklatscht. Sie schaffte es auch, als sie mit nur einem Kind übrig blieb. Auch das versorgte sie, wie es sich gehört. Wir freuten uns, dass wir nun 2 Katzen als Soldaten gegen Mäuse und womöglich Ratten hatten.

Alles klappte problemlos, bis Daphne eines Tages verschwunden war. Ihrer Tochter schien sie nicht abzugehen. Diese fühlte sich bei uns zu Hause wie eh und je. Wir riefen den Namen ihrer Mutter, wir suchten den Garten, das Haus und die Nachbargärten ab. Nichts. Doch eines Nachts kam Daphne wieder, aber nicht mehr bis zum Haus, sie nistete sich im Schuppen hinten im Garten ein. Wir waren froh und stellten ihr weiterhin ihr Futter hin. Sie kam noch einige Zeit, als wollte sie uns beobachten, dann immer seltener und schließlich nicht mehr. Wir vermissten sie, aber sie blieb für immer weg. Ihre Tochter vermisste sie nicht, zeigte keinerlei Anzeichen davon, nahm ihr Revier nun in Alleinbesitz und versorgte es nach bester Katzenart.

Mir sagte man, die Mutter wäre »ausgewildert«, sie hätte, wie es die Wildkatzen machen, ihr Revier an ihr Kind übergeben. Das sah ja wirklich so aus. Aber es wäre schön gewesen, hätte sie uns erzählen können, was da wirklich vor sich gegangen war.

Wü net (Papagei)

Eine Art von Tieren gibt es, die tatsächlich sprechen können. Ich hätte das auch nicht geglaubt, wenn ich es nicht gehört hätte. Aber wir waren nicht in einem Zirkus, sondern in einer Gaststube.

Als der Vater des Vermieters unserer Ferienwohnung noch lebte, kam er auch immer in die Gaststube, um alle zu begrüßen. Ganz stolz war er auf seinen sprechenden Papagei.

Aber der Papagei war eine Primadonna, die ihre Kunst zwar nicht gegen Bezahlung, aber umso willkürlicher vorführte.

Wir kamen voller Erwartung, die Neugierde hatte uns hergeführt. Es kostete uns bloß einen Drink. Wir hatten ja auch Ferienzeit.

Nun versuchte einer von uns, den Vogel zum Reden zu bringen. Normalerweise sagte der Papagei immer die letzten Worte eines Satzes nach. Aber diesmal war alles umsonst. Unser Sprecher gab die Versuche auf und sagte: »Heut wü er net, er wü einfach net.« Enttäuscht verließen wir das Lokal und blickten nochmals unmutig zurück. Da tönt es uns nach »Wü net«. »Wü net«.

Du Lümmel du! Hättest du nicht vorher mit uns spielen können? Jetzt wollen wir aber nicht mehr.

Ein Nachruf (Gambit, Retriever)

Zwar weiß ich, wo du bist und ich hoffe, dass es dir gut geht.

Alles was du für mich warst, ist nun Erinnerung. Du warst in deiner Art wirklich »golden« so wie dein Name, so wie dein schönes Fell.

Wenn du dich in deinem Element fühltest, konntest du lachen, ein Hundelachen eben, aber ein Lachen. Wenn du traurig warst, konntest du es mitteilen, so dass es mitten ins Herz ging. Zum Schluss warst du so. Du hast alles mitbekommen, nicht wörtlich, aber atmosphärisch. Es war so viel los in den letzten Jahren, in deinen letzten Jahren bei uns.

Wäre es nur möglich gewesen, dich bei mir zu behalten! Du bist immer zur Ruhe gekommen, wenn du neben mir saßest und ich dich streichelte. Oft warst du etwas überdreht, vielleicht auch verwirrt, denn du hast manches nicht verstehen können. Aber ich sage dir heute, auch ich kann es nicht verstehen. Ohne dich ist es noch trauriger.

Man soll immer positiv in die Zukunft schauen. Ja, es wird dir gut gehen, aber wie Krambambuli, dessen Geschick du teilst, wirst du zutiefst auch nie vergessen. Auch ich werde nicht vergessen, nicht die Trauer in deinen Augen, als ich mich verabschiedete. Du hast es gespürt. Ich dachte, du könntest IHN schützen, aber er wollte dich schützen, vor wem auch immer, vielleicht sogar vor sich selbst.

Es nützt nichts, wenn ich an die schönen Stunden denke, als wir dich als Baby verwöhnten, es nützt nichts, wenn ich an die Spaziergänge mit meinen Lieben denke, auf denen du uns voller Vergnügen begleitet hast. Ich sehe dein Fell im Wind fliegen, wenn du über die Gräser sprangst. Ich vermisse euch beide. Es tut weh. Möge es dir besser gehen. Du bist mehr als nur ein Tier, du stehst für etwas, das unnennbar für mich ist. Ich bin aber froh, dass es dich gegeben hat. »Goldene« Stunden mit dir..... und....den deinen.

Portrait einer Dame (Suki, Hauskatze)

»Guten Tag! Wie geht es Ihnen heute, bitte kommen Sie nur herein. Ich werde Sie gleich anmelden. Meine Herrin erwartet Sie schon. Haben Sie besondere Anliegen, darf ich Ihnen etwas anbieten. Bitte nehmen Sie Platz, sie kommt gleich«..... so empfängt sie mich oft am Gartentor, geleitet mich bis hinauf und empfiehlt sich dann mit einem eleganten kleinen Schwanzschwung. Das ist ihre Art von Ehrenbezeugung.

Sie ist einzigartig, elegant, diskret, wenn sie es sein will, verschwiegen, wenn sie es über sich bringt, ihre Wünsche hintan zu stellen, sie hat eine warme Farbe, eine ansprechende Zeichnung des Fells, in ihrer Gewichts- und Altersklasse ist sie eine Schönheit. Nur der Name verrät, dass sie nicht in einem Fürstenpalais zur Welt gekommen ist. Sie ist unsere »Suki«.

Ja, Fürstenpalais hin oder her, eine Dame ist sie allemal. Das zeigte sie schon in ihrem ersten Jahr, als es plötzlich weiß und kalt vor der Haustür war. Sie wollte ihren üblichen Ausgang machen und war völlig konsterniert. Das hätte doch angekündigt werden müssen! Sie verharrte einen Augenblick, dann hob sie eine ihrer Pfoten würdevoll in die Höhe und setzte sie mit unendlicher Vorsicht in den Schnee. Darauf folgten die andern drei. Es sah aus, als würde sie sich auf Zehenspitzen vorwärtsbewegen. Nun verharrte sie kurz, ihre Barthaare zitterten leicht, sie dachte nach, ihr Schwanz machte 3 kurze Bewegungen wie immer, wenn sie nachdenkt. Endlich entschied sie sich. »Das ist heute nicht mein Tag!«, sagte sie sich und kehrte mit gelassener Sorgfalt um. Diese Art von Klima ist für eine Dame ungeeignet, die es liebt, an warmen, sonnigen Ecken ihre Freizeit zu verbringen.

Als sie in die Jahre kam, wurde sie sich ihrer Sonderstellung im Hause auch mehr bewusst und nimmt sich nun das Recht heraus – wie eben eine Dame von Welt – dass man ihre Ansprüche sofort erfüllen muss. Kaum ist das Begrüßungsritual vorbei, ertönt ein fordernder Katzenton mit einem Blick zum Fressnapf. Dies wiederholt sich mindestens 3-mal während meines Besuches. Wo gibt sie nur all dieses Futter hin? Nein, meine Liebe, du wirst mich nicht tyrannisieren, auch wenn du einen hohen Katzenrang inne hast. Jetzt gibt es nichts. Sie verrollt sich im wahrsten Sinne des Wortes wieder. Aber nach kurzer Zeit ertönt es wieder »Miauauau!« und dann nochmals und nochmals. Ich glaube, es ist ihr entschieden langweilig. Aber, aber eine Dame hat das doch nicht zu zeigen. Oder sie spielt das Spiel: »Ich will raus!« – Türe auf – »Ich will rein!« – Türe zu -«Ich will raus!« – usw.

Endlich nimmt sie jemand in den Arm und streichelt sie. Da kann sie so gemütlich schnurren, wie sie zuerst gemault hat. Sie fordert Aufmerksamkeit ein, eine etwas verwöhnte Dame eben. Sie weiß, dass sie Nummer eins für uns ist. Ihr Nebenbuhler ist höchstens Joe. Aber eine Schildkröte kann ja nicht einmal reden. Die hat nichts zu melden. Sie ist bestenfalls ein Beobachtungsobjekt, wenn Suki ihre Kreise im Garten zieht, bis sie an einem sonnigen Plätzchen zur Ruhe kommt. Dann geht eine Ruhe von ihr aus, die ansteckend und belebend ist.

Wir lieben sie sehr.

Vorurteilsfrei? (Dobermann)

Was ein Hund mich lehrte.

In der Stadtbahn – heute U6 – kann man Menschenstudien aller Art machen. Selten aber hatte ich die Möglichkeit, mit einem Hund zu kommunizieren und ein Vorurteil von mir zu entdecken.

Sie standen schon beim Ausgang – Herr und Hund. Ein ausgewachsener Dobermann braucht einigen Platz. Aber es schien Platz genug zu sein. Alle anwesenden Fahrgäste saßen oder standen in angemessener Entfernung, eine gewisse Spannung lag in der Luft.

Ich beobachtete den Hund. Er war ein schönes und gewaltiges Tier. Man soll ja einem unbekannten Hund nicht in die Augen schauen, also betrachtete ich zuerst die Bewegung seines Schwanzes, sie war fragend und neugierig, durchaus gutmütig. Ich traute mich daher mein Gegenüber genauer anzusehen und fand auch in seinem Gesicht einen geradezu treuherzigen Ausdruck. Das faszinierte mich bei dieser Hunderasse, die ich aus unserer Gasse als scharfe Wachhunde kannte. Ich begann mit ihm freundlich zu reden. Er antwortete mit einer Schwanzbewegung und wollte sich streicheln lassen.

Da geschah das Unerwartete, sein Herrchen strahlte vor Begeisterung und begann mit mir zu sprechen. Aber dazu müsst ihr euch den Mann vorstellen. Er war glatzköpfig bis auf eine Bürstenfrisur in der Mitte des Kopfes, sehr jung, aber stämmig mit den berüchtigten Militärstiefeln und Metallknöpfen auf der Jacke. Er sah aus, wie zu einem Faustkampf gerüstet. Und dieser junge Mann lachte auf einmal ganz entspannt und meinte:«Ich danke Ihnen, noch nie hat jemand so zu meinem Hund geredet, ich danke Ihnen!» Was er wohl sagen wollte, war, noch nie hat jemand mich und meinen Hund so ernst genommen. Da begriff ich auf einmal, dass ich ohne Kontaktanbahnung durch den Hund nie mit einem solchen Menschen gesprochen hätte, schon weil ich vor ihm Angst gehabt hätte. In diesem Moment zeigte der junge Mann eine spontane und aufrichtige Emotion. Ich war innerlich beschämt, weil ich spürte, dass er mir ohne es zu wollen, bewiesen hatte, dass ich insgeheim trotz meines Bestrebens tolerant zu sein, noch immer Vorurteile hatte.

Es war eine gute Begegnung. Sie hat uns allen dreien etwas gebracht. Mit einem kurzen Seitenblick bemerkte ich noch das Erstaunen der anderen Fahrgäste.

Kuhlimuh (Kühe)

Nach dem Krieg war noch so wenig verbaut, dass wir diese braun- oder grauweiß gefleckten Geschöpfe direkt in den Wiesen um unseren Garten herum bestaunen konnten.

Wir gaben ihnen unseren persönlichen Kosenamen »Kuhlimu« und trafen später Unzählige von ihnen auf den Wiesen Oberbayerns bei unseren Spaziergängen. So kam es, dass Kühe für mich etwas Freundliches und Heimatliches bedeuten.

Meine Mutter erklärte uns, wie man mit einer Herde Kühe auf der Weide umgehen kann: einfach ohne besonderes Lärmen normal weitergehen. Das klappte immer. So verloren wir die Scheu vor diesen für uns damals großen Wesen. Sie ihrerseits betrachteten uns interessiert oder gelangweilt, je nach ihrer Laune und dem Zustand ihrer Nahrungsaufnahme. Am lustigsten fand ich es immer, wenn sie gemütlich herumlagen und kauten, kauten, kauten. Das hatte etwas Einschläferndes und Beruhigendes an sich. Auch fand ich es komisch, wenn sich eine raue, große Zunge um die Grashalme schlang und eine Kuh in sich hineinstopfte, so viel sie nur konnte.

Auch später traf ich Kühe immer wieder bei unseren Bergwanderungen. Sie schienen sich meist gar nicht für uns zu interessieren. Nur manchmal kommt eine näher heran, und du meinst, sie wolle mit dir ein Gespräch anfangen. Wahrscheinlich ist sie schon längst satt und findet uns genauso andersartig wie wir sie. Kann sein, dass ihr auch nur langweilig ist.

Etwas vorsichtiger, aufmerksamer eben, muss man bei Almwanderungen mit »jungen Herren« dieser Gattung sein. Aber die man trifft, sind noch sehr jung und kaum aggressiv. Nur bitte nicht extra reizen und ausprobieren, wie weit man gehen kann! Das ist einfach Dummheit.

Trotzdem bin ich auch heute noch nicht ganz sicher, wenn ich eine ganze Herde vor dem Gatter stehen sehe. Das ist doch zu dumm! Jetzt stehen alle schon da und warten darauf, abgeholt zu werden, um in den Stall zu gehen, und ich muss da durch. Da kommt mein Mann und mit einem Wink seiner Hand weichen sie anständig zurück. Da sag nochmal einer, sie wüssten nicht, was sich gehört.

Allerdings können sie sich auch wie unerzogene Menschen benehmen. So ruhig sie sonst wirken, wenn es in den Stall geht, schlägt bei ihnen sogar etwas wie Temperament durch. Jede will als erste durch die Tür, mehrere versuchen es gleichzeitig. Das ergibt ein Geschiebe und Gedränge, das unsern Verhaltensweisen zum Schmunzeln ähnlich ist.

Sie sind nicht nur nützliche, sondern auch beschauliche Freunde von uns Menschen. In meinen Augen könnten sie nur ein bisschen weniger Kuhfladen hinterlassen. Ich weiß nicht mehr, wie vielen davon ich schon ausgewichen bin – und manchmal habe ich eine übersehen. Oh je!

Lebendige Antike (Gänse)

Wir waren in der Hitze durch die Ausgrabungen von Ephesus und Milet gestapft, wir saßen im gekühlten Bus und hörten die Sagen der Stadt Troja an, ehe wir die Reste der Stadt bewunderten. Überall war es eine Reise in die Vergangenheit, eine Reise auch der Phantasie – wie mögen diese Menschen gelebt haben, was waren ihre Glückserlebnisse, was ihr Elend? Von ihren Siegen und Niederlagen, von ihren kulturellen Leistungen ist uns ja viel überliefert. Aber ich versuchte in ihr Alltagsleben wie in einen Film einzutauchen und wusste doch, dass ich von ihrer Wirklichkeit nur einen kleinen Schimmer erhaschen konnte.

Doch an einer Stelle in diesem vom Altertum verzauberten Land bekamen wir ganz realen Anschauungsunterricht. Und das geschah so.

Wir machten Rast in einem kleinen Dorf im Hinterland von Ephesus. Endlich gab es so etwas wie Wald, wir benutzten die freie Zeit zu einem Spaziergang in der Kühle. Der führte uns zu einem ausgedehnten Anwesen mit einem wunderschönen Park, der sich über zwei Hügel hinaufzog. Bäume und leuchtende Blumen des Südens, aber auch ganz unscheinbare Pflanzen am Wegrand säumten unsern Weg, Insekten, vor allem bunte Falter, umschwirrten uns. Die Atmosphäre war wie zum Träumen gemacht. So gingen wir immer weiter in den Park hinein und etliche Serpentinen den Hügel hinauf. Wir dachten gar nicht daran, dass es sich hier eventuell um kein öffentliches Gelände für Touristen handelte, bis wir eines Besseren belehrt wurden.

Über uns erklang das Geschnatter von Gänsen. Eine nach der andern reckte ihren Hals, damit sie uns noch bedrohlicher von oben beäugen konnte. Das Geschnatter wurde gefährlich lauter, ein Zug von etwa 10 ausgewachsenen Gänsen formierte sich, natürlich im «Gänsemarsch». Wir wollten noch etwas höher steigen. Doch als wir in die Schnäbel dieses Gänsegeschwaders mit ihrer kampfbereiten Anführerin blickten und sahen, wie sie sich beharrlich näherten, drehten wir freiwillig um.

Sie waren voll entschlossen, ihr Terrain zu verteidigen. Hier hatten keine Touristen etwas zu suchen. Ich dachte an meine kleine Oma, die ihnen streng in die Augen geschaut hätte, so dass sie hätten zurückweichen müssen. Aber auf dieses Kräftemessen wollte ich landwirtschaftlich Unerfahrene mich nicht einlassen. Rückzug war die sicherere Variante.

Tja, wir hatten nun leibhaftig erlebt, wie es damals gewesen sein musste, als die Gänse des Kapitols ihre Stadt verteidigten. Beeindruckend, Geschichte mit Erlebniswert! Unvergessliches Altertum! Leben wiederholt sich immer, nur in wechselnden Bildern.

Schwein gehabt! (Hausschwein)

Als Kind machst du schon einige Aufregungen durch, aber sicher passiert nicht jedem das, was mir passiert ist, als ich mit 6 Jahren bei Verwandten auf einem Bauernhof war.

Alle saßen in der Stube und plauderten, nur mir wurde es zu langweilig. So verschwand ich im Hof und wollte auf Entdeckungsreise gehen. Alles war für mich Stadtkind eine Sehenswürdigkeit. Ich spazierte fröhlich dahin und überlegte, wo ich mit meinen Untersuchungen anfangen sollte. Aber mit einem hatte ich nicht gerechnet, mit einer Begegnung der andern Art, die mich völlig unerfahren und unvorbereitet ereilte.

Meine Körpergröße in diesem Alter kannst du etwa schätzen, und nun stell dir ein ausgewachsenes Mutterschwein vor. Da gibt es wohl einen Unterschied. Der kam mir spontan zu Bewusstsein, und ich fing beim Anblick des für mich Übermächtigen zu laufen an. Was aber geschah? Das Schwein – was immer es über mich dachte – fing an, mir nachzulaufen. Ich war außer mir und keuchte, ich suchte Umwege und lief im Zickzack. Wer kam hinter mir dicht und ebenfalls keuchend – das Schwein. Huh, wie es alle Viere bewegte. So ein gemeiner Vorteil, die Sau hat vier, ich nur zwei Fortbewegungswerkzeuge. Aber viel konnte ich nicht denken. Ich begann schon etwas müde zu werden, und die hörte noch immer nicht auf, mir zu folgen. Fand sie das lustig, ein Spiel, oder war sie zornig über mein Eindringen? Ja was, was hatte sie denn überhaupt außenhalb ihres Kobels zu suchen? Wie war sie denn aus dem Stall gekommen? Ist ja jetzt auch ganz egal, aber schrecklich, schrecklich.

Da kommt mir ein rettender, aber letztlich erfolgloser Gedanke: Ich renne in den Hausflur – und – das Schwein mir nach. So machen wir zweimal die Runde durch den Hausflur. Im letzten Augenblick kann ich mich nur mehr mit einem Hilferuf retten und ernte unglaubliches Gelächter, als die Stubentür aufgeht und alle den Vorfall bestaunen. Mit einem Griff nimmt die Bäuerin das Tier am Halsband, das es vorsorglich trägt, und aus ist der Spuk.

Für mich war es allerdings auch nachher nicht zum Lachen. Doch ein wenig stark und schnell fühlte ich mich doch, ein wenig größer jedenfalls.

Begegnungen mit vielerlei Tieren

In den Geschichten wollte ich mitteilen, wie bereichernd und anregend der Kontakt mit Tieren ist. Alle Erlebnisse mit ihnen sind urmenschliche Erfahrungen: Vertrauen, Schutz, Liebe, Verlust, Trauer. Mit Tieren kannst du durch Dick und Dünn gehen. Sie täuschen nicht und enttäuschen nicht. Sie leben aber irgendwie in sich selbst und das strahlt für mich eine immer neue Ruhe aus.

Manchmal triffst du Tiere nur für wenige Augenblicke oder eine kurze Zeit. Und doch prägen sie sich dir als Bild ins Buch deines Lebens ein.

So war es zum Beispiel mit der Schäferhündin unserer Verwandten, die sie aus einem Tierschutzhaus aufgenommen hatten. Sie konnte ihr Trauma, das sie uns gar nicht erzählen konnte, nie mehr los werden. Mit verbissener Panik versuchte sie jeden Besucher davon zu jagen. War sie aber allein mit der Familie, war sie dankbar und freundlich. Ihnen vertraute sie.

Oft gibt es auch Tiertragödien, die man nicht verhindern kann. Wir begegneten im Auwald einem schillernden Wellensittich. Er hüpfte glücklich über seine Freiheit über den weichen Sand und pickte wie ein Hühnchen immer wieder Körner auf. Wir dachten, alleine würde er es bestimmt nicht schaffen und nahmen ihn mit nach Hause. Alle bewunderten ihn. Wir versuchten ihm Wasser zu geben und wollten uns am nächsten Tag informieren, wie wir ihn zu pflegen hätten. Doch den nächsten Tag gab es nicht. Er hatte schon in der Au zu viel Futter aufgelesen, das nicht artgerecht war, und lag tot da.

Besser ist es einer kleinen Meise ergangen, die aus dem Nest gefallen war. Wir wussten, dass wir sie nicht anrühren durften, aber ihre Mutter holte sie dennoch nicht mehr ab. Diesmal gingen wir sofort zur »Vogelklinik«. Das war eine Tierliebhaberin in unserm Ort, die in einem Raum mehrere Plätze hatte, auf denen sie Vögel, die krank waren, versuchte hochzupäppeln. Sie arbeitete mit Pipette. Ihre Geschicklichkeit bewunderten wir, auch ihre Tierliebe. Dort fand das verlassene Vogeljunge artgerechte Pflege.

Viel, viel Freude bereiten mir auch Wildtiere, wenn sie sich zeigen wollen. Etwas Respekt habe ich vor Wildschweinen. Öfter laufen Fasane über die Fahrbahn kleiner Landstraßen. Sie sind sehr unvorsichtig, aber prächtig anzusehen. Jedes Mal beglückwünsche ich den Fahrer, der schnell genug bremst. Ich bewundere Hasen oder Rehe, wenn sie vor mir übers Feld rennen. Vor kurzem hat gerade einer noch schnell am Rand der Fahrbahn umgedreht, als ihn die Scheinwerfer blendeten.

Mit Begeisterung staune ich über die immer seltener zu erblickenden Greifvögel. Der Ort war sehr entlegen, wo ich z.B. einen Habicht beobachten konnte. Manchmal bin ich schon froh, wenn ich Schwalben fliegen sehe und natürlich Bussarde. Auch bewundere ich die Schönheit und Vielfalt von Schmetterlingen in natürlich gehaltenen Wäldern und auf ungemähten Wiesen.

Auf den Spaziergängen höre ich dem Vogelgesang zu. Es ist richtig, besonders die Amseln singen Melodien mit Intervallen, die du nachsingen kannst. Frage und Antwort klingen ganz anders. Es ist spannend wie in einem Konzert.

Überhaupt baucht es Ruhe, damit die Begegnung mit Wildtieren gelingt. Unsere Freunde haben ein Haus in der Einschicht. Sie mussten einen starken Zaun anbringen, weil auf einmal ein Prachtkerl von Hirsch sich ohne Scheu in ihrem Salatbeet verköstigte.

Aber manche Wildtiere will man lieber von der Weite sehen. Das erlebten wir in Canada. Aus dem Auto bestaunten wir einen Braunbären, der uns den Rücken zukehrte und sich durch nichts von seinem Mittagsmahl am Waldrand abbringen ließ...Und was habt ihr erlebt?

Schlusswort an meine Freunde

Hoffentlich habe ich von jedem von euch ein Porträt gezeichnet, in dem ich euch zu Wort kommen ließ. Ohne euch wäre unser Leben weniger farbig gewesen. Manchmal wart ihr es auch, die getröstet und motiviert haben, wenn nichts mehr zu gehen schien.

Ebenso habt ihr aber auch Tränen verursacht. Ein besonderer Lauser war Buggy. Eines Tages hörte ich einen lauten Aufschrei und dann gab es bitterliche Tränen. Was hat sich dieser Lümmel wieder geleistet! Klammheimlich »verputzte« er die Hälfte einer Geburtstagstorte. Sie stand am Küchentisch. Sie war das erste Meisterwerk unserer »Kleinen«. Geschickt hatte sie die Torte mit Schokolade überzogen und verziert.

Wie ER sich angeschlichen hat, hat niemand bemerkt. Als die Tortenköchin wieder in die Küche kam, war er schon längst fort und sicherlich wohlig satt. Sie aber war am Boden zerstört. Ihr schönes Kunstwerk war nur mehr eine Ruine.

Der Verursacher der Katastrophe erhielt dann eine ordentliche Strafpredigt, die er mit treuherzigem Blick heldenhaft ertrug. Nicht einmal schlecht ist ihm von der nicht artgerechten Mahlzeit geworden! Ihn konnte so leicht nichts beeinträchtigen. Und doch! Sein Ende war mysteriös und sehr traurig. Wir hatten einen lustigen Gesellen verloren. Eines Tages kam er nicht mehr von seinem Spaziergang zurück. Wir suchten die ganze Umgebung ab, wir riefen im Wald nach ihm, wir fragten bei der Polizei, wir erkundigten uns beim Förster nach ihm. Niemand wollte ihn gesehen haben. Wir aber mussten uns eingestehen, dass er nie mehr zurückkommen würde und wir glaubten auch, er sei ganz einfach erschossen worden. Aber keiner der Befragten wollte es zugeben.

Schnupsi ist mit 16 Jahren so krank gewesen, dass wir ihn ein-schläfern lassen mussten. Ich vergesse nicht, wie er sich mit seinen Schmerzen unter meinem Bett verkrochen hat und wie er geweint hat, als ich ihn in den Arm nahm. Ich trennte mich so schwer von ihm. Er hatte das Aufwachsen meiner Kinder begleitet.

Und was noch viel schlimmer war, sein Tod war mir mit Recht als ein böses Omen vorgekommen. Bald darauf mussten wir einen noch größeren Verlust erleiden.

Nun versteht vielleicht so mancher Mensch besser, wie verbunden man mit Tieren sein kann und dass sie richtige Freunde werden kön-nen.

Meist schließen Bücher mit »Dank und Anerkennung«. Diesen habt IHR euch verdient, liebe vierbeinige Freunde. Ich bin dankbar für alle Erlebnisse mit euch und bin sicher, dass ihr meine Erinnerungszeilen an euch mit einem freundlichen Wuff, Miau, Gewieher, Kikeriki oder nur einem zustimmenden Männchen begrüßen würdet.

Abschied von meinen Lesern

Ich verabschiede mich auch von euch, liebe Leser, mit einem Augenzwinkern, das euch Mut machen soll, sich auch auf eure eigenen freundlichen oder zwiespältigen Begegnungen einzulassen. Es ist ein berührendes Erlebnis, wenn all diese vielgestaltigen Figuren aus ganz verschiedenen Lebenszeiten blitzartig vor unserem inneren Auge auftauchen und wie in einem Film vorüberziehen. Dabei verleiht die Zeit ihnen eine Art Patina. Trauer, Schmerz, Zorn, Freude und Begeisterung, so vieles wird mit einem milden Schmunzeln unverlierbar »abgespeichert«.

DESHALB

Nicht müde werden
sondern dem Wunder
wie einem Vogel
die Hand hinhalten.

(Hilde Domin)